惠风·文学汇

时辰就像
坠落的叶片

"惠风·文学汇"编委会　编

海峡出版发行集团｜海峡文艺出版社

图书在版编目(CIP)数据

时辰就像坠落的叶片/"惠风·文学汇"编委会编.
—福州:海峡文艺出版社,2022.7
(惠风·文学汇)
ISBN 978-7-5550-3016-4

Ⅰ.①时… Ⅱ.①惠… Ⅲ.①中国文学—当代文学—作品综合集 Ⅳ.①I217.1

中国版本图书馆 CIP 数据核字(2022)第 097024 号

时辰就像坠落的叶片

"惠风·文学汇"编委会 编

出 版 人	林 滨
责任编辑	朱墨山 林 颖
出版发行	海峡文艺出版社
经 销	福建新华发行(集团)有限责任公司
社 址	福州市东水路 76 号 14 层
发 行 部	0591—87536797
印 刷	福州印团网印刷有限公司
厂 址	福州市仓山区十字亭路 4 号金山街道燎原村厂房 4 号楼
开 本	720 毫米×1010 毫米 1/16
字 数	190 千字
印 张	18.25
版 次	2022 年 7 月第 1 版
印 次	2022 年 7 月第 1 次印刷
书 号	ISBN 978-7-5550-3016-4
定 价	79.00 元

如发现印装质量问题,请寄承印厂调换

目 录

时辰就像坠落的叶片

永远的老师

◎ 袁勇麟

一

记不得第一次见到范伯群先生是在什么时候，但可以肯定的是在拜读过他的多部学术专著之后。先生著作等身，我早期关注的却是与福建有关的，并且固执地认为先生与福建有缘。他在读大学时期与来自福建泉州的曾华鹏先生合作写过不少论文，号称学界"文评双星"。1994年我到苏州大学攻读博士，吴义勤和徐德明两位师兄都来自扬州大学曾先生门下，他们曾邀请我们几位同门赴扬州访学，并拜会曾先生，见面场景至今历历在目。另外，范先生参与编选的《鸳鸯蝴蝶派文学资料》（上、下），1984年由福建人民出版社出版；而他选编的《冰心研究资料》关注的又是福建乡贤冰心，也是我读大学时期喜欢的作家之一，至今受先生影响，我还担任冰心文学馆特约研究员。

我之所以能入范门，说起来也是缘分。1990年硕士毕业后，我留在福建师范大学中文系任教，当时不像现在唯博士是举，硕士已经很管用。而今天，就连新办本科院系招人也要博士。

在我供职的大学，硕士毕业生只能报考辅导员或教辅岗位，应聘教职的博士则要求出自名校名师门下。当然，一个主要原因是早年有博士点的高校少之又少，许多名师本身就只有本科文凭。当年福建师范大学除了已有的经济学和地理学两个博士点外，中文系实力相对较强，具备下一轮冲击博士点的条件。我读大学时中文系就有"四老"一说，古典文学的黄寿祺教授、陈祥耀教授，现当代文学的俞元桂教授、卢豫冬教授，都名重一时；中青年一辈则有古典文学的穆克宏、齐裕昆、陈庆元、郭丹、张善文等老师，现当代文学和外国文学专业有姚春树、孙绍振、李万钧、温祖荫、汪文顶等老师崭露头角。因此，学校希望中文系这两个专业组建学术梯队，出版相关论著，积极筹备申请博士点。系领导还分头到全国有这两个专业博士点的大学登门拜访，一方面虚心听取对我们学科建设的意见，另一方面也希望建立密切的学术联系，甚至能合作培养博士研究生。

我至今仍清楚地记得，那是1993年的夏天，时任中文系副主任的汪文顶老师，在风尘仆仆出差回来后，不顾旅途劳顿，立即把我叫到他康山里新村窄小的蜗居，告知他外出拜访多所有现当代文学专业博士点的高校，大多数都欢迎我们选派优秀青年教师报考博士，但只有苏州大学的范伯群先生还同意与我们联合培养博士生。此后，范先生向苏州大学有关部门积极争取，同意让我的硕士生导师姚春树教授挂靠苏州大学与他联合招生。汪老师从学科发展大计出发，希望已硕士毕业3年的我能到苏州大学跟随范先生攻读博士学位。我既喜又忧，喜的是有机会拜仰慕已久的范先生为师，忧的是当时新婚不久，小家庭有许多问题亟待解决。

不过，最终我还是克服了一切困难，参加苏州大学的博士入学考试，并和同样来自姚春树教授门下的李玲一道，顺利与苏州大学本校的栾梅健、汤哲声、刘祥安3位师兄，来自山东师大的杨洪承师兄，来自扬州大学的徐德明师兄，以及《河南日报》的谢庆立一同被录取。在1994年，中文学科博导一次招收8名博士生，恐怕极其少见，或者说是空前的。同年在福建武夷山召开的会议上，北京大学的严家炎先生听范先生介绍这一情况时，也表示惊讶，他不知道范先生是为了我们几个合作学校冲击博士点而煞费苦心争取到这么多的名额，此前他指导的两届博士生只有陈子平、吴义勤两人，此后也没有一届招8人的记录。我想在中国现当代文学专业博士招生史上，这可能也是绝无仅有的一次盛况。

二

刚入范门，就深切感受到范先生的学术宽容。他当时正大力倡导"知识精英文学与大众通俗文学双翼展翅翱翔"的"两个翅膀论"的中国现代文学史观，急需一批后备生力军。可是，他并没有强制自己所有的弟子一定都要以通俗文学为研究对象。他在选题的讨论课上对我们几名联合培养的博士生说："你们来自不同的大学，原先都有各自的学术背景，不必强求跟我一样研究通俗文学。"他是这样说的，也是这样做的。而且，这种结合两校传统优势的联合培养模式，使我开拓了思路，获益匪浅。

范先生招的第一届博士生陈子平，博士论文选题是《中国近现代通俗历史小说史》；可是到了第二届，吴义勤就不研究通俗文学，而是选择新时期中国当代文学最重要组成部分之一的"新潮小说"作为研究对象。我们是范先生带的第三届博士生，8个人中，以通俗文学为选题的只占一半，分别是汤哲声的《中国近现代通俗文学期刊史论》、刘祥安的《清末民初文学研究》、徐德明的《中国现代小说系统雅俗流变论》、谢庆立的《中国近现代通俗社会、言情小说史》，另外4个选题各有千秋，杨洪承的是《现代中国文学社群文化形态论》，栾梅健的是《前工业文明与中国文学》，李玲的是《"五四"女作家的女性情怀》，我则继续深化硕士阶段的研究，选题为《中国当代杂文史论》。在我们之后，虽然没有一届招收8个博士生的豪举，但论文选题仍然多彩多姿，并不限于通俗文学，我记得方忠的是《台湾通俗文学论》，李勇的是《"通俗文学"概论》，季进的是《钱钟书与现代西学》，张光芒的是《中国近现代启蒙主义文学思潮新论》，丁贤善的是《中国现代武侠小说的叙述艺术——以〈江湖奇侠传〉〈联镖记〉为例》，等等。

在讨论我们的博士选题时，更能体察到范先生学术站位之高。他虽然鼓励我们在原来的学术背景下继续从事各自的专长研究，但他也不同意只是简单地把原来硕士论文的选题放大，

时辰就像坠落的叶片

他说："之所以不叫窄士而叫博士，就是因为要求大家学术视野要广博，论文选题要立足于未来学科的发展。"他要求我们写出来的博士论文至少是所研究领域十年内的标志性成果，而且是后来研究者不能轻易绕过的该领域的学术基石。

在博士学习阶段，他给我们上课，充分展示了严谨的治学风范，让我受益终生。由于学术界的偏见，通俗文学长期以来未能得到客观公正的评价，甚至成为许多新文学史著述中批判的"反面对象"。我们都是带着这样先入为主的观念，来倾听范先生讲述通俗文学的。他说，其实许多批评通俗文学的人，未必认真系统地了解过通俗文学，所写的文章只是复述照搬前人的观点，甚至以讹传讹。范先生强调文学史是一门"专业史"，它首先要以史料——原始史料为基础，做许多"实证性"的工作，而不是从一个先验的观点为出发点。他谈到过去的一些文学史的结论貌似从"原始资料"而来，其实仅仅是建筑在"画地为牢"式的"原始资料"的基础之上的。他特别提到当时《小说月报》就只影印第 12 卷第 1 期以后的，"这个原始资料的老框子一划定，老结论也就成了定论。在这个史料的框框里，人们即使想翻一个十万八千里的筋斗，也是像在如来佛的掌心中一样，得出的还是老史料框子支配下的老结论。久而久之，真正的当年的历史面貌就被湮没了"。

范先生这一思想对我的治学产生了巨大影响，他告诫我们要老老实实做学问，有一分证据说一分话。众所周知，中国当代杂文的理论、创作，除了少数结集出版外，大部分散落在数以千计的报纸期刊中，要详尽占有这一庞杂浩繁的学术资源，从中理出头绪，并总结出规律性的内容，无疑是一项浩大艰巨的学术工程。有人慨叹，写史难，写杂文史难上加难。幸好我在福建师范大学攻读硕士学位期间，就秉承俞元桂先生下苦功夫详细占有史料，在坚实的基础上从事研究的治学传统，一如既往地从钩稽史料起步，先后参与编纂出版了《中国杂文大观》《外国杂文大观》等书，选编油印了《中国当代杂文理论选》，这些工作的开展，为我博士论文的撰写奠定了坚实的理论基础。

当年我学习范先生查找资料甘坐冷板凳的精神，每天一早赶到图书馆，从一叠散发着霉味的旧报纸杂志和图书中，翻找有用的内容，做了一大堆笔记。如从1956年7月1日《人民日报》改版时的副刊稿约和读者来信中，找到当代杂文第一次繁荣兴旺的有力证据，这些史料都是在别的文学史中所没有见到的。杂文尤其是当代杂文一直处于文学整体研究格局的边缘位置，甚至被排除在"高雅的文学研究殿堂"之外。罗绍权先生曾在1992年第1期《文学自由谈》上撰文《杂文的崛起与文学史的不屑》，谈到中国当代杂文继承鲁迅杂文的传统，取得了显著成绩和前所未有的影响，"以这样的成绩和影响，杂文理应在中国当代文学史著作中占有适当地位，可是，翻书多使人大失所望。一些中国当代文学史著作对杂文不屑一顾，只字不提。20世纪80年代逐年出版的《中国文艺年鉴》《中国文学研究年鉴》，也不述评杂文。就是编写《中国当代分类文学史》丛书，杂文也只能屈就《中国当代散文史》（卢启元主编，广西人民

时辰就像坠落的叶片

6

出版社 1990 年版）中，尽管已有《中国现代杂文史》（张华主编，西北大学出版社 1987 年版）、《中国现代杂文史纲》（姚春树，河北教育出版社 1990 年版）问世在前"。这种文体的偏见既反映出长期以来学术界一种趋时和偏嗜的审美取向，也体现了一种缺乏真诚的学术勇气的回避倾向。而文学史作为一个完整客体，具有不可回避性，排斥杂文的中国当代文学史只能是一部残缺不全的文学史。正是基于此种认识，我完成了 39 万字的"中国当代杂文史论"，并与姚春树教授合作出版《20 世纪中国杂文史》。由我执笔的下卷，是国内外第一部全面研究 20 世纪半个世纪以来中国大陆和台港杂文的学术著作。我的这些"敢为天下先"的努力和探索，得到了学术界的认可和好评。何西来研究员在评价《20 世纪中国杂文史》时指出："这部专史用一半的篇幅论述了中华人民共和国成立五十年来杂文发展的曲折历程，这也是有开创性的研究。由于种种历史原因，要对这一阶段的杂文做深入的探究与历史的描述，其实是难度最大的。另外，把台、港、澳的有代表性的杂文家也收入百年考察的视野中来，进行叙述与评论，这在大陆学者的杂文专史研究中，亦属难能可贵。"俞润生编审在《回眸历史，展望未来》一文中也认为："这部专著论述中华人民共和国成立后杂文的挣扎和沉寂，有近 12 万字篇幅；论述新时期杂文的繁荣和拓展长达 27 万字，这两部分加起来就是 39 万字，可以说是一部中华人民共和国成立后的杂文史。作者把这样长的篇幅融入《20 世纪中国杂文史》的一个重要组成部分，这是作者具有现实主义精神的史识重要表现，也是作者站在世纪之交回眸历史的意义所在。""尤其值得称道的是，作者在'新时期杂文的繁荣和拓展'中分别介绍香港杂文和台湾杂文的情况，并进行了必要的评述。这就克服了以往由于搜集资料的困难而付诸阙如的缺憾，不但开拓了研究的领域和视野，而且起到填补空白的开启之功。"

三

博士毕业后，我在范先生的推荐下，1997年到复旦大学中文博士后流动站工作，师从潘旭澜先生从事当代汉语散文研究。在博士后期间以及此后到上海出差，有时会巧遇前来上海查资料的范先生。记得有一次我请他在复旦招待所附近的餐馆吃饭，等到天黑以后，他才带着助手从上海图书馆匆匆赶来，饭桌上谈的都是翻阅旧书报的新收获，让我又是惭愧又是心疼，那种感觉正如丁帆教授所说："每每去复旦大学开会，看见白发苍苍的范先生像一个普通的学生一样，背着书包，挂着拐杖，每天步履蹒跚地行走在住所与上海图书馆的路途中，感到既敬佩又辛酸，敬佩他的惊人的毅力和坚韧不屈的性格，辛酸的是一个老人没有便捷的交通工具，而用原始的步履丈量着通往学术的天路。我深知，他是在和时间赛跑，用自己的余生书写文学史的'回归之路'。"

博士后出站后，我回到福建师范大学文学院任教，时时刻刻盼着能再聆听先生的指教。终于在 2003 年 11 月 17 日，范先生抵达福建师范大学讲学。18 日一早，我就赶到文科楼 7 楼会议室，听范先生讲述"我心目中的中国现代文学史框架"，他所提出的"知识精英文学与大众通俗文学双翼展翅翱翔"的"两个翅膀论"的中国现代文学史观，可以看作是其中国现代通俗文学研究的核心诉求所在。这一观点是建立在范先生长时间潜心于现代通俗文学研究的基础之上，由于大量的第一手资料所具备的佐证能力，它的提出实际上改变了中国文学史叙述的格局，并在一系列问题上提出了既新颖又深刻的独到判断。范先生凭借着通俗文学的"复现"而将现代文学研究带到了一个更为广阔的学术平台之上。在"文学理论"向"理论"过渡的学术语境之中，通俗文学以其特质与文化研究之间建立了广泛的联系。

尤其让大家耳目一新的地方有两点，一是他认为通俗文学作家不仅不是五四文学革命的对立面，他们的所作所为反而是现代文学作家步入"文学新世纪"的桥梁。据范先生的不完全统计，在五四前夕，通俗文学作家中就有 34 人或多或少从事过文学作品的翻译工作。他认为这些通俗作家是为"五四"做过"隐性准备"的，贡献不容忽视。二是他承认通俗文学作品中不可避免地带有许多庸俗的文字，可是也提供了我们许多值得研究的东西，他说："在文学之外，还可以从社会学、民俗学、文化学、经济学、地域史等视角透视通俗文学，就会发现它是一座蕴藏量极丰的富矿。"范先生举例说，张恨水做了 5 年记者才开始写《春明外史》，以百万言再现故都在新旧流变中的社会众生相；李涵秋的《广陵潮》以鸦片战争至五四运动的许多重大事件为背景，再现 70 年间的稗官野史，使当时中下层社会的民间风情、闾巷习俗跃然纸上；包天笑侨寓上海 20 年，长期的记者与主笔的生涯，使他积累了大量的生活素材，写成了"十里洋场二十年目睹之怪现状"的长篇小说《上海春秋》。因此，"要写上海、北京、天津、南京等大都会的历史，要写苏州、杭州、扬州等文化名城的地方史，编撰中国的租界史，而去阅读相关的通俗文学的小说，就会得到许多感性的知识。"

范先生将中国近现代通俗文学置于清末民初大都市工商经济发展的社会背景之中，显然在拓宽文学史视野的同时也将通俗文学引入了文化研究的领域之中。范先生于 2007 年出版的《中国现代通俗文学史（插图本）》，已经明显地将现代通俗文学置于当时的文化语境中加以考察，通俗小说与"小报潮"，通俗文学与中国现代文学期刊，通俗文学与"电影热"和"画报热"，等等，都表明通俗文学在文化研究之中完全可以大有所为。而且，书中他精心收集呈现了 300 多幅图片，也是文化研究"图文并茂"的一种立体化趋势。

先生虽已离我们远去，但他的音容笑貌和谆谆教诲却永远活在我们心中。

云山苍苍，江水泱泱，先生之风，山高水长。

时辰就像坠落的叶片

袁勇麟，1967年生，福建柘荣人。1997年毕业于苏州大学。曾任福建师范大学文学院副教授、教授，福建师范大学传播学院副院长，福建师范大学协和学院院长。现任福建师范大学社会科学处处长。中国世界华文文学学会教学委员会主任，福建省台港澳暨海外华文文学研究会会长，福建省文化产业学会副会长，福建省海峡文化创意产业协会副会长。著有《20世纪中国杂文史》（下）、《当代汉语散文流变论》、《文学艺术产业》、《中国当代文学编年史》（第十卷）、《大中华二十世纪文学史》（第五卷）、《华文文学的言说疆域：袁勇麟选集》等，主编"中国高校新闻传播学书系"和"新媒体传播学"丛书等。

德化一中：我生命的转折点

◎ 孙绍振

回顾八十余年生命史，透视时光的隧道，最为黑暗的就是"文化大革命"中期，而从黑暗的尽头透露出一线光明的转折点就是德化一中。

1970年春，华侨大学解散，教师全部下放农村。当时的感受真是五味杂陈，心乱如麻。1960年我从北京大学毕业，第二年从北大"调动"到华侨大学，明知被贬，仍然怀着奉献青春的浪漫理想来到我心灵地图上还不存在的泉州。接着一连五年被打入教学冷宫，"文化大革命"一开始，两句完全是捏造的谎言，引发大字报围攻，全校两千张，我独享一千。接下来整整四年，破帽遮颜，忍受着学生的冷眼、鄙视和敌视，就是挚友也只能在宿舍交谈，不敢在公开场合与我言笑。

学校解散，全体下放，一则以喜，终于可以脱离这个千夫所指的恐怖氛围，一则以忧，这也许是和大学校园最后的告别了。前途渺茫，难道就此变成日出而作的农民？到了德化，最高的理想是留在城关教中学，教小学也成。但是，领导讲话传达了，不能让大学里思想不好的到中小学，孩子心灵白纸一张，

时辰就像坠落的叶片

容易受到污染。下到德化的几十名教师，留在城关教小学的只有一两个。余下的都到公社，也就是今天的乡镇。虽然乡镇也有学校，甚至有中学，但是我没有资格。行李搬到大队，在大队蹲点的干部，又把我"分配"到生产队。还要攀三百级石阶，才到达云雾缥缈的木屋。早上起来，第一件事就是到田里挑水，用木炭炉烧水，洗脸，煮饭，然后是洗碗，涮锅，再洗脸，洗手。一套程序下来，九点多钟了。按习惯本该是读读书的时间了，但是，米和菜要到十里开外的公社去买。把一个月二十八斤的米背到木屋，已经是十二点多。煮饭，午休，两点半了。该读书了，想到晚饭要煮，又开始生炉子。吃了晚饭，洗洗涮涮，天黑了。点上煤油灯，拿出仇注的《杜甫全集》。不知是筋疲力尽还是心灵空虚，竟提不起劲头，勉强坚持了几天，深深感到在这点灯都用松明的地方，读杜甫有什么用呢？改读英文本《老人与海》，薄薄的一本，居然读了半年，洗脸时，发现鼻孔里的煤烟越来越厚。真像海明威笔下的圣地亚哥一样孤独，但却缺乏他那种失败了的硬汉子精神。社会不需要杜甫，这里善良的农民也不需要海明威，更不需要我。

　　从来把读书当作第一生命的我，正是而立的壮年，浑浑噩噩混日子，浪费着只有一次的生命。但是，也不无自慰，已经沉沦到生活最底层，再有什么运动，也不能整到哪里去了。偶尔和纯朴的农民谈笑，还是不能抑制不时袭来的无名的郁闷。我在北大，大大小小也算是个才子，在大学里，习惯于享受尊敬的目光，如今却沦落到为人漠视、歧视，最多是怜悯的对象。

我不无委屈地感到自己成了俄国文学里的那种"多余人"。

也许是应了《易经》所说"否极泰来"的规律，突如其来，吩咐我到县城报道。

教育组负责人眼睛都不看我，命我到德化最高学府——德化一中去教语文。这当然是喜从天降。但是，翻一翻语文课本，却感到惶恐。第一课就是毛主席的《为人民服务》，全是崇高的命题，我自知思想落后，处于"反动"的边缘，哪里能领悟其中博大精深的内涵，弄不好犯政治错误。我说，我不会教语文。那个负责人，有点不耐烦，冷冷一笑，你中文系毕业的，怎么不会？我说，我的思想有问题，教不好伟大领袖的伟大思想。他不说什么，只用眼睛威胁性地斜视着我。要知道当时多少陷在农村的知识分子最高的理想就是上调城关，我这样不识抬举，有可能被退回农村。我感到了事情的危急，努力用一种卑微的口气说，我可以教英语。

那是1973年的春天，美国国务卿基辛格年前访华，引发了全国规模的学英语热潮。广播台的英语学习节目甚为风行，民间流传着一本《英语九百句》，洛阳纸贵。他有点惊讶了，终于把眼睛正对着我了，但是，没有说话，我立马读懂了他眼睛里写着的疑问。说："我从小学四年级开始学英语，初中、高中前后十几年都在学。大学生时期就能读英文原版的《简·爱》，大学毕业后十年如一日，坚持学英语。"他当然不懂得什么《简·爱》，可眼光里的惊异渐渐消失，终于施舍一丝笑意。我知道，那时中学增开英语课程，根本没地方去找教师。他做出宽宏大量的姿态，拍拍我的肩膀，说："那好吧，过几天，有专家来县里巡回培训，你去参加吧。"

虽然觉得培训对我来说完全是第六个指头，但是机不可失，还是去了。

我有意坐到后排，培训教师一进门，我就认出是华侨大学外语系朝夕相见的朋友，他问："你来干什么？"我说："接受你们的培训啊。"他笑了："你还要培训什么？你应该去培训他们。"其实，他们的培训实在是太小儿科了。就是最简单的读音，加上国际音标之类。不过，我不敢掉以轻心，一连几天，坐在后排抄了整整两三本新诗集。

初到德化一中，眼前的一切让我与其说是兴奋，不如说是惊异。这是一片多么神奇的文化景观啊，全城只有百货公司和电影院才有两三层红砖楼，其余房屋都是平房，黄泥巴的土墙，而一中却坐落在一座古色古香的宏伟高大的孔庙之中。一进门就是泮池，拱形的石桥横贯，桥下虽没有鱼，但有几片睡莲叶子。迎面则是大殿。四根直径一尺以上的廊柱高高耸立，猩红的漆泥有些剥落，仍然残存着往日的显赫。"大成至圣"的匾额，积满灰尘和蛛网，我仰望良久，力求辨别上面的字迹，一不小心感到胯骨疼痛，原来是碰到了廊柱之间的乒乓球桌。

大殿两旁是校舍，分配给我一个单人房间，在二层，墙壁都用黄泥和碎砖冲压而成，一块砖头都没有，倒是用石灰刷过的，木质地板。居然还有一张办公桌，一个小小的书架，一张藤椅，这显得很有点奢华了。把门一关，这就是我的天下了，我的生命将从这里重新开始。那没有校园、没有学生、没有同事的流浪生涯一去不复返了，那种难以驱遣的"多余人"的隐痛消退了。闭上眼睛，听到久违了的上课的铃声，篮球场上的欢笑声。封闭了三年的教师的感觉，一下子复活了。我可以大声地反复朗读海明威了，我生命最空虚、最黑暗的阶段结束了。最为难忘的感觉是，不但学生叫我"孙老师"，而且一中的同事也这样叫，他们是那样的真诚，好像我真是他们的老师似的。

已经三年多，长达一千天，没有听到人们这样叫我了。我再也不是从孩子到成人口中那个"老孙"，那个人前人后都是"老孙"的空洞贫乏的符号消失了。"孙老师"的称呼，意味着生活需要我，我不再是生活中多余的人了。

正是在德化一中，我恢复了为人师的尊严，当教师的幸福感复苏了，生命的转折点就在这里。

未来从今天开始。

那时的英语课本，真是太简单，一开头就是"毛主席万岁"，还有美国人都可能看不懂的"赤脚医生"(bare foot doctor)之类。一课只有四五句，最多七八句。两个班的课程，我上了一个班，课文都背上了。有时，我两手插在裤袋里，不拿书就去上课。学生们觉得我好潇洒，我的语调比较流畅，他们感到有一点洋味。学生们大都由于好奇而专注。

为了给他们真正的英语感觉，我探亲回沪时，买了电唱机和电唱片，在课堂上放给学生听。当然不免脱离实际，毛主席的《为人民服务》，还有诗词，学生哪里可能听懂？后来我就改放一些英文歌曲，如澳大利亚的《剪羊毛》，还有美国黑人歌曲《老人河》。学生们虽然听不懂，但却会跟着唱。学生习惯于背英语单词，我觉得这是最不好的学习方法。根据自己多年学习英语的经验，我以为最佳的途径乃是造句，在生活中运用。但是，山区的孩子们在家里都讲闽南方言，要让他们在日常生活中用英语对话是很困难的，我就让他们写英语句子，把句子连贯起来，就是一篇简单的文章。我把最好的作业集中起来，出了黑板报。虽然，其中有些句子是中国式的，所谓chinglish，但是这也激起了那些孩子的勇气和兴趣。

电唱机放在我的房间里，放出的歌曲不仅有英语的，还有一些当时流行的歌曲，诸如兄弟民族的民歌之类。这就吸引了一些不速之客，他们不时到我房间里聚会。语文老师，美术老师，纷纷来谈文说艺。教物理的徐志诚老师，很有才华的，可惜在德化这个偏僻的小地方，委屈了他的才气。美术老师，画得一手很像样的国画，我向他求了一幅。语文组的老师告诉我，当时风行全国的朝鲜电影《卖花姑娘》的主题歌，其主题来自一首西方的乐曲。历史老师本来是山东大学的，借着下放的机遇，回到了家乡。这个似乎是穷乡僻壤的山区中学，藏龙卧虎，人才济济。

一些德化的文艺青年，也不请自来。至今我还清晰地记得，一个青年女歌手来独唱。一时我那陋室居然也就"谈笑有才子，往来无庸人"了，回想起来，那应该是当时德化的一道文化风景。这些常客，后来有不少成名成家的。如德化瓷厂的洪惠镇，

20世纪80年代以后，成为画家、权威的美术评论家、厦门大学艺术系教授。

从1966年"文革"一开始到1973年，文学作品在报刊上长期绝迹。后来我发现，《福建日报》上出现了诗歌。福州出版了《福建文艺》，泉州则有《泉州文艺》。我一看那些诗歌，产生了一种自己都觉得狂妄的想法：就这个水平吗？我随便写写，也比他们强。正好德化也出现了《德化文艺》，主持工作的是陈志泽（他后来成为泉州作家协会主席）。他虽然不是一中老师，但住在一中，因为他太太在一中教书。他是福建师范学院中文系毕业的，我们有共同语言。我的创作冲动得到他的支持，发表出来的第一首诗的开头是当时风行的民歌体："好竹出好笋，好瓜生好藤。顶着那：大暑小暑，奋战着：抢收抢种。"这首幼稚的诗，居然成为我生命质量的另一台阶，我继续写下去，不久就有新作在《福建日报》登出来。今天看来，难免假大空，可在当时，不但是在德化，就是福州，都有些轰动。更多的知识青年到我那土房聚会，其中一个英语相当不错，他母亲是中学英语教师。他的名字叫连心达。我们有时，也谈自学英语的体会。

正是因为这首诗，我被刚刚复办的福建师大和厦门大学注意到了。刘登翰向两个学校的有关负责人士介绍了我。他们惊讶：居然还有一个北京大学中文系的研究生窝在德化！师大中文系的总支书记徐仁杰同志眼明手快，居然就通过省里发了调令。

其时我当然一无所知。

德化教育组不想放我，就采取鸵鸟政策，按兵不动。

但是，他们不知道，我和学生已经建立起了相当亲密的关系。不少学生常到我房间里谈天说地，有些从我这里借书。有一个女同学，姓马的，她热爱文学，从我这里借走了当时还很稀罕的两本小说。两天以后，就来还书，我奇怪了，看书速度这么快？她说，不用看了，你要调走了，省里来了调令。我不太相信：你怎么知道的？她笑眯眯地说，我当然知道。这时我才想起她是新来的县委书记的女儿。

我立马赶到教育组，那个负责人装作若无其事的样子。我说，不要猪鼻子里插葱——装象了，马书记的女儿可是我的学生！他第一次在我面前放下身段，说那英语课怎么办？谈判的结果是：第一，我可以先到福建师大去报到，但是要把这学期的课上完；第二，推荐一名英语教师。我就把连心达推荐了。这位负责人对这个才是初中生的知青的水平有点怀疑。我说："他的母亲是中学英语老师，他再不行，难道他母亲不会辅导他吗？"改革开放以后，连心达去美国，成了美国一所大学的教授。

他终于妥协了，他的目光似乎变得温暖起来。临别时还拍拍我的肩膀，说："孙老师，我们一言为定。"这是他第二次拍我的肩膀，第一次叫我"孙老师"。

回到宿舍，心情平定下来，我在默默欢欣中，突然冒出来一丝不安，留恋之感油然而生。德化一中，待我不薄，顾我于逆境，温我于冷漠，慰我于异乡，敬我于忧患，我怎么好意思就这样甩手一走？但是，我还是硬着头皮走了。中断的生命价值在召唤我，我终于在学期末了，离开了那泮桥，那大殿，还有那大殿中时常让我脱光了上衣打乒乓球的桌子。带着渴望，带着一丝惭愧。

从1973年至今，整整过去了近半个世纪，这种感恩和惭愧的心情早已忘怀。可就在写这篇文章的时候，这种感觉又复苏了，正如普希金的诗所言：过去了的一切，变成了亲切的怀念。

2019年8月20日　星期二

孙绍振，毕业于北京大学中文系，现为福建师范大学教授、博士生导师。著有《新的美学原则在崛起》《文学创作论》《美的结构》等学术著作，《满脸苍蝇》《美女危险论》等散文集。《孙绍振文集》（八卷本）2009年由韩国学术情报出版社出版。

时辰就像坠落的叶片

恩师如母

◎ 李泉佃

今年元旦过后，给她打了好几次电话，铃声响了，却没人接。

过去不是这样的。她是一机双号，即便在外，也是会接听的。

我有些坐立不安。她毕竟85岁高龄了。当然，85岁的她，还是耳聪目明。

当时，有些懊悔，心想，怎么就忘了记下她儿子的电话呢？

她没有跟儿子住一块。她先生走了五年了，儿子让她搬过去一块住，她摇了摇头。她的书桌，仍然摆满了先生在世时读过的书本、备过的教案。他们伉俪，从教一生，要的就是这种溢满书香的氛围。我想。

再打。直至第五天。电话里，传来了她慈母般的笑声。心里的一块石头，终于落地。

校园里，那栋没有电梯的楼房，一楼的防盗门已开着。我轻轻一推，看见她已站在一层居室门口，候着。

我很想给她一个拥抱，但还是依旧拉住了她的手："您近来好吗？"她笑了："你是不是找不到我？我昨晚才从菲律宾回来。先生在菲律宾亲戚，三番五次来电，说是再不去，怕走

恩师如母

不动了。他们一定要我留下过年。可是，哪行呀？这不，你电话打不通，是不是以为……"我连忙打断她的话："就是学生想您了。"

我看见她眼眶有些泛红，忙岔开话题，她却折进厨房，说是要给我冲泡咖啡，并说，咖啡是昨天从菲律宾带回来的。

这一幕，勾起我绵绵思绪。

我中学四年，她一直担任我的班主任及语文老师。记得初中毕业后，因家境贫寒，加上恰逢"文革"，无书可读，家里便不想让我读高中。她得知后，借了一辆自行车，要到我家做父母工作。不料，才出校门不久，她就从校门口的桥上，跌了下去。好在河水不深，加上河床几乎是黄沙，她只是软组织受伤。事后，我才知道，她刚刚学会骑车。

沧海桑田，家乡的那条小河，河水依然，桥面却几经改造，已没了当年破败感，但每每从桥上经过，仿佛看到她瘦弱的身影，从我跟前晃过。

为了解决自己的学杂费，以及补贴家用，我每周周六，都得上山砍柴，周日再将晒干的柴火挑到城里卖。有一次，她到菜市场买菜，发现柴火摊里的我。二话没说，她让我将柴火挑到她家里，说是家里需要。

她母亲跟他们住一起，进了她家里，老人家立即端出了一碗米饭，一定要我吃，还硬塞给我柴火钱，弄得我不知所措，又心怀说不出的感激。

她家住在南门街一条弯弯的里弄，从此后，我到城里卖柴，

时辰就像坠落的叶片

是一定要回避这条里弄的，即便有人要我挑到那里，我也婉言谢绝。

第二次到她家，是我高考落榜。说实话，我的语文成绩，马马虎虎，可是，数学成绩，则一塌糊涂。那时候，"开门办学"，课堂设在田间地头，哪能学到什么知识呢？

次年，高考前，她跟刘老师一人骑着一辆自行车，又到了我家里，看到我刚从田里回来，一身汗水一身泥，她心疼地对先生说道："你能不能辅导他的数学？"我知道，她的先生刘老师是教英语的，这样做，有些勉为其难，可是，他却点了点头："我试试。"

考入大学，她三天两头就给我写信，除了嘘寒问暖，更多的是鼓励，一定要我在学期间，加入党组织。遇到学业上或生活上困难，向她请教，她都不厌其烦地回答。她的那娟秀的硬笔字，不时从我脑海里掠过。

大学毕业后，我分配在省城工作。有一次，记得是一个冬日的下午，快下班了，单位门卫将电话打到我办公室，说是我老师来看我。我立即跑到门口，一看，竟然是她，她手里还提着行李。我赶紧接过她的行李："您？"她说，她到山东开会，会议结束后，特意坐火车拐到福州看我。我带她到食堂用了餐，想送她去旅馆，她却说，要去看看我的宿舍。那时候，我还没成家，住在集体宿舍。她一到，坐在我的单人床上，可是，她立即站了起来，伸出双手，在我的被褥下来回摩挲，她有些生气了："被子怎么这么单薄？这样不行的。福州冬天比我们那

恩师如母

23

里冷。"去旅馆路上,她一直催促我要去买厚实的被褥。这一年,是母亲离开我的第四个年头。我以为,我再也体味不到人间的母爱,却不承想,其实,母爱一直围绕着我。

我调到厦门工作,她已退休。她住在厦门大学分给刘老师的宿舍楼。第一次去看他们,她一再叮嘱:"你现在肩上责任重,这是党组织对你的信任,工作一定要尽职尽责,不能有丝毫差池。我们很好,你安心工作,千万别特意来看我。"

她就是我的恩师——黄悦治先生。我觉得应该唤悦治先生,她是一个值得尊敬的大先生一样的老师!如同女作家杨绛先生,叶嘉莹先生……

又是一年佳节至,我思念母亲,也经常错觉,黄老师就是我的母亲,她们陪我在命运的历程中品味人生的酸甜苦辣。

李泉佃,1957年10月出生,大学学历,高级编辑。厦门市委宣传部副部长、厦门日报社党委书记、社长、总编辑兼任中华新闻工作者协会理事、福建省新闻工作者协会副主席、厦门市新闻工作者协会副主席、福建省杂文学会副会长以及厦门大学新闻传播学院、厦门理工学院、厦门大学嘉庚学院兼职教授。

求学记

◎ 杨际岚

题记： 她是一所大学校。

一

那天，参加纪念福建省文联成立 60 周年大会。站在领奖台上，佩戴从事福建文联工作 30 年的绶带，瞬间，往事潮涌般地浮上心头……

1978 年 4 月，踏进省文联大门。从此，在这所大学校里，既学为文，又学为人。三十余载春华秋实，不仅有种种付出，更有重重收获。

二

上大学，自幼便是一个梦。这梦，吞噬于十年狂飙之中了。

一度风行"推荐工农兵学员"上大学。曾有一次"被推荐"的机会，愣是被某些当权者抹掉了。

十月响惊雷。历史的巨大转折，带来个人命运的转机。粉碎"四人帮"后的第二年，《福建文艺》编辑部发来商调函，准备调我。这本是一桩大好事，我却犯愁了。此时，恰逢恢复高考。应考，或应调，何去何从，处于两难之中。上大学，圆梦，能不想吗？但中断学业这么久，能否考得上，心里没底。文学，也是美好的梦。当编辑，以文学为业，以偿夙愿，机缘不可错过。于是，没有更多的犹豫，很快便做出了抉择。

深感庆幸的是，虽然没能进入传统意义的大学校门，我却上了一所终身受益的"大学"——这所学校，就是我服务至今的福建省文联。

<h2 style="text-align:center">三</h2>

"入学"伊始，上的第一门大"课"便是正本清源，拨乱反正。

来《福建文艺》报到，恰逢省文联正式恢复；第二年10月，第四次全国文代会召开。短短一年半，无论福建，还是全国，从文坛到社会，接连出现一系列事变，"世道"在变，人心在变，变化之巨，简直难以置信——

真理标准问题引起全国性大讨论。"两个凡是"思潮受到猛烈冲击。

中共中央决定，为"右派分子"、为地主富农分子摘帽。

"天安门事件"彻底平反。无数冤假错案得到平反昭雪。

中共十一届三中全会召开，确定了解放思想、开动脑筋、

时辰就像坠落的叶片

实事求是、团结一致向前看的指导方针。

安徽凤阳农民率先搞起了"大包干"，从此中国农村开始了深刻的革命。

邓小平提出"一国两制"的最初构想，全国人大发表《告台湾同胞书》，两岸关系步入新里程。

中美发表联合公报，两国建交，世界格局就此改变。

文艺界是"重灾区"。当年被扫地出门的"黑线人物"陆续重返文坛。

曾被指斥"十恶不赦"的"右派分子"也回归了。

和这些前辈艺术家朝夕共处。你不能不重新审视既往所信奉、所遵循的种种。天底下哪有这样的"牛鬼蛇神"？！当"革命"把这些人当作对象，这类"革命"岂不十分可疑吗？！

巴金在《随想录》"合订本新记"一文中笔触凝重地写道："……我已经看出那顶纸糊的桂冠不过是安徒生的'皇帝的新衣'。""我的眼睛终于给拨开了，即使是睡眼朦胧，我也看出那个'伟大的'骗局。"

通过艺术家们的作品，逐渐走近他们，走进他们的心灵世界。

"文革"期间，郭风全家被迁往闽北浦城山区落户。他常于深夜间独行于山路上，边走边构思作品。后来他写《夜霜》，含泪描绘一个极其偏僻的小山村的霜夜的"良宵美景"。当写到"……好像一块无尽铺展的白色画布，上面画出了非常美丽的树影，好像画笔画出来的浓黑色的树影、淡黑色的树影"，郭风竟放声哭了。后来，回忆这段往事，他说，一个有悠久文化历史的古国，怎么允许没有一个画家？一人在小山村里，无限痛苦地怀念所有相识的和未曾谋面的文艺界同行和战友，"我以彻骨的仇恨咒诅'四人帮'，咒诅文化专制主义"。郭风坦言，他的若干散文诗，表面上只是一般的写景，但他是想通过自己认为较为合适的艺术方式，寄托最强烈的政治情绪。

历尽磨难，重获新生，他们并没有怨天尤人。除了偶从作品读到苦难命运的刻骨铭心的点滴，我从未听见他们诉说过往的痛苦和辛酸。他们特别珍惜来之不易的重新工作的机会。除了创作和工作，别无他求。蔡其矫刚回文联，也曾暂时寄寓在办公室，又当寝室，又当写作室。我和他门对门。夜里，昏黄的灯光下，蔡其矫常在伏案写作。太晚了，招呼他，他抬起头，笑了笑，继续一笔一画地写着。从他的身影，仿佛读出时不我待、与岁月角力，那种"赶快做"的意识。"所有的诗人艺术家，无不历尽坎坷，屡经寂寞，不被窒息而死就是最大的幸运了！"蔡其矫曾如是说。饱经沧桑，参透个中真谛。四五年后，文联迁往凤凰池，和蔡其矫再次成了邻居。他家经常宾客盈门，笑声不绝。十之七八是年轻人。他用一以贯之的努力作出自身的诠释："我并不重要。我自认是一块跳板，一层台阶，踏着它是为跳向对岸或走向高处。我的历史任务是过渡，我的地位是在传统和创新的中途。""希望在于年轻的一代，他们将使我感到眩目、骄傲和羞愧！他们将从我们失败的经验中获得更光辉的前程！"

时辰就像坠落的叶片

四

工作实践是最好的教材，文艺家们是最好的老师。

刚到文联，第一站是《福建文艺》（后改为《福建文学》）评论组。这四年收益尤为显著。全组人员最多时，多达5人，魏世英是组长，编辑有蔡海滨、徐木林、赵增错、杨际岚。此前，1976年10月初，受邀参加《福建文艺》在鼓浪屿举办的读书班。学员是几位评论作者。其中，汪毅夫和陆文虎——如今一人官居台盟中央常务副主席，正省级；另一人曾任解放军艺术学院院长，位至少将。但他们仍然葆有文化人的本色，于学术上卓有建树。谢学钦钻研学问很用功，出了好几部专著。黄安榕在福州市文联、作协任上十多年，一向敬业，成果颇丰。福空史君、福州张君（先前当工人，后曾在市经委工作），之后没再见过面。虽然人生轨迹不同，但这段短暂的经历，难以忘怀。读书班主旨是继承毛主席遗志，坚持继续革命之类。带班是老魏、老蔡和老徐。学过什么全然不记得，而编辑老师的热情和诚恳，让人印象深刻。中途因时局剧变，"四人帮"被捕，读书班提前结束。那一次，也许算是"双向选择"的机缘，后来进《福建文艺》，与此不无关系。

那几年，文联理论研究室还没成立，评论组实际上承担了理论室的多数功能。不仅编发相当数量的评论稿，并且参与其他作品的评议（包括兄弟单位的剧评和影评）。几位先生行事风格迥异，而编辑作风严谨，专业素养丰厚，是共同的特点。随他们组稿、审稿、编稿，耳提面命，潜移默化，点点滴滴在心头。

在历史的拐点，作家、艺术家对时局尤其关注。真可谓："风声雨声读书声，声声入耳"，"家事国事天下事，事事关心。"在文联这个"信息源"，八面来风，多种多样的资讯源源不断。从事评论工作，更是直接面对各种文艺思潮、文坛动态、热点问题。刚进省文联，在办公室住了一两年。几乎成了"全天候"。没日没夜地泡在书报刊堆里，不知疲倦地汲取着……

1979年10月，全国第四次文代会在京举行。夏衍为文代会摄影集锦《文坛繁星谱》作序，说在会上不由想起了龚自珍的《病梅馆记》，生发出种种感慨。他说：使诸梅"皆病"的，是文人雅士，而使文艺界遭难的却是一批恶棍。病梅尚能以"疗之、纵之、顺之，毁其盆，悉埋于地，解其棕缚"等方法，使之复苏，龚自珍预期的治梅期限也只是五年，而文艺界为了"解其棕缚""毁其盆"就已花了三年多，真正做到"百花齐放"，恐怕需要更长的时间了。

广大文艺家殷殷期盼的"双百"局面，正如夏衍所预言的，漫长而艰辛。《河北文艺》1979年第6期发表《"歌德"与"缺德"》一文，认为文艺界有一个只暴露黑暗而不歌颂工农兵的"缺德"派，指斥其"用阴暗的心理看待人民的伟大事业"，"善于在阴湿的血污中闻腥"。此文一出，蒙受极左祸害的普通读者群起而攻之；却也有与此共鸣者，投书《福建文艺》，

时辰就像坠落的叶片

讥讽"伤痕文学"都是些"阴暗"花、"泪水"花，声称"'四人帮'横行了多年，虽然给我们国家造成了一些损失，但是，这都是不足以为道的"，"国家总的趋势还是好的"。组里议论，认为很有必要由此展开讨论。当即在《福建文艺》1979年第9期开设《争鸣》一栏，连续三期选发了十几篇评论文章。十之八九认为此文反映了"极左"思潮；继续狠批极左，才能真正贯彻"双百"、实行"三不"。同时增辟《广开言路》一栏。"编者按"写道："由于林彪、'四人帮'长期实行文化专制主义，言路已经淤塞多年了。如今要'疏'之使'通'，'开'之使'广'，不是容易的事。""《广开言路》作为文艺民主的论坛，打算在这方面做些促进的工作。""编者按"言简意赅，应是出自老魏之手。评论组"广开言路"的尝试，通过组织开展"新诗创作问题讨论"，更加引起省内外广泛、持续的关注；就刊物而言，此前此后，类似专题讨论未再有过如此巨大的反响。我直接参与其中，从实践中得到真真切切的教育，逐步更新观念，磨炼文字能力，获益匪浅。

老魏"广开言路"的努力，日后主持文联理论室，创办《当代文艺探索》，达到极致。后来，由于种种原因，《当代文艺探索》停办了。提及往事，老魏对我说："败将不言勇。"我脱口就说，怎么是败将！《当代文艺探索》终究在当代文学史上留下重重的一笔！

说难忘，难忘在评论组工作得到的锻炼。往昔受过极"左"的无情伤害，也曾为极"左"思潮摇旗呐喊。痛定思痛，发誓，从今往后，决不再说极左的话，也不再写极左的文章。审视来路，30多年了，我认为，自己信守了承诺。

从这一点上看，自忖交出的试卷基本上合格。

五

在文联"求学"，并不形单影只。没想到，省一级刊物，居然汇集了好几位年轻编辑。1978年4月，我来《福建文艺》时，已有诗歌组的朱谷忠，小说散文组的叶志坚、陈宴；这年底黄文山也正式调入（以往曾借用过）。几位都不是"科班出身"。老编辑言传身教，特别爱护我们这些新人。工作上完全放手，刚"上岗"就安排看稿，边干边学，较快就进入状态。

那时，最惬意的乐趣，是想方设法弄到"内部购书券"，买限量的外国文学图书。只要能买到喜爱的书籍，上书店排队，甚至双腿酸疼，脖子僵直，也浑然不觉。

工作之余，惟一的享受是"观摩"解禁的外国影片，但凡能"捞"到票，几乎场场不拉。省府礼堂、福空礼堂、福州警备区礼堂，省、市电影公司，城内几家影院，全跑遍了。有时还参加影评活动，和各所各业的影迷朋友一块，你一言我一语，说长道短，评剧情、论人物、谈表演，透过银幕世界尽情释放个性。

1980年春夏，省广播电视大学中文直属班招生。我与陈宴报了名。文联领导和刊物同仁支持我们上电大，离开中学校园十几年后，终于圆了大学梦。全在业余上学，从不占用工作时间。主讲教师，有福建师大中文系李联明、孙绍振、李万钧、林可夫"四大铁嘴"以及其他名师，阵容超强。三百多人大班，学员遍布全省各地，各种岗位；两百多人于 4 年后如期毕业，不乏佼佼者。没有领导、同事的理解和帮助，哪能坚持走好这一程？

那时，文联上下，充盈着齐心向上的氛围。把劲全使在正道上。特别用功，特别好学。不放过任何深造进取的机会。大约是 1983 年暑期，中国电影家协会、中国当代文学研究会和中国电影资料馆合办电影进修班，经过批准，作为"公干"，前去参加了。吃、住在北京师范大学第二附中（对门便是北师大），观摩电影在两三里外的中国电影资料馆。中学放假了，教室腾出来当寝室，课桌一并，草席一铺，回味影片人物的恩怨情仇、悲欢离合，美美地进入梦乡。连着看了十几天，几十部中外影片，说实话，"精神大餐"过量了，消化不良，剧情混淆，主人公大都重叠在一起。但不少影片，犹如刻版，让人过目难忘。比如卓别林、阮玲玉的默片，举手投足间，弥散着迷人的艺术魅力。而黑泽明的《罗生门》，让人沉浸在神秘世界里，久久难以挣脱。在国内文坛颇有影响的青年作家，如湖南的韩少功、肖建国，湖北的祖慰等，同样以普通学员的身份参加进修班，就咸菜、吃窝窝头、稀饭，睡课桌，甘之如饴。密集地观摩古今中外各类佳作，让人视野洞开，思维空间豁然开朗。这种"继续教育"的绝佳机会，正是文联给的。怎不心存感念呢？

六

参与《台港文学选刊》的编辑工作，同样是一门大课。

1984年6月，酝酿创办《台港文学选刊》。季仲和蔡海滨、陈章武分别兼任主编和副主编。得有人担任专职编辑。我竟然"毛遂自荐"。也许是几个方面的综合因素，让我又一次做出这种大胆的抉择。

一是"大气候"，社会的"大气候"。

这一年6月，邓小平正式提出"一国两制"的战略构想。他说，我们的政策，是实行"一个国家，两种制度"，具体说，就是在中华人民共和国内，内地10亿人口实行社会主义制度，香港、台湾实行资本主义制度。

项南来福建主政，倡导念"山海经"，建设"八大基地"，包括对台工作基地，他多次强调"闽台一家亲"，"不论从历史上讲，还是从血缘关系讲，都可说是地理相近，语言相通，血缘相亲"。

另一是"小环境"，内部的"小环境"。

在季仲主持下，领导层齐心协力，想干事，能干事。

从自身来说，有一定的专业准备，也有必要的工作实践。

经过4年在职学习，省电大中文专业即将毕业；期间，参加电影进修班等专业学习，基本素养有所积累。另一方面，分别在评论组和小说散文组工作，实践经验也有所积累，其间，与章武一同兼任《台湾文学之窗》责编，悟出了一些"门道"。说来，也是某种机缘巧合。老家平潭岛是大陆距台湾最近的地方，自小对"宝岛台湾"印象特别深刻。

无论客观因素而致，抑或主观努力成就，"初生牛犊不怕虎"，这副担子就这么挑起来了。

《台港文学选刊》的创办，见证了一种了不起的奇迹。

接获创刊报告，省文联党组（杨滢为党组书记）立即研究批准，当天就报送省委宣传部。何少川为部长，许怀中为分管文艺的副部长。第二天，宣传部迅即批准，由文艺处正式下文（范碧云当时在文艺处工作）。24小时内，全国第一家专门介绍台港澳及海外华文文学的期刊便取得了"准生证"，没多久，刊物正式问世。

头两期，自办发行。刊物印制后，全体总动员，火速前往火车站搬运、发送。一时间，办得红红火火。

长达一年多，文编却只有我一人，承领导和同事关心，咬紧牙关挺过来了。创刊号由许江担任兼职美编，第二期起就由龚万山接棒了。后来由陆广雄接手，而后由王肃健担任数年专职美编。文编渐渐添了人手，楚楚和宋瑜等先后加盟。

工作上超负荷，是显而易见的压力。涉台涉外政策性强，风险大，更是无可规避的"难以承受之重"。

1987年报刊整顿，差一点就"整"掉了。理由之一：上头有精神，一家编辑部不能办两种刊物。只能顺应之，建制分开，两套人马办两家刊物。季仲作为文联书记处书记，专门兼任《台港文学选刊》主编，本人担任专职副主编。

老季真是亦师亦友的好领导。他当官不像官，不改作家本色。懂行，而且开明。他放手让我主持日常工作。他负责终审，绝大多数稿件一路放行。人心是肉长的。他越是信任，我越是用心，竭尽全力。

由于年龄原因，老季于1996年初卸任。他转任顾问，又"顾"又"问"，有事找他，他从不推辞。

这时，《台港文学选刊》发行量大幅下降，不再盈利。为理顺关系，与《福建文学》财务上自此完全分家。《小说选刊》《散文选刊》《中篇小说选刊》等早已从"母刊"中独立，时势使然，机制使然。

近年，省文联党组遵循艺术规律，重视办刊工作，《台港文学选刊》从2009年起改版转型，重返"纯文学"路线，得到多方肯定，稍感安慰。

几年来，以《台港文学选刊》为平台，先后举办六届"海峡诗会"，拓展海内外交流空间，逐步发挥"窗口"和"纽带"的积极作用。

冰心老人曾为《台港文学选刊》题辞："……祝她永远做个灿烂长桥。"

著名诗人洛夫称道《台港文学选刊》"完成的不仅是一座桥梁的使命，更是一种海内外中国人的，千万缕情的交融，千万颗心的凝聚的工作"。

台湾评论家孟樊先生说："《台港文学选刊》是大陆文坛（包括海外华人）了解台港作家及其创作的一个'窗口'，而且是最重要的'窗口'。不仅如此，更重要的是，它为海内外文人提供了一个相互交流的管道，也藉由它维系了两岸文人的感情。"

说到"窗口"和"纽带"，不禁想起可敬的项南同志。《台港文学选刊》创办时，他撰写代发刊词《窗口和纽带》。创刊10周年纪念，他又应约寄来贺辞："台港文学选，窗口加纽带。苦斗十年整，骄傲海内外。"而今，这贺辞与冰心题辞一同端端正正悬挂在办公室上方，策励自己，做该做的事，做愿做的事，做能做的事。

杨际岚，1949年生，福建平潭人。毕业于福建省广播电视大学。历任平潭县报道组干事，《福建文艺》《福建文学》编辑，《台港文学选刊》责任编辑、副主编、主编。中国作家协会会员，福建省作家协会副主席，福建省台湾香港澳门暨海外华文文学研究会会长，中国世界华文文学学会秘书长。著有杂文、随笔集《人世间》，发表杂文、随笔、评论等数百篇，选编作品集十余种等。

随笔四题

◎ 黄国林

那些名留"青屎"的事儿

上厕所，古人称之为如厕。

谈如厕似乎不太雅，可是世间人不论雅俗，概莫能免！人活一世，可以不当官，不发财，富贵不能淫，威武不能屈，但绝不可不如厕！

历史上最有名的一次如厕，非汉高祖刘邦莫属。在鸿门宴上，刘邦借口上厕所，逃出项羽军营。文见司马迁《史记·项羽本纪》："沛公起如厕……"

可以说，这是历史上最有名的一次"厕遁"。

既然是最有名的，那肯定还有第二有名。嗯，第二有名还是他刘家！

话说，到了东汉末年，刘皇叔寄于刘表篱下。刘表的亲信蔡环以设宴招饮为词，想趁机杀害刘备。刘备在席间察觉后，马上重操他祖上的故技，以如厕为借口逃走，这就是《三国演义》里有名的"跃马过檀溪"的故事。

时辰就像坠落的叶片

谈到古人的如厕，就不能不提名留"青屎"的晋景公。不过，这个说起来就有点污了。

晋景公是春秋时期晋国的一位君主。他曾打败楚国，也曾打败过齐国。用当下的话来说，他就是个打"反恐精英"的高手。

然而，就是这么一个晋景公，《左传》只用了一句话记录他的死：

"将食，涨，如厕，陷而卒！"

意思是说晋景公吃了碗麦粥，突然觉得肚子胀，于是就上厕所，结果重心不稳，跌入厕所内。天可怜见，堂堂的一国之君就这么活活被大粪给呛死！

这可真是——生的伟大，死的扑通。

写到这，我想，有人不免要说，都一国之君了，怎么厕所还这么简陋，上个厕所能把命给丢了？

会有这疑问的多半是城里人。

别说那是两千多年前了。就是在当下的农村，还有比这更原始的。

什么样的呢？说说我小时候走亲戚时的经历吧。

放寒假了，贪嘴，跟着大人去"吃猪肉"。肚子承受不了突然的油腻，半夜内急。只好由大人拿着火把陪着一起上厕所。

厕所在哪呢？绕到房子后头，摆着一个特大号的木桶，你能想象多大就多大！沿着一个木梯爬上去，上头支着两块木板，人站在木板上吱吱响……

如果你能有幸去使用一次，保证你终生难忘！

这么说吧，你内急得不行，怎么办？

不管三七二十一，就是一阵子排山倒海。还伴随着一阵阵此起彼落的"哼叽哼叽"！那是因为边上猪圈里的猪听到动静了，跟着起哄。

大冬天的，风把屁股吹得一阵阵发麻。大人还在边上不耐烦地催着："好了吗？好了吗？"

完事后，起身看那黑乎乎的深不可测的大木桶，逃都来不及，感觉像是捡回了一条小命！

记得那天跟朋友聊起这个"不堪"的话题时，朋友说："你本家黄永玉《无愁河的浪荡汉子》也是这么絮絮叨叨……也有几个蹲茅坑的画面，叙说些平常也挺精彩。"

《无愁河的游荡汉子》我没见过，倒是彰显黄永玉式幽默的《出恭十二景》让我过目不忘，且不由多看几眼，哈哈而乐。正如他自己所说的：

> 世上之吃喝拉撒睡，拉撒最受轻视。历史讲得最多的是吃喝睡，花钱也最舍得。我画的这批画很快将在历史上淹没，给诸位留点见识趣味，不挂在书房客厅而挂在洗手间，也算是增加一点上洗手间的情趣。

其实，黄老说的也不全对。在中国文化的历史典籍中，有关厕所的"笔墨"还是不少。宋人欧阳修称自己读书构思，是在"三上"，即：枕上、马上、厕上。

大家都知道"洛阳纸贵"的典故，但对左思穷十年之功写出《三都赋》的状况未必清楚。据《晋书》称："（左思）构思十年，门庭藩溷，皆著笔纸，遇得一句，即便疏之。"这里提到的"藩溷"就是厕所。

这句话啥意思呢？用现在的话来说就是：左同学在写《三都赋》的时候，门上、庭院里乃至厕所，都放着纸笔，一找到灵感就叽唧叽唧地写下来。

如果说在厕所写书，是因为茅塞顿开。那么在厕所看书，对于很多人来说，无疑是人生一大乐事。只不过，现如今渐渐演变成了看朋友圈，点赞。

小小厕所大文章，难怪乎老子早就有惊人之语。

老子说：道乃"玄之又玄，众妙之门"。弟子问他：在哪呢？老子答：道在便溺之处。

这"便溺之处"，不就是厕所吗？！

尿里乾坤大

吃喝拉撒睡，谁的人生都逃不过如此。吃得多就拉得多，喝得多就撒得多。

撒虽说和拉一样难登大雅之堂，但在为数众多的绣像小说里多有笔墨记叙。宽衣解带，或立或蹲。有时是在墙根底，有时在葡萄架下，或蔷薇花间，或假山石旁。只有想不到，没有尿不到。一言蔽之，很接地气。

记得小时候在乡下，也是一点都不讲究，几兄弟挤一张床，尿桶就放在床边，半夜三更被尿憋急了，轮流起来，叮叮咚咚。那尿桶也不带盖，存的日子多了，一泡尿撒完，屋里臊气一片，得好半天才消停。现在回想起来，那股骚味宛然。

　　与小说及乡野的逸趣相比，处庙堂之高的"溲溺"则更多的是让人匪夷所思。比如《史记·郦生陆贾列传》及《资治通鉴》等，就都有这么一个桥段："沛公不好儒，诸客冠儒冠来者，沛公辄解其冠，溲溺其中……"

　　译成现代文就是说，刘邦因为不喜欢儒生，许多头戴帽子的儒生来见他，他就把他们的帽子摘下来，往里边撒尿。

　　古往今来，多少帝王被谓之流氓的，如果说刘邦称第二，那就没人敢称第一。

　　到了汉武帝，有样学样，跟着要流氓。太史公司马迁只因替李陵说了几句公道话，结果汉武帝火冒三丈："你牛什么牛？我根本不尿你！"

　　于是乎，因为尿不到一个壶里，太史公就被加以宫刑，撒尿的工具惨遭修理，成了终身受辱的刑余之人。要说太史公，错就错在往皇帝老儿的头上"撒尿"。

　　这里得普及一下常识。古时候，常于卧室床底下置一夜壶。有朋自远方来，心交神会，彻夜长谈，凡有尿意，皆撒于一个夜壶之内。这，就是如今人们常说的能"尿到一个壶里"的来历，相反则是"尿不到一个壶里"。

　　话说，太史公虽然撒尿的工具被宫了，但仍秉笔直书，偶

时辰就像坠落的叶片

尔也为被尿者翻身把歌唱。

《史记·范雎蔡泽列传》中就记述了这么一个君子报仇十年不晚的故事：范雎是魏国相国魏齐的门客，魏齐因怀疑他与齐国有染，把他鞭笞得奄奄一息后扔在厕所里，让宴饮的宾客轮番往其身上撒尿。范雎在诈死之下获魏人郑安平相助潜逃入秦，后官拜秦国相国。秦昭王为范雎雪恨，逼魏齐于绝望之下自刎。

当然，"一个愿撒，一个愿挨"的情况也不是没有的。《大唐新语》中就有这么一条记载：御史大夫魏元忠患病，御史郭霸去探望上司，见他病得不轻，便提出要尝一尝魏元忠的尿液，尽管魏元忠一再制止，郭霸还是啧啧有声地品尝了一番，说是味道偏苦，病情已无大碍。但郭霸的运气不佳，魏元忠秉性刚直，"甚恶其佞"，把这桩丑事公之于朝廷，郭霸非但没讨到好，还因此名声扫地。

更绝的是《北齐书·和士开传》中的记载：有一次，大权奸和士开病重，医生开出一味"黄龙汤"。那股扑鼻的臭气，想之即吐。不料，有人当即把握住这个千载难逢的机会，自告奋勇，大献殷勤，为和士开尝试"药"味，咕咚咕咚一口气喝完，嘴巴一抹，连称味道不错。

这可是入了正史的丑闻，读来真叫人不得不瞠目结舌，口不能语！

写到这，也许有人要问，天啊，都这么不堪吗？其实也不是，说个轻松点的。

话说北宋有个名臣叫苏颂，官至相国。苏相国退休后，选了一年轻漂亮的暖床丫鬟韦氏。所谓暖床丫鬟，就是天寒季节，替主人暖暖被窝，充当人体"暖水袋"。

可是，这个韦氏第一天上班就出糗了——暖着暖着，竟然睡着了，还尿了苏相国一床。"暖水袋"漏水，这还了得！

好在我们这个老苏不仅不恼，还非常巧妙地就把这个锅给甩了，那理由是相当的高大上。苏颂对小韦姑娘说："你这是大贵之相，我这地方太过窄小，不是你应该待的地方，你应该进京服侍皇室才对！"

就这样，韦氏和其他几位姑娘，被送到了端王府中。而这个端王不是别人，正是后来自创了"瘦金体"的宋徽宗赵佶。

更没想到的是，这个赵佶不仅琴棋书画样样了得，枪法也是极准，很快韦氏便诞下一子，这便是宋高宗赵构。韦氏就这么"因尿得福"逆袭成了韦太后。

回想起自己小时候，偶尔尿床，每每被胖揍或嘲笑，顿时整个人感觉都不好了。唉，逆袭的故事总是别人家的。

说些"屁事"

放屁，是一种正常的生理现象。然则，因为屁或有异味，或伴有响声，众目睽睽之下最为忌讳。作为农村长大的孩子，从小我就知道上学之前不能吃太多地瓜，否则上课时就会忍不住放屁，释放出难闻的味道。

奈何在那个物资极其匮乏的年代，几乎三餐都离不开地瓜，到了冬天的夜晚那才叫一个"惨"。兄弟仨挤在一张床上，被子又薄又小，恨不得把整个人都蜷缩到被窝里去，然而比寒冷更难抵御的却是可预料却又不期而遇的臭屁！最恼人的是，刚小解完浑身哆嗦地钻进被窝，冷不丁地又被臭屁给熏出来。

童话作家郑渊洁先生，把屁归为四类："其一是又响又臭，一旦制造了此类爆炸性外加毒气的屁，肇事者很难不被发现；其二是有味无声，此类屁只要在场人数逾三人，就有可能逃脱'道德法庭的制裁'；其三是有声无味，制造这类屁的人比较吃亏，没造成恶果，却背上了'坏名声'；其四是无声无味，此乃群居之下的最佳之屁，当事人都会有吃了一顿免费午餐的感觉。"

细想，小时候因地瓜而肇事的当属第二类。彼时的苦难经历，如今回首却不禁莞尔，特别是多年后当我读到季羡林的《留德十年》，觉得我儿时的那点经历真不算什么。

《留德十年》记述了"二战"期间季老在德国的经历。1944年，苏军和盟军已经从东西两线逼近德国本土，物质条件极度困难，令季老最刻骨铭心的记忆，就是饥饿。当时他所在的哥廷根市配给的面包，里面掺杂了木屑，不仅没有营养，而且能在肚子里制造气体。"在公开场合出虚恭，俗话说就是放屁，在德国被认为是极不礼貌，有失体统的。然而肚子里带着这样的面包去看电影，则在电影院里实在难以保持体统。我就曾在看电影时亲耳听到虚恭之声，此伏彼起，东西应和。"可见当时普通德国人生存状况的尴尬。

真可谓是，一叶知秋来，一屁知饥寒。

诚如季老所说，在公众场合放屁是极不礼貌的。古今中外的礼仪规范，概莫如此。古人甚至连放屁这个词都不直白地讲，而是称之为"纵气""出虚恭"等，就像以"如厕""小解"分别替代拉屎、撒尿一样。但是忌讳归忌讳，该来的还得来，毕竟屁产生的时间实在无法把握，北宋官员邵篪因放屁而遭殃。

据《桐江诗话》记载，"一日，邵篪因上殿泄气，出知东平"。意思是说，有一天朝会时，邵篪因为腹中气压积累，实在憋不住了，就放了一个屁。在皇宫大殿庄严肃穆之地，放出如此臭气，实在是有伤大雅。宋哲宗大怒，下诏将邵篪降职外放到东平做知州。

邵篪本是一介无名的低级官员，只因他在不合适的场合，不合适的时间，放了一个屁，而载入了史册，这恐是他始料不及的。正所谓："邵篪风流余韵，他无所闻，以上殿泄气，至今传之，不然，几与草木同腐矣。"

有人因屁留名，也有人因屁得福。清人沈起凤在其所撰的《谐铎》中就记载了这么一件事：有一年陕西乡试，一位主考大人赴西安做考官，临行前拜访官至尚书的恩师。谈话间，尚书想放屁，但又不好意思，忍不住移了移屁股，主考官以为有玄机，立马问有啥吩咐。尚书说："无他，下气通耳！"意思是说，没啥，只是放了个屁，主考官理解错了，以为要他关照一个叫夏器通的。结果在西安，真有一名叫夏器通的考生，然后就这样阴差阳错地得了个第一名。

而说到在朝堂之上公然放屁，不能不提为大家所熟知的"十阿哥"爱新觉罗·胤䄉。电视剧《雍正王朝》有这么一个小细节：雍正登基伊始，在乾清宫第一次以皇帝的身份正训着话，然后呢，老十就不时地放屁，惹得朝堂上所有人都哄堂大笑。

而这，只是十阿哥的种种"草包"举止之一。对此，一直以来都有两种截然不同的看法。有人认为，他是真的蠢，心机太浅，喜形于色，如他意就点赞，不如他意就喷，实则他只不过是八爷对付四阿哥的一颗棋子而已。而另一方则认为，在古时封建王朝，王室纷争，你死我活，尔虞我诈，以致亲情践踏、骨肉相残均是常事，胤䄉作为康熙第十子，自然深谙这些道理，他实为大智若愚，装傻充愣。也正是因为他的这种性格，雍正在清理八爷党的时候，最后才没有整死他。

嗯，公说公有理，婆说婆有理，似乎都挺有道理的。其实呢，说开来了，有时候你认为的真理在他人眼中可能也是一个"屁"，只是没说出来而已。

像勒夫那样挖鼻屎

挖鼻屎，对于很多人来说是一件暗爽的事情。

无所事事的时候，手情不自禁地往鼻子方向飘移，嘴角紧闭，眼神专注，小指或者是食指伸出，轻轻地抠挖，左右回旋，均衡用力，一旦遇到阻力，精神高度亢奋。一二三，起！

抠出鼻屎的那一瞬间,堪比攀上人生巅峰,神仙也不过如此。那下子,就恨老天为什么只给两个鼻孔。

挖鼻屎,可以说是一项喜闻乐见的"全民运动"。口说无凭,不信,你上果壳问答或者知乎网上看一下。像《如何科学文明有效地挖鼻屎》这样的帖子,比比皆是。

也许,你觉得我这么说没有说服力,你尽可以找"度娘"。

最早对于挖鼻孔现象的系统性科学研究来自 1995 年美国麦迪逊两位精神疾病学者托马森及杰斐逊。他们当时以信件问卷调查访问了上千名威斯康星州戴恩县的成人,在获得的 254 份回复中,高达 91% 的人坦承他们有挖鼻孔的习惯,甚至有 1.2% 受访者承认他们一个小时至少挖一次鼻孔。

比较好奇的是,人类从什么时候有了挖鼻屎这一嗜好呢?

台湾三言社 2005 年出版的《挖鼻史》一书,煞有其事地介绍人类挖鼻孔的历史,可以追溯到公元前 4075 年。当时古埃及壁画中,就有男性用手指挖鼻孔的图画。也就是说,人类"挖鼻史"已经超过 6000 年了。

生活中,谁没有过挖鼻屎的经历,但正经八百地将挖鼻史做成一本书,这大概也算是开天辟地头一遭吧。

可是,为什么我们会想要挖鼻屎呢?这一直没有明确的答案。也许就像是咬指甲、撕伤口结痂一样,我们可以借由这一行为获得把事物"整理干净"的小小满足感。

还有一个关键,鼻子处于十分容易得手的地方,换句话说,我们挖鼻子也许是因为"它就在那里"。而且,相较于一盒卫生纸，手指头从来不会短缺。

挖鼻屎确实是无师自通的，而且还代代相传。小时候，父母一遍遍地训斥："你怎么又挖鼻屎了？！恶心不恶心？"为人父母后，轮到我们虚张声势地训斥自己的孩子。其实，只是没有当着孩子的面挖而已。

加拿大萨斯喀彻温大学的纳珀教授，通过多年研究后说，在现实生活中，不存在不抠自己鼻子的人。出于某种原因，抠鼻子是大自然赋予人们的一个习惯，既是必要的，也是自然而然的。

看来，人们大可不必因为挖鼻屎而有任何心理负担。甚至挖完后，你还可以试着尝尝它的味道！

记得在2010年南非世界杯上，德国队主教练勒夫以其帅气的外形和时尚有型的穿着搭配成为赛场边的一道亮色，不少女球迷都钟情于他。但勒夫的一个习惯却被无孔不入的媒体无限放大，那就是挖鼻屎。

在英德大战之时，在全世界面前，勒夫在教练席上被记者拍到挖鼻屎。更绝的是，在豪爽地挖完鼻孔后，勒夫把鼻屎从右手转移到左手，随后捻成一团，塞进了嘴里。

时隔四年之后，在小组赛德国队与葡萄牙队的比赛中，勒夫再次因为鼻屎引人关注。不过这次他并没有将鼻屎放入口中，而是挖完之后和C罗握手致意。

那阵子，《舌尖上的中国》正火热。"舌尖体"无处不在，网民集体狂欢：

"四年一度的世界杯开始了，德国队主帅开始了为期一个月的忙碌，他把手指塞进鼻孔里，寻找一种珍贵食材——鼻屎菌：一种产自鼻孔的珍贵菌种。一天当中只在某个时段毛囊分泌物与吸入的不干净空气产生微妙化学作用，生长出深色而坚硬的鼻屎菌。勒夫知道，什么时候采摘的鼻屎菌品相最佳。"

"即使在全球 3 亿观众面前，他也没忘记挖鼻屎传统。场上比赛开始了，勒夫在场边也开始了一天的劳作。越是弥足珍贵的美味，外表看上去，往往越是平常无奇。不过，这次他没有独自享用，而是将它留给了 C 罗，希望这种古老而又优雅的制法能传承下去。"

……

这么大大方方地挖鼻屎，真不愧是条日耳曼汉子。

所以，下次你不用再遮遮掩掩地挖鼻屎了！更不需要担心有人用奇怪的眼神瞄着你。

毕竟，挖出来那一刻，啊！整个世界都会很自然地安静下来。

目瞪口呆！

黄国林，现供职于福建省政协教科文卫体委员会办公室。

母亲，像一本百科全书

◎乔　夫

母亲说，她是十六岁就嫁到我们家的，她嫁过来的时候，新中国还没成立。那时候，山里头正乱，村里人生产也没心思，穷着呢。村里人大多数都穷，苦死了，结婚的时候，连条被子都是借人家的。

穷也好，白手起家，知道什么该疼，什么该惜，什么该恨，什么该爱。点点滴滴都是自己用辛苦换来的，连同如何生活，如何为人，如何敬夫，如何爱子，如何惜邻，等等等等，全都边做人边学，边生活边悟。

在我的眼里，母亲就像一本百科全书，似乎这世界上没什么她不懂的，也没有什么难倒过她。

就说过日子吧，母亲总是能变着花样，让穷日子过出一家人的微笑。我出生没赶上好时候，正嗷嗷待哺，集体的食堂就办到了尾声，给我母亲一天只配给 3 两米饭，还要下地劳动。我是初生儿，我母亲说一天只配给 1 两米饭。母亲说，那点饭只够嚼着喂我，她自己不够吃，只好挖马兰根、芭蕉芋和石猪肝凑数。

后来食堂解散了，又回到了各家各户过自己的日子，粮食由集体按口粮分配，省一省，一家人反而基本够吃。难就难在菜肴，父母都很勤劳，菜蔬也不太是问题，主要是荤腥难见，油料难为。母亲只好在菜的花样上尽量做文章，这餐是青椒炒茄子，下餐就换成豆角加黄瓜，尽量不让菜品重复。就算是四季豆疯长的时候，也变着花样煮，或掰成豆段，或斜切炒丝，或横切炒丁，至少让一家人在感观上先不倒胃口，就连一碗米汤，也能煮出四五个花样，有时就白米汤搁点盐，有时搁点葱花，有时放点青菜叶，有时又来几朵木槿花。特别好吃的是，蒸饭时一并蒸烂了一小碗红米豆，再捣烂了掺到米汤里。那味道，让人不知不觉几碗干饭就被骗下肚子去，碗筷一放，肚子一拍，"饱了，下地干活去"！

遇到蔬菜换季断档的时候，母亲也是有办法来对付的，能到野外找就到野外找，野外找不到了就在大米上做文章。比如什么"懒人菜"啦，野芋梗啦，水芹菜啦，野芝麻啦，糯米草啦，等等，都是桌上的佳肴。更不用说什么地里刚长出来的南瓜花、地瓜叶。就连长老的苋菜梗，她都可撕去老皮用盐巴腌制成一道可口的下饭菜。母亲就是不吃蕨菜，也不准我们去采，说是蕨菜太寒凉，山里人体质受不了。

米食，是母亲经常给家人调剂胃口的绝招。有空的时候，她就会去推石磨磨米浆，没空的时候，就会在米饭上做文章。比如春天连下几天雨，母亲就会在晚餐的时候，用薄荷叶混在米浆里摊饼，让一家吃了祛除风寒，糖罐子开花的时候，就会命姐姐去采花，混在米浆里煎饼，又香又脆。如果是夏秋换季的时候，母亲就会捞一锅烂烂的米饭，放在锅里用铲子像城里人和面一样使劲搅揉，然后搓成丸子，或擀成长条放在砧板上切，再炒上许多豆角加入捞饭的米汤一起去煮。父亲收工回来问我晚上吃什么，我说，妈妈做了"硬米糍"。父亲一听，脸上笑笑的。

做糯米饭的花样，母亲就更多了。有时候磨点米粉，加入点茴香、橘子皮什么的，煎了饼就熬一锅糯米粥让家人吃。有的时候，糯米粥里又加点红豆、豇豆什么的，好像现在人吃的八宝粥，只是那时候穷，加不起七八样东西。闷糯米干饭的时候也是这样，如果不加豆子，就加入山上捡来的榛子、米椎什么的，尤其有时候还能切上半只、一只目鱼干，那香味就更是馋人。有一回我去田里捉了一些泥鳅回来，母亲见了大为高兴，居然用鲜泥鳅闷出一锅令人垂涎的糯米饭来。

家人偶尔有个感冒发烧、头痛脑热，母亲基本上不要请医生。每年的菜地，薄荷、白苏、紫苏、艾叶、生姜、大叶马蓼等等，母亲必种。像淡竹叶、金银花、菖蒲、吴萸子等等，山上都有；每年季节一到，母亲都会去采来晒干。母亲有一只大大的细篾筐，那就是她的"百草篮"，家人凡有一点小恙，或是有个什么打喷嚏的预感，母亲很快就能配上几种熬成药汤。比如，感冒流涕了，就熬一碗薄荷加苏梗表汗；要是喉咙痛，再加点金银花、淡竹叶什么的；如果中暑回来肚子疼她就马上抓一把吴萸子切碎了，用温开水给生病的人喂下去。

艾秆灰煮粥也是母亲给家人驱寒除湿的一道美食。头年种下的艾草收成了，母亲就会将艾秆烧成灰收藏起来，一旦几天阴冷下雨，早餐的粥里就会放入磨细的艾秆灰，再撒些盐。粥看去像墨汁一样黑乎乎的，吃起来却有一种特别的香味。

母亲还有一些治病的奇招。小时候，我们经常会突然肚子疼。母亲一见到我们捂着肚子皱眉头，立马就把我们拉到房间的尿桶边，抓一张草纸沾了尿，把我们的衣服一撩，就在我们肚脐眼周围画圈圈，边画边念："风气煞气，路上的风气，河边的煞气，见尿就跑，见尿就退。"一念完，就在我们屁股上一拍，说："好了，去玩！"也奇怪，我好多次突然肚子疼，还真就让母亲这样给治好了。

据说，母亲这一招是向外婆学的。母亲向外婆学的另一招就是灯芯点穴。比如有人长目翳，母亲就能在病人的脖子上找到穴位，用河边拔来的灯芯草抽出的草芯沾茶籽油点着，然后用拇指在病人脖子上搓，搓出一条青筋凸起，找准穴位就用灯芯点烫下去，每点一下都发出"啪"的一声，连续几次，病人眼睛里长出的东西竟然就没了。有一次我的腋下鼓起一个东西，生痛生痛。母亲说，寒气湿气闭住的。她先用白苏梗、大叶马蓼、薄荷煲了一大碗汤，并在锅里放了 2 个鸡蛋带壳一起煮。我吃下药汤后，母亲也用灯芯在我的脖子上、腋下和腹股沟点烫起几个小水泡，用茶籽油抹了，然后叫我躺在床上捂着被子发汗。第二天醒来，腋下的小疙瘩居然就消了。现在想来真神，那么早，母亲就会用草药加点穴疗法，治好我的淋巴结肿痛。

母亲目不识丁，但她敬惜字纸。记忆中，我唯一挨过母亲一次打，是我对文字的不尊敬。那是我念小学的时候，流了鼻涕，胡乱撕了作业本上的纸来擦。有一次，我把读过的书乱扔，把写过的纸张撕了丢在地上，被母亲看见。她生气得很，抓住我的手就打，边打边说，要敬惜字纸，有字的纸张是不能乱丢的，不然你书是读不好的。那次，她还给我讲了什么"上大人，孔夫子"的事，说是写过字的纸张不要了也要拿到外面去对着天空烧掉，对着天烧，"上大夫、孔夫子"在天上看到就会很高兴，就会护佑我学习上进等等。

母亲还特别交代我们做子女的，千万不能乱动父亲写过字的纸张。也没有说为什么，就说不能动，哪怕是只有一个字、一行字的纸条也不能动，不然会害了父亲。长大后我们才理解，父亲那时候是村里的出纳，掌管着村里的财务，母亲这样交代我们，是怕我们使父亲在账务上出什么差错。

母亲虽然没上过一天学，可许多话从她嘴里说出来，简直是至理名言。比如骂我姐姐火烧不好的时候，她就会说："怎么这么蠢呢，人要玲珑，火要心空。"有一次她看见同厅堂的邻居打儿子，边打边骂，骂得比较恶毒，母亲就去劝，结果邻居骂得更起劲，说是这短命鬼一点都不像其他兄弟，其他兄弟怎么怎么地乖，这短命鬼却怎么怎么不听话。母亲听了反骂一句："你蠢去死啊，龙王生九子，九子还九样相呢！"说着，就夺了对方手里的笤帚。

母亲对子女的爱，是真正的慈母心肠。她从不舍得恶骂我们一声，有时我们犯事她要惩戒，也总是手高高举起、轻轻拍下。父亲对我们是很严厉的，每当有人要受到惩戒的时候，母亲的眼睛就瞪得老大，心提在嗓子眼上。看到父亲下手重了，马上就上前把孩子扯开，嘴里说着"下次不敢了，要学乖，要学乖"，但从不拆父亲的台。她最看不得我们坐着抖脚，说站要有站相，坐要有坐相，不能轻骨头一样乱抖，会被人看不起，不稳重。

母亲心地善良，从不害人，也总是教育我们为人要正。她从不乱拿别人的东西，哪怕是一针一线、一饭一黍。她一辈子就做过一次"贼"。那一次她叫我陪她去一个叫"神仙坪"的地方看她姐姐，回来的半路说她为建电站的工人做了大半年的饭，现在连电站是个什么样都不懂。于是我就陪她到水电站转了一圈，然后顺着引水渠回家。在水渠上看到两边种满了大豆，母亲想到家里出生不久的几只小白兔，顿时起了"贼心"，说："你注意看人，我偷点豆叶去喂兔子。"那大豆也不知谁家种的，肥下太多，叶子密不透风，绿油油的。母亲在每一株大豆苗上只摘几片叶子，与其说偷，不如说是在为人家薅去过密的叶子，否则，那大豆肯定得"茹"，只会开花，不会结果。

母亲对父亲的爱，是刻在骨子里的。尽管他们那时候不像现在有什么花前月下、自由恋爱，全凭父母之命、媒妁之言就成了夫妻。"嫁鸡随鸡，嫁狗随狗"，在母亲脑海里、血液中、行动上，就认这个死理。

父亲是那个年代算读过几句书的人，"三纲五常""三从四德"的思想根深蒂固，虽然后来我们也看得出，他对母亲是

时辰就像坠落的叶片

深爱的，但在民国和新中国成立初期，对母亲的打骂也是常有的事。似乎敢于打骂老婆，才有读书人的尊严，才有家长的威信。但母亲对父亲的打骂，从来都是心甘情愿地承受，真正是打不还手、骂不还口。那个年代成长的人，时代的烙印很深。

我本来是不知道母亲也挨过父亲打的。从我记事起，只见过几次父亲发母亲的脾气，有一次还摔盆砸碗，甚至把灶台上的铁锅都砸掉了一口。

那次母亲很受气。因为是父亲来了一位远方亲戚，母亲杀了一只鸭子招待客人，但家里经常有客人，母亲就藏了半头没煮上桌。父亲认为把他的脸丢大了，说他去人家那里，人家是如何如何热情招待，到了自己家，就搞得这样一点脸面也没有。父亲发完火，一摔门走了。母亲就坐在灶膛前哭，见母亲哭得不止，不时从心底抽出泣声来，我就陪在她旁边也流泪，但不知道说什么好。许久之后，母亲擤了一把鼻涕，说："这个不得好的，都这个时候了，还这样对我。"

母亲还说，现在你们大了，不然我今天会被他打死。"这个不得好的。"母亲又说了一句。

之后母亲告诉我，在我没出生以前，她经常被父亲打骂，有一次身上被打得乌青乌青，腿也被打肿了，好几天点地都疼。我出生以后，父亲基本没再打母亲，但发这么大的火，是这么多年第一次。"还不是为了这个家啊，这个不得好的！"母亲又这样说了一句。但她始终没把那个"死"字说出口。在我们那个小山村里，夫妻吵架总爱用"不得好死"来骂人，但母亲对父亲始终没说出那个"死"字，她说不出口，更舍不得说。

我陪母亲坐了很久，看看时间不早，母亲长长地抽泣一声，拉起我说："走，不要理那个不得好的人，碗也不洗了，锅也砸了，看大家明天吃什么！"但说归说，第二天大早，母亲虽然眼睛红红肿肿，还是把厨房收拾得清清楚楚，并用另一口锅为全家人煮好了饭菜。只是父亲一声不吭吃完就走了，说中午不回家吃饭。原来他去了集镇，买了新锅回来灰溜溜地换上……

乔夫，公务员，现供职于福建南平市委某机关。

时辰就像坠落的叶片

请和我门外的花坐一会儿

◎欣　桐

　　汪曾祺在《人间草木》里说："如果你来访我，我不在，请和我门外的花坐一会儿。"看，这一个可爱的老头儿似乎是向友人发出童稚的邀请。

　　但是，生活中就是有这样的雅事呀！

　　前几日，一未曾见面的友人，一直约我去她家拿已经盛开的百日草。我小时候也特别喜欢种百日草。这种草本植物撒下种子，只要半个月就会长得亭亭玉立，还能开出各色花朵，甚是喜庆。

　　一直忙碌，约了几次去拿花都不得成行。

　　这位热心的朋友说，如果你来了我不在，花就放在种植园里的西北角落，我会在给姐姐的花上做一个记号。

　　这是不是与汪曾祺说的话相似呢？这样的凡人小事是不是特别让人感动呢？

　　我生活的海岛小城，曾经因为风沙大，种植花草成为一种奢望。但是岛上总有那么些植物爱好者，能够顺应时节，让青草红花点缀自己的生活。春日深深种下凤仙花——这种可以染指甲的小花儿，承载着许多姑娘的童稚回忆。记得有一年初夏，经过流水镇的一户人家，这家院子门口开满了蜀葵，一串串深红色似喇叭的花儿，火一般地倚在墙角。石头砌成的院墙、古旧的木门，沉默地记录着光阴，而这一串串艳丽的花朵，如同为院落守门般伫立着。那日，我定定地站在门口，想老屋主人一定是一位爱美的老阿嬷吧，在光影与花簇中平心静气地数着流年小日子。"小亭终日坚幽丛，兀坐无言似定中。苍藓静连湘竹紫，绿阴深映蜀葵红。"宋朝诗人葛天明的《小亭》中如是描写蜀葵，嗯，是这个意境。

自少年时代就爱养花，因此，我小家的两个阳台都种满了植物。

每每在阳台洗衣裳时，总会一边听收音机，一边观赏阳台上的绿色植物。铜钱草一年四季都郁郁葱葱。吊兰沿着木头桩子开枝散叶，木头桩子是下乡捡的，被乡下的婆婆视为破烂，摆上花盆，却有了层次交错的美。所谓"庭木集奇声，架藤发幽香"的情趣大抵就是如此。

一几一茶，一草一木，生活居然染上草木香的美好。

今年夏天去了几回"东林十三号"小院，它是三位海岛文艺青年，以石头厝变身改造成的文创空间。院子里有一株长得如树一样高的栀子花，花开的时候，那位叫"臻品公子"的海岛男生说，来吧，今晚友人小聚喝桃花酒，赏栀子花。

到达时，小院里有人在打手鼓，夜色中那零落有致的栀子花，白得耀眼的花朵挂在树枝上，细看是复瓣的栀子花，满院芬芳

时辰就像坠落的叶片

馥郁。伴着手鼓声，让人仿佛回到童年的夏天，有萤火虫，还有小人书和讲故事的阿嬷……整整一个晚上，啥也没做，呆呆地透窗看这一树栀子花。

今年，我工作的大楼下，四株玉兰树早已花香满庭芳，每天上班，行至树下，都忍不住摘几朵带回办公室。

到了楼上，总会往下看看这几株玉兰树，似乎每片叶子上都有一朵两朵盛开的玉兰花，密实得如同花也有重重心事一般。

在我的故乡成都，一到夏天，就有老婆婆提着竹篮盖着一块纱布，提着玉兰花叫卖。那年回故乡，在宽窄巷子听到几个女子用哆哆的成都话谈着花事，手中拿着一串串玉兰花，慢悠悠地走入小巷深处……所谓暗香浮动，美人如玉便是如此吧。

前一个周末，与台湾诗人古月相约在福州一个友人的画展上见面，见到她时，她手中有一朵野生的栀子花。

她说，来时的路上，顺手采摘了一朵。

知道她出生在湖南，隔着一湾海峡，隔着几十年的光阴，故乡的概念也在岁月洪流中冲淡了，而台湾的栀子花，让她隐约记得故乡的影子。

栀子花，于她有故园的味道。

我知道古月老师在台北的家中，种满了花草。她说，有一年她从西班牙旅行回来，发现有一对鸟儿，在她的阳台花丛间生产了儿女，看到嗷嗷待哺的小鸟，还有飞进飞出的鸟妈、鸟爸，听着那啾啾的鸟鸣声，她感慨万千，这丛丛花草无意间竟成全了几个生灵家的温馨。

爱花的古月，写过许多关于花草的诗句。我依稀记得这么一句："当青春散 / 场的时候 / 谁会记得一朵花的 / 暮年。"

或许，每个人的故乡，都有一朵承载少年记忆的花。

"繁花落尽，我心中仍留有花落的声音，一朵、一朵，在无人的山间轻轻飘落。"台湾另一位诗人席慕蓉在写《桐花》时的结语。

想必爱花的女子，总能在这嘈杂的世间，看到美好。

2018 年 6 月 10 日于海坛岛

欣桐，原名余小燕，中国作家协会会员。现为平潭时报专副刊部主任、平潭综合实验区作家协会副主席、平潭综合实验区文联副秘书长。出版有散文集《指尖起舞》《萤火流年》《坛中日月长》，平潭民俗文化丛书《行走海坛》《平潭行旅》《海坛掌故》等。曾获平潭综合实验区传媒中心"十佳新闻工作者"称号（2014）、平潭综合实验区基层"最美文化人"称号（2015）、平潭实验区妇联"三八红旗手"荣誉称号（2017）；《美古考古学家：平潭可能是南岛语族海外迁徙的第一块踏板》获 2016 年度福建新闻三等奖，《海上"鲁班"天堑架飞虹》获 2017 年度福建新闻奖报纸副刊作品一等奖；2018 年获第八届冰心文学奖。

风过心坎

◎ 林　斌

　　说起故乡，我总觉得我说不清自己具体是哪里人。在故乡，我在三个地方长长短短地生活过：出生在涵江，成长在大洋，求学在江口。当然，如今这几个地方都在名唤"涵江"的区划内了。小涵江变成了大涵江，于是富饶的侨乡江口、地处偏远的大洋，和小巧傲娇的"小上海"老涵江成了一体。一问"你是哪里人"，人人都答说"涵江人"。但我总排斥这样的融合，大洋便是大洋，涵江便是涵江，江口便是江口。于我，它们迥然相异，链接着各自不同的记忆，代表着不同的心情。每每忆起，总能闻到不同的气味，听到不同的声音。

　　涵江装着我的童年。这里的记忆里总是弥漫着夏夜的虫鸣声和咿咿呀呀的戏曲声。我出生的老屋，是莆田传统的红砖厝，颇为古色古香。老屋大门外的门槛上装着一扇雕着兰花的小门，当白天大门敞开时，小门可以防止猫狗跑进屋里。没事时，我们便攀着小门，用脚勾着能勾的角落，手抓着小门上方的格子条，"咿呀咿呀"地左右荡起来。小门因此总是不停地坏、不停地修。楼上隔开阳台与大厅的是雕着花鸟虫草和麒麟的八扇门，几个孩子疯玩累了，便在阳台铺个竹席，趴在地上对着门描上面的花鸟。大厅上方有个阁楼，要用梯子才能爬上去。夏日的中午，趁着大人午睡，我们这些睡不着的小孩子便顺着梯子爬进低矮的阁楼，总能翻出点也不知道是谁家的东西，有时候蹑手蹑脚溜到楼下偷偷卷上一大筷子的麦芽糖，抱着碗仙草冻，带入阁楼，偷吃个欢。因此阁楼上的老鼠特别多。老屋门前有着红砖铺就的空旷院子，它是环绕着这院子的几户人家共有的场地，也是村子里仅次于宫庙戏台的活动场所。一下雨，院子里的红地砖便红艳艳、水润润地美。夏天的傍晚，家家户户便把饭桌子摆到门口，夹几只醉螃蟹几块豆腐乳什么的，把饭碗和几个菜碟子一叠，或蹲或站或四处溜达着边吃饭边聊天。吃完饭就搬出长条竹椅，或躺或坐，说着东家长西家短，不时夹杂着噼啪一声蒲扇打蚊子的声音。聊到尽兴时便到夜深，一起乘凉的小孩子们早在竹椅上睡着，脸上压出红红的竹条印。到了打谷时节，院子里更是彻夜灯火通明，人声鼎沸。大人们忙着晚上打谷早上扬糠，我们这些半大不小的小孩子不用早睡，还有夜宵享受，乐得什么似的，上蹿下跳。大家困了便在阳台支起蚊帐横排一溜睡着，彼时小舅舅在念大学，偶尔给大家讲故事。《山海经》的瑰丽神奇、百慕大的神秘、《聊斋》的鬼怪狐仙，让我们既紧张又害怕；当然还有会撒花的仙女、冰山上的雪莲、长白山的棒槌等美好的东西，直到现在，它们还在我的梦里瑰丽地转着。等谷打好了、糠扬清楚了，便满满铺陈了一院子晒着，我们便又光着脚丫满场子一圈一圈地勾着谷子跑，勾出一道道跑道，兴奋不已。神仙过生日，就是节庆。村里总要请一台戏，除了在宫庙前的戏台上演给神仙看，时不时地也在我家门口红砖院子里临时搭起戏台助兴。小孩子们兴奋地跑去看戏子们，大家特别关心旦角住在谁家。我们总是挤在人家门口紧张兮兮无比崇拜地看着旦角化妆，羡慕着满头的珠翠华丽的服装。挑担的小贩也来了，此起彼伏的吆喝声怎么听怎么迷人："丸子，索粉——""冰棍哟""山楂，山楂"……得了零钱的小孩撒了欢跑去，被斥责的孩子哭得满脸鼻涕，热闹非常。夜色未降，家家户户已经搬出标着记号的长条凳子，占好位置摆好观众席。我们家就不用这么麻烦了，老屋的阳台上就是贵宾席，可以毫无遮拦地看戏。占不到好位置的邻居也会来阳台上借光。惬意之时，总要赞叹说这位置多好，便又不厌其烦地说起曾经：在我妈妈还是小女孩时，目力可及的海上闹过龙卷风，一条黑一条白的两条龙，交缠着在海面上汲水，传说是龙王打架。风平浪静之后，又出现了一个有鸡鸭的村庄，吓得大家以为自己的村庄要被取而代之了，亏得一位在学校教地理的老师有见识，说那是海市蜃楼，无须惊惧。还是小孩的我，听了无数遍这个故事，可次次都着迷地听，觉得比起《山海经》里的蓬莱，这个近得多、真实得多，只是遗憾太迟出生，未能亲见。

　　及至要读书了，便被父母带去了父亲工作的地方——大洋。对于涵江来说，大洋是山沟沟。从涵江到大洋，要经过漫长而陡峭的山路，两车道的山路，一边依着山，另一边临着渊，蜿蜒的溪流就在谷底流淌着。有些路段只听流水声却不见任何溪流的踪影。这一路的风景是美的，颇有世外桃源的感觉，但也着实吓人，其中有一段路陡峭入云，开足马力的车子爬到最后似乎已经没力气了。对于经常往返的我，景致再美也抵消不了漫长的无聊与乏味，于是每次坐车都努力睡觉。一睡解万忧，管它上天还是入地。妈妈总是紧紧地抱着我，毫不放松地盯着司机的举动。这条山路曾经吓过我的一个在城里长大的高中同学，说要去我大洋的家玩，结果坐车到半路，吓得腿软，死活下了车，再不肯往里走。这山路之惊险，也深烙在我的脑海中，以致离开大洋十六年后，在我反复跟同学确认路平道宽的前提下，才敢战战兢兢驾车回去。到了假期才会回涵江。每次一回到涵江，七姑八姨总要逗说：山里的孩子回来了。因为在山里四处疯玩，被晒得黝黑黝黑的，和家里细皮嫩肉的表姐妹们站一起，着实土味得很。但我还挺享受这种土味。母亲说她刚随父亲来到这大山时，完全无法适应土里土气的生活，觉得四周的山脉从四面八方逼迫在眼前，抬头一望，视线立马就被近在咫尺眼前的青山阻隔了，嘴巴里整天都有尘土的感觉。母亲习惯于涵江临海的开阔，突然进入这样的地理环境让她觉得窒息封闭。我还小，不懂什么叫封闭窒息，只知道田野是美味的：可以挖地瓜，可以掰甘蔗，可以摘果实（田埂路边的人家，果树总探出矮墙，随便一跳，便能摘几个橘子、木梨什么的）……大自然同时也是一个大乐园：有种植物的杆，用指甲画出一条细线，就可以当笛子吹；而青色的竹子，折下几根，破开截断削一削，就成了毛线针。附近又有小溪流可以玩耍。清澈见底照着各种形状石头的溪流如磁场般地吸引我们去踏访，清凉的水从脚缝里漫出来，一不小心踩上个有青苔的石头，打个滑、摔个跤，弄得一身湿漉漉，忐忐忑忑地怕回家挨大人的骂。有些小学同学住在更乡下的地方（对他们而言，我住的地方是镇里的大院；对我来说，他们住的地方却是世外高人会青睐的所在）。他们家的房子是木制的，阳台用几杆竹子铺就，没有扶栏。屋前是层层的梯田，梯田那头多半有着潺潺的隐而不见的溪流，屋后或者不远的高坡上种着几杆青竹和各种果树，其中总有几棵是青涩的杨梅，树下杂草里开着红艳艳的野草莓。客人一来，热情无比的山里人就煮出杨梅汤，打上两个大鸭蛋，满脸笑容地等着看你吃完。我喜欢这样恬淡憨厚的世界。在这个被大山环绕的世界里，我们忙碌着亲近大自然，没空思考什么叫窒息。但，封闭，是切实地发生了的。大洋的封闭殃及教育。我就学的中心小学，已经是大洋最好的学校了，但寒暑假都没有作业可做，没人留意山外面还有个本子叫寒暑假作业本。所幸和我同龄的表哥不爱写作业，于是我承包了他的寒暑假作业，做得如饮甘琼。我的语文老师和数学老师很惊讶我过了一个假期，学习总会有脱胎换骨的进步，问起原因，我便提起了寒暑假作业。敬业的老师于是重视起寒暑假作业的练习。敬业的老师于是搭了车去了涵江，带回来一沓沓的练习本和卷子，给我们开起了小灶。音乐老师始终没有配备，当涵江的表哥表姐们会和着钢琴唱《老师窗前的米兰》，我只有抱着外公买给我的一架钢琴玩具，徒劳地羡慕着。体育课和劳动课两位一体，除了跳跳高，便是扛着锄头整理凹凸不平的操场。劳动中不时挖出个骨头什么的。学校因此盛传各种鬼故事，什么沉重的脚步声、窸窸窣窣的聊天声、哒哒哒的机关枪声，远比百慕大的故事可怕。至于课外书，我从涵江表哥那搜罗到的《少年文艺》和我抄录描画的《一千零一夜》，让我成为大家瞩目的中心。已经习惯大洋生活的父亲母亲并未意识到这种封闭对我有什么影响，直到有一天，和父亲外出的我，指着一条长长的看不到尽头的河流说："看！没有尽头，这是大海！"父亲觉得丢脸死了，默默把我带回涵江，坐在传说闹过龙卷风的那个海堤上，看着从远处一浪一浪推过来的水线。我模糊觉得，大海和山脉是不同的。山里的人受不了这种封闭，渐渐地一个一个走出去了，做起了加油站生意，慢慢地听说许多人赚了许多钱，在城区买了套房，又回大洋盖了有着拱门和落地窗的大别墅。大洋的风景也开始吸人眼球，瑞云山的郁郁葱葱开始为人所乐道。但离开的人终不再回来生活。我的小学前身是闽中司令部，闽中司令部纪念馆建了起来，我的小学自然也就迁走了，据说随着人们的离开，学生数越来越少，于是被并入当地的一所中学了。几年前因我一时的情怀，我的同学捐了许多书籍给我的小学，年前回到大洋想去学校看看书都做了什么用途，但，学校已不知所踪，我也不愿去问它的新址。青山依旧在，但洗濯过脚丫子的溪流有的已经干涸了。

由于敬业的老师抱回一大摞试卷，给我们开了小灶，大洋中心小学升"重点校"的零纪录终于被我和另外两个男孩子打破了。我们去了位于侨乡江口的莆田侨中。彼时区划还属于莆田县的江口和涵江区毗邻，但是风味全然不同。江口华侨遍地，似乎随便拎出个人，都能带出一串海外的风。倘若问我何时对"青春"和"有钱"两个词有所体悟的话，便是在侨中的时候。从莆田沿海和山区，不辞路途遥远的孩子们来到江口求学，便只能住校。青葱的校园生活十分清苦，二十几个人挤住在一间屋子；大家吃的是铝盒饭，配着花生腌菜和自制的肉酱；头顶着杂乱竖起的头发，也不知道要用梳子打理下；穿着有着两条白色竖条纹的蓝色秋裤晃来晃去。然而有那么一群人，和我们这些灰头土脸的同学形成了鲜明对比，那就是江口本地的走读生。他们是鲜亮的一群人，穿着白衬衫，着垮松的灯笼裤或牛仔裤，踩着漂亮的自行车（后来风靡的是豪气的山地车）风驰电掣地穿行于校园。再后来驾着摩托车在飘着蓝花楹的校园里呼啸。当大部分男生还在水泥台上打乒乓球、见到女生绕路走时，江口的男孩子穿得利利落落的，挥着羽毛球拍和漂亮活泼的女生在校园打出一片美丽的风景。安静时，他们便戴着随身听，漫不经心地哼着一首又一首流行歌曲，小虎队、林志颖、郭富城、潘美辰、王杰、梁朝伟、周慧敏……一个一个名字带着绮丽、热闹的劲头，带出一波一波的小潮流子。深爱学生但有点古板严厉的校长点了他们的名，在广播里对着全校学生严肃批评他们的奇装异型。但，不可抵挡的新潮热浪，通过这些江口的走读生，汹涌地从校外漫进校内，炫晃着我们的眼。直至如今，依然有个同学在同学聚会时，指着曾经的照片说："你看，他们这样子，就是现在来看，也是时尚无比啊。"

涵江、大洋、江口，要说起它们的经济、人文、地理，我毫无概念，觉得自己实在算不上是"涵江人"。对于生活过，至今还生活在其中的地方，所有的了解只不过是一鳞半爪，连有什么名胜古迹，都做不到如数家珍。然而，我着实爱故乡的这三个地方，爱它们的风，爱它们的水，爱它们的风情韵味，爱那里相遇过的人，爱曾有过的记忆。我爱它们，白驹纵然过隙，那时那刻各种醉人的镜头，都定格在记忆中，无法磨灭。

林斌，出生于莆田，现为福建师范大学外国语学院讲师。

时辰就像坠落的叶片

画外随笔

◎ 邓伯元

滋润福安

喷洒一层雾水,纸张微微湿润。他用手抚平陈年的宣纸册页,感知纸张的干湿程度,提起笔,调好墨,果断地运腕下笔,运笔提按顿挫如书法——他就是来自中国美院的张谷旻教授。他边画边说:熟悉中国画历史发现的脉络是必要的。中国山水画在魏晋南北朝开始独立成科,接下来不间断的发展,建立了各个时代的高峰。它经史悠长,非常成熟,是西方的风景画无法比拟的,代表中国画最好的绘画水平;树木比人物难画,树木山石千奇百态,变化万千,难以捉摸;"画实、画闹,画繁多",只是证明画家的造型能力,"画虚、画静、画单纯"方能体现山水画高逸的境界;"程式"是历代古人留下来的瑰宝,大胆运用然后拓展,它和"程式化"不同,多了一"化"字意思就变了,那是后学者没做好。眼看着画面上淡墨画树干,浓墨写树枝,之后勾皴点染……随着时间的推进,一幅幅笔墨生动、形态丰富、景致优雅的山水画出现了。

"画画的人一定要兼修书法。篆书能提高中国画的笔墨厚度，先用大笔写大字，之后逐渐缩小。笔锋要铺开再聚拢，笔锋翻转自如，以书代写是写意花鸟画的用笔高度……"来自中国人民解放军海军政治部创作室的创作员王伟平老师几天来示范了不少画，说了很多画理。

是浓厚的教学活动，还是福安情景气氛所致？我一天画山水一天画花鸟，经过人物班天津美院谭乃麟的教学场所时逗留片刻，路过油画班见学员作画时不忘多看几眼，乐此不疲。

福安的景色真是美呀！我们在各种各样的树林里早早地望见了高耸自信的房屋：悬挑脊梁，宽大的屋檐罩住一半石头一半土木的墙；迎风遮雨，四面布满不同朝向的斜屋面和木窗；防滑暖心，密密匝匝的小溪石铺满曲曲折折的小路……

我想，福安既有山又有海的特殊地理特点滋生出这样的建筑智慧，定能够迎合四面八方的风吹雨打吧！屋檐下脊梁边垂立的那支雕花刻"北斗"的木神符定能确保廉村的四季平安。

五天来的学习真是紧张而丰富：老师身教言传，学习直观高效。来自福建不同地方的学员们互相学习，认真听取老师的意见，深入福安坦洋村、廉村、楼下村、狮峰寺及闽东革命纪念馆……学习实践的时间短暂而珍贵。

福安美丽乡村行，我终生难忘！

时辰就像坠落的叶片

72

草

只要有土有水的地方，都能孕育出草来。在我记忆中，只能叫出有限的几样：鱼腥草、马齿苋、狗尾草、菖蒲、虫草、薰衣草、艾草。菖蒲，我家的画案上倒是养着从山中来的几棵，画家林劲松送的，情意绵绵；虫草我见过"干虫样"，价格不菲；鱼腥草，我吃过它被腌制好的根，味道腥辣；薰衣草，我在新疆欣赏过它紫色的容颜，浓郁高雅。这些我能叫出名字的，大多有一定的药用价值和审美价值！不知其名的草，习惯地被我一律粗略地称为"野草"。倘若草长在菜园里，常常会被骂成"死杂草"——我妈就曾经站在我们家楼顶菜园旁指着它叫骂过。

南方气候湿润，各种高矮胖瘦的草儿们喜欢乘着雨季胡生胡长，尽管它们不时地开满零星的小花也是讨人厌恶的。前几日，隔壁的作家楼顶菜园上就进行了一回"拔草行动"，众多的草很快倒在夕阳之中——面目狰狞。要是这些草们长在新疆或者内蒙古，聚集成苍茫的大草原定能勾起作家们浪漫的诗性。白居易的《草》写出了草的品格和风骨：

离离原上草，一岁一枯荣。

野火烧不尽，春风吹又生。

远芳侵古道，晴翠接荒城。

画外随笔

73

又送王孙去，萋萋满别情。

　　我曾经援疆的朋友林锋写了很多关于大草原、草儿、野花的诗，是草原的美丽情景所致，还是三年离别思乡的情绪所致？一千多个孤独的夜晚足够让他涌出动人的诗篇。台湾作家蒋勋在《孤独六讲》里说："孤独没有什么不好。使孤独变得不好，是因为你害怕孤独。孤独是生命圆满的开始，没有与自己独处的经验，不会懂得和别人相处。"草们怕是体会不到孤独的吧。去新疆工作过的人都深深地爱上那片大草原，那片云，那片蓝天。他们的人生由此也显得特别有意义！

　　我去新疆采风时，大草原的景色着实让我激动：飘着白云的苍穹下，一大片连绵的大草原随着山峦逶迤而上，绿到极处是蓝色的山峰。登上山坡，眼前即刻出现"一马平川"的仙境。固然到大草原上荡涤污浊心灵的人们眼里草是虚幻的，没有形态，大家感知到更多的是草的颜色。草永远都只能充当大家留影的配景，只有那些零星散落的各色野花才会进入人们近距离的镜头。同行的新疆朋友告诉我们要当心一种长刺的蝎子草，碰到皮肤，贼疼。果真，我在为辽阔的草原兴奋时，我碰上了，那刺穿牛仔裤的疼比蜂蜇还痛。我那时才认真留意一下刺草的模样：植株最高不过30厘米，叶子状如苦瓜叶，叶尖及边沿凸起处布满大小不一、方向不同的小刺，中间托出个饱满的淡紫色花也不太显眼。这样招人烦的蝎子草却和我的脾性有些暗合，安静画画的时候，谁都别来打扰。新疆海拔2000米以上

时辰就像坠落的叶片

的索尔巴斯陶十月就要大雪封山，那些受不住严寒的草自然就会被淘汰，生存下来的草在夏季里整齐、细密、勇士般地伸向湛蓝的天空，默默地承受着变幻莫测的风晴雨露，倔强生长。

前几天，我在画几张关于"子母图"系列的画，诸如一只母鸡和一群小鸡什么的。一个块状的形体背景少不了要几根线状、点状的植物来支撑画面，狗尾草随即飞入我的脑海。我画室外北面的阳台有一些草，它们习惯见缝插针似的疯长，长到平铺的地板砖缝里，平时我闲着无聊时就对它们动手，拔了一批，又会长出一批，很是顽强。当初房子阳台周边留一些空地，铺上土，种下整齐的、据说是外国品种的草坪，如今都被本地草全部歼灭掉。我家有没有狗尾草？估计没等它们长出狗尾巴就被我拔掉了。我还是到楼下的那块别人家的菜地找找。我好不容易在菜地边沟渠旁找到一簇，连拔了几枝带上楼去，插在花瓶里准备写生，草很快就耷拉下来没了样。我还是到自家楼顶去寻找吧！的确，在养鱼池角落冒出几支，摇头晃脑的。连根带泥挖起，我小心翼翼地把它请到我事先准备好的花盆。花盆原先种着兰花，兰花太娇贵，死了。现在栽下草倒也合适，浇了水，一会儿草逐渐精神起来。放在画桌上对着它画，惬意极了！勾完线，上点色，红鸡冠有了绿草的陪衬，画面即刻鲜亮起来！狗尾草的线形态在画面上分割了画面的空白形的部分，衬托了鸡的面形态，小碎块的"狗尾"点缀了画面。我总是在点线面、黑白灰的画面上周旋，企图描绘出更多更好的作品。狗尾草的每一个细节、每一结构转换都体现出秀美的身姿。狗尾草清瘦，从根部上分叉出若干叶子，如蟹爪匍匐散开，中间伸出一枝细长的茎，分三四节，每节分出一片叶子。叶子两边互生出，千般袅娜，旖旎若新疆曲子舞。茎的终端托出一簇狗尾状的草籽，每颗草籽都长着一根细针芒，软软的，样子可爱极了。

蒹葭苍苍，白露为霜。所谓伊人，在水一方。溯洄从之，道阻且长。溯游从之，宛在水中央。

蒹葭萋萋，白露未晞。所谓伊人，在水之湄。溯洄从之，道阻且跻。溯游从之，宛在水中坻。

蒹葭采采，白露未已。所谓伊人，在水之涘。溯洄从之，道阻且右。溯游从之，宛在水中沚。

蒹是荻，葭是芦苇，都是野草吧！在河边，它们高高的身影在风里摇曳，在朝阳和日暮的光影变幻中愈发的美丽。从古到今，雅士们咏叹了不少关于蒹葭的诗篇，我们在阅读中更多的是领略到诗人的才情。

草很渺小，却十分伟大。山坡因为有了草的存在才显出神采，草因为牛羊马的出现又才更加生动。草为动物们提供丰厚的食粮，动物们的排泄物又为草洒下肥沃的养分，它们互相依存，互为依恋。草的根系发达，有旺盛的生命力，它们忠实地弥漫在大地上，有效地预防水土的大量流失，有效地降低大地的温度。有些草不愿别的生物对它的侵扰而荆棘密布；有些草错长在菜园里、果园中，不是被铲除就是被谩骂；那些长在古老墙

时辰就像坠落的叶片

头的草，也无端地被人们用来充当讽刺没有信义的角色。

谁会关心草的存在呢？诗人和画家也只是在特定的空间和特别的需求下才施舍给野草一丝丝的怜悯。

邓伯元，1973 年生于福建莆田。2016 年就读国家画院林容生山水画高研班。现为中国美术家协会会员、福建省青年美术家协会副主席、莆田市美术家协会副主席、涵江区美术家协会主席、莆田市画院中国画专业委员会副主任。

微笑（外五首）

◎ 汤伏祥

他坐在三轮车里

眼眸失去了方向

父亲坐在旁边的小凳子上

弹奏不是他的本行

但声音却如此低沉

路人投来了怜悯的目光

他就那样坐着

低垂的夜幕

犹如他的双目

渴望光明，但却没有尽头

父亲已经苍老

霓虹灯下，背景都不愿多留

在这样寒冷的夜晚

他为儿子歌唱

时辰就像坠落的叶片

为过往歌唱

他起身

剥开一个橘子

给儿子递上一片

不用言语

橘片在嘴角融化

甜美的微笑顿然布满了整个脸庞

寒风已经凝固了

暖流传遍了路口

父亲再递上一片

　　　　　再一片

儿子的微笑就这样荡漾着

　　　　　荡漾着

怜悯显得多余

温情不是瞬间的游荡

但在这样的深夜

　　　　　在这样的路口

让微笑播撒坚强的力量

不能为你呈上多少心意

但你的微笑

已经融化了我的目光

融化了季节和岁月

愿荟蒿的美妙与你同在

老师的灯光

恍然又是鞭炮声

憔悴了岁月

那年仿佛停留在长安山

多少憧憬在游荡

我为那份求职简历而忘乎所以

十九年的时光

似在昨天

没有多少可以回味的美妙

只是消磨了是非

在这样一个恰当的夜晚

思绪停止了旋转

彷徨

迷茫

也许都是瞬间的际遇

时辰就像坠落的叶片

老师的灯光依然点亮

温暖

感恩

似在流淌

没有什么可以报谢

只有平淡

春的夜晚

春的夜晚在游荡

鲜花失去了颜色

霓虹灯放肆地点亮

匆匆而过的姑娘

没有留下一点芬芳

别以为百花争艳

只不过都是走向死亡的过程

寒冷袭击着

停留

停留不是奔跑的酝酿

因为一切的坦然

　　都是苍白的影子

别留恋

祖母的模样

祖母的模样

我在墓前遐想

恰似满山的绿茶

生机盎然而又遥无边际

我未曾与你见面

你一样芳华漫步

大地主的女儿

嫁妆排成浩大的队伍

羡慕了偏僻山庄

祖父拿起刀具

喜悦遮挡不住青春的喜悦

耐心地雕着窗花

他的手艺在你的视线里荡漾

丰衣足食已经不是奢望

恩爱就像阳光洒满了小屋

我的大伯随之诞生

第二年有了我父亲

时辰就像坠落的叶片

有了孩子就有了浓烈的爱

原本殷实的家

在某个时间点变了模样

但你和祖父依然乐观

因为青春还将奔跑

岁月一样灿烂

在我父亲后又添了叔叔

时间仿佛停滞了

1958 年的一天

父亲实在饥饿

偷偷抓了稻穗

把稻穗握在掌心中

生命便是当前的一切

父亲遭遇一顿毒打

村干部挥舞着鞭子

不可一世

你看孩子被打

是那样的撕心裂肺

你扑向了鞭子

委屈地向跋扈的坏人低头

求饶不是你的本意

心疼孩子才是你的泪水

泪水模糊了时光
可谁想到
在如此饥饿面前
你病了，更饿了
还没来得及与饥饿做斗争
你就走了

三十二年的时光太短暂了
祖父失去了妻子
伯父、父亲、叔叔失去了母亲
悲痛不是可以理解的
生活还要继续
但你的模样在他们那里越发清晰

父亲常常与我谈起你
虽然没了眼泪
多了思念
你的模样是那样真实可感

站在你和祖父的墓前
你的模样在飘荡……

东山小感·惊艳了情怀

情怀或许是多余的字眼

在这样的季节

才想起

我与你没有对目

因为你的伟岸已经光芒了四方

执拗的秉性

无须更改

你专注了小树

背影已经模糊

然而

绿色悄然弥漫了海岛

暴风骤雨

风沙

不过是前行的伴侣

你站在风口

沙土终究无法掩埋

你蹲伏大地

大地滋润了木麻黄

我没有你如此博大的情怀

在苍翠的树下

追寻不远的过往

不是应景的赞颂

是当思索未来

缥缈注定未来的平凡

为何不能让情怀

惊艳一番呢

门前的龙眼树

门前的龙眼树

静静地

没有一丝生长的欲望

枝头挂满的龙眼

像母亲刚刚手术出来的结石

鲜能夺目

久违的寂静

被葡萄园的蛙声叫醒

仿佛

一切有了生机

时辰就像坠落的叶片

喧嚣不是夜晚的专利
田野、果园、山峦
在寂寞中奔腾
天空没有了光亮
却在享受欢乐

不管离开多久
龙眼树
还有静夜
还有喧嚣
都在梦中飘荡

汤伏祥,1976年生,编审,爱好写作,出版有《恩怨沧桑——
现代文坛恩怨一瞥》《外国人眼中的袁世凯》《袁来如此——
袁世凯与晚清三十年》《船政与民族复习》专著及散文集《因
你而美》等。

读 夏

◎ 高 云

海 边

一湾沙滩　还有一波潮汐

汇聚浪涛与男女的柔情

于潜伏的蓝色世界

兜转出一条飘带

这在清晨　一种期待

或像胸前的饰物

与勃动的光线不期而遇

或在正午

张扬灿烂的瞬间

或在傍晚

感受夕去的缥缈

大海的一朵朵浪花

时辰就像坠落的叶片

绽放盛夏的绮丽

缠绕一样

无法撩拨的情怀与吟唱

大地空旷　人流熙攘

各自寻找明媚的光辉

随风荡漾着起伏的视线

走近天空　白云飘过

就如一行行清秀的小诗

亲吻着浩瀚的日月

编织着万里锦绣

天海一色

此时镀上一道金光

添加了些许花语的表情

弥漫着太阳和海浪的芬芳

石　厝

这是我自己围缠的天地

是冬暖夏凉围坐的家

宽窄的时光

从容不迫

读
夏

坚固的石厝
任一阵阵的风生水起
幻化成一篇篇踏浪归来的
动人故事

别致的石厝
尺寸有度　内心有度
雷声悸动时的不张
雨水滑翔时的不弛

古老的石厝
给成长无垠的宽度
给生命顽强的硬度
给自然更加远大的遐想

从容不迫的石厝
凡尘三千　春来冬去
海岛的一隅
这是我自己围缠的天地

时辰就像坠落的叶片

90

相思树

黛绿的修辞
让青山的身体多出一份表达
似锦的繁花
让离别的牵挂多出一种语言

一棵花枝相间的小树
在风雨中的肢体动作
翠绿成一叶叶的爱情
在阳光下以深情的守望
金黄成一片片的梦想
寄托无尽的缠绵

花有翅膀
可以飞翔动人的诗句
叶有荣枯
可以期盼相聚的热泪盈眶

2018 年 6 月 2 日于平潭

读
夏

高云，1963 年出生。福建平潭人。系福建省作家协会会员、福建省民间文艺家协会理事。在《福建文学》《福建乡土》《海峡体育》等报刊上，发表过大量的诗歌、散文、报告文学、小说和文艺理论等作品。著有诗集《生命方程》《花开的日子》《走读山水》《一路走来》等和散文集《记忆深处的风景》。主编有三卷本平潭文化丛书（《平潭民俗文化概览》《平潭文物概览》《平潭闽剧经典作品概览》）。曾获福建省第22、31届优秀文学作品奖。

时辰就像坠落的叶片

闽居笔记

◎ 黎 钟

题平潭海上石帆

就这么孤寂耸立在碧波荡漾的海面，

千百年来任雨打风吹，任电闪雷劈。

茫茫海面,有凶险的波浪与长风,可你依旧岿然不动地立着。

期望着什么？你胸中怀着什么信念？人类始终窥测不准你心中的理想。即便千年，有谁能明了你心中的渴念。

但你的神情，你的信念，永远是激励着我们前行的鞭策和力量之源。

茫茫海面，当黑夜降临，当风浪袭来，你依然纹丝不动地挺立着，为了那不变的期待和信念，你永远在岁月的沧海上守护着……

崇武海边

一伏接着一伏的波浪，冲向我脚下这细软的沙滩，也刷平了我这游子胸中的皱褶。大海的湛蓝，在我不经意间，渗透和刷漆了我的灵魂之窗。

极目远眺，点点的帆，如闪亮的音符，我听到高昂的旋律于辽阔的海天之间回响。

浪花开放得像夏日田野上的油菜花，它那么天真和纯洁，那么热烈又温柔。

歪歪斜斜的脚印留在金灿灿的沙滩上，胸中的潮汐跌宕起伏。我周围弥漫着一阵阵岚气，仿佛在倾诉惠女们幽香迷离的故事。

俯下身去，我双手捧起一抔细沙。细沙在我手指间又随海风纷纷飘落。呵，让我所有的忧伤也随着细沙飘散吧！

浪花盛开，许多愉快的往事和美丽的情愫，不断地充溢在我胸中。我心灵深处的小舟，多么渴望再从停泊的港湾驶向壮丽的海洋。

湄洲岛神石园

在海风的剥蚀下，嶙嶙岩石，裸露出岛的尽头。

但这不是岛的尽头，随着嶙嶙岩石开敞而来的，是一片突兀的神石。

上苍恩赐于你的，是冰凉僵硬的青石，你貌似铁石心肠的胸中，蕴藏着曲与直、冰和火。

大海在咆哮汹涌，鸟儿在欢唱，树木在摇曳，只有你沉默不语。

你屹立在晨曦中、在晚霞里，无比平静和冷漠地接受浪花
一次又一次的深吻或戏弄。

林阳寺访梅

在福州巍巍的北峰山上，在林林总总的寺宇后，百余年的梅
花争相绽放。

这是春日的一个清晨，初寒乍暖，雨过天晴，我看到漫山
的梅花，在争艳、在争宠，以火热的情怀迎接春天！

数百年来的烟云，在这梅花的枝头缭绕。寺前的一泓碧水，
更映衬了梅的靓丽清姿。

你就这样努力地成长着，一年花开一季。

是为世间增添红艳？还是为了让红尘中的凡人有所启迪？

你生长在这山坳，任风吹雨打，雪压霜欺。

布衣老衲们老去了一代又一代，但只有你这梅树依然挺立！

红白相间的花朵，可有大僧们灵魂的寄托，或者是护花人
的梦幻？

西禅寺宋荔

在春暖花开之际，我站在你这古老的树前，看这古拙的枝干、
卷曲的身姿，呈现着白色花蕾，那般的纯净！

你倾听着千年梵音，缭绕着百载香气。你这禅院中宋荔，虽然躯体已被岁月之手掏空，被无情的风雨侵蚀，但绿叶依然如此繁茂，在阳光下绿叶如此灿烂。

夏日里，点点红色的果实，像火苗在歌唱，这是爱的回馈，是善在结果，是尘世间梦的凝聚！

我满怀虔诚仰视你这触手可及的佳果，静声呼吸，生怕惊扰你红色的微笑。

题九日台音乐厅

人们抱怨受困在森林般的钢筋水泥里，却于你这庞然大物中，聆听潺潺流水，领略急流奔突，眺望江河与海洋的汹涌澎湃。

一个个快乐的音符从这里精灵般地跳荡出来，都市的摩天大厦，把它撞得更响更亮！

纸鸢般的月亮，随着这里银铃般的童谣轻轻升起。心中的白鸽，在金色的笛声里欢快地飞翔。

你以绚丽的音乐，馈赠人们芬芳的问候。

现实与幻想一齐在这里歌唱。

生活与梦境一齐在这里歌唱。

是神话中草原上盛开的巨大的百合花？是原野里天问般的风车？是辽阔的海面上那隐天蔽日的白帆？

于山上，榕树旁，美丽的九日台音乐厅，你这庞大的辉煌，给我以深刻又欢乐的呼唤。

啊，我应以怎样的唱腔，深深地为你讴歌和礼赞！

五一广场前的古城墙

你的一砖一石，一土块一沙粒，都深深地记载着尊严与悲壮。这是历史一段古老而庄严的传奇，一堵城墙，上千年来，你震慑过多少贪婪的眼睛，你展现出闽人的刚毅与英武。

岁月的侵蚀，使你裸露褐色的沙土和青色的石板，但你依旧如此拙朴和刚强。我真想伸过手好好地抚摸你，感受你的深沉蕴藉。

领略了血与火，经历了热闹与孤独，你在晨光熹微中傲然独立。这曾是抵御屈辱的盾牌，如今，在物欲横流的市井，面对浮华和喧嚣，你是默默地在昭示着质朴和厚重吗？

千百年来风暴的鞭笞，箭镞的穿越，孤独无助的你始终未曾坍塌。时光流逝，酷爱新奇的人们也能大度地容纳你的拙朴和深情？

沿着闽江散步

时常，在清早或是黄昏。

我总喜欢沿着闽江堤岸散步。

春日，漫江黄涛。秋日，澄江如链。这是我寄寓辽阔和高远的母亲河。

不知江水匆匆而行是过客，还是优哉游哉散步的我是过客。

让江风穿越我的身躯和灵魂，让血液和思绪鼓胀。

这拍打着堤岸的江水，也激荡着我的灵魂，

这流淌不涸的江水灌溉田地，也滋润我的心田。

两岸的高楼不停地拔地而起。我的心中升腾着新的信仰。我的心随着江水漫流。

这慵懒的时光，连黄金也不能换；这闲适的心情，胜过任何褒奖。

黎钟，本名黄鲤忠，文学硕士，1963 年出生于福建惠安。现供职于福建师范大学传播学院。出版散文诗集《守候生命的风景》《岁月风铃》《灵魂的碎片》，编著《情怀长安山》《艺术大师》等 7 种。在《人民文学》等报刊发表散文诗近百首；作品曾入选《中国年度最佳散文诗》《福建文艺创作 60 年选》《福建师大百年文学大系》等选本，部分作品被译为英文在海外报刊发表。系中国散文诗作家学会主席团成员，福建省大学生诗歌学会学术顾问。

时辰就像坠落的叶片

容我深情地回望

◎ 王来文

一

　　我的母校——漳浦三中，一所坐落于旧镇港不远的小山坡上的校园，1956年建校，迄今整六十周年。这是一片先贤黄道周脚踩过的地方。记忆中，我应是母校首届三年制初中生，也是首届三年制高中生。当时母校的校门是朝西开的，大门迈入是宽敞的操场，校门对面操场的尽头是小礼堂和食堂。食堂大厅门口有数棵绿荫大树和一口古井，操场中间向北往山坡拾级而上的一条路，恰好是当时校园的中线。那时的办公楼和教室依稀有序地散落在安宁的校园中，校园风气与社会风气一致。"松下花丛最想望，满园尽是读书人"，这是当时校园最美的风景，实是淳朴、安静的一方乐土，青春学子的心灵家园，每个家庭寄托希望的精神园地。那时，母校教给我们成长的营养是非常纯粹和健康的。

　　少小离家老大回。如今回忆那时的时光，心中犹如清晨的阳光抹过，和曦而温暖。在这里，不管是上课时的朗朗之声，还是下课后同学间的嬉闹打骂，或是食堂取饭时自由的叫喊声，抑或操场上较真又戏谑的运动影像，虽历经三十多年，仍有如蒙太奇式的影像历历展现，似一幅青葱岁月里的画卷，美丽而充满着诗的意境。

在这里，我有幸遇见三位班主任张茂琛、魏炳文、郑满瑞，可惜都作古了。其中，张茂琛老师对我的影响最深。茂琛师既是班主任又是语文教师，当时，他与另一位语文教师黄道琛都是当时漳浦县的语文名师。名师对学校而言是非常重要的，这也是办教育很重要的规律。茂琛师学养深厚，讲课旁征博引，皆成妙谛。他对《红楼梦》一书近乎可背诵，其中的章节、名诗、名句信手拈来，让人折服。当时，我在课外阅读了不少文学名著，得益于茂琛师的指导。记得当时，茂琛师把我的作文作为优秀作文在班上加以评点，让年少的我激动而兴奋，至今记忆犹新。茂琛师的这种教学方式，或许对他仅是一种教学方法，但却深深影响一个人一辈子的兴趣与方向，无形中激发了我对文学的兴趣。今天，我虽从事艺术创作，但文与哲一直是我的至爱与深情向往，阅读始终是我的私人生活第一状态，也一直坚持写些随笔、评论等小文章，这样的兴趣，可以说是茂琛师在中学时给我育下的种子，受益于当时他对我的勉励与引导。

还有至今令我无法忘怀的是茂琛师的胸怀和眼光，特别是他对我从事绘画的鼓励和关爱。就读母校时，有两位美术代课老师考上美术专业院校，这事对我选择考美术院校，决定终生

时辰就像坠落的叶片

从事艺术创作的理想很有导向与鼓舞作用。这在当时以文理科为重的社会风气中，等同于选择了一条很艰难的路子。未曾想，当我与茂琛师畅谈想法时，他给了我极大的鼓励，且在日常学习中给了我很大的照顾与支持，直至我考上美术院校。如今回想，历历在目，甚为动容。我从他身上感受到一种爱，一种对有志青年的师者之爱，一种对困顿中人施以信念的惠心之爱。也正是这种爱，无形中树立和抚育了我怀有爱才、惜才的情怀。

直到茂琛师仙逝，我与先生联系始终比较密切，每年回乡，都会争取时间与先生品茗细谈，谈工作，谈人生，谈文学，谈艺术。今茂琛师虽已作古，然于心中是永远无法忘怀的。遗憾的是在他生前，我无力为师尽力，而今"徒欲亲而师不待"，再也无法与之探讨文学、探讨人生，是我永远的遗憾和追怀。

在这里，我遇见了当时刚大学毕业从教于此的历史老师陈稳合。至今，我们依然师生情缘甚深，且多了份亦师亦友的深情。稳合师当年大学刚毕业，风华正茂，我们是他的首届学生，他对教学投入极大热情，同学们都很拥护他。一直非常难忘的是，高考前他数夜到我书房为我单独补课至深夜的场景。那时我的家在村子的最前面，田野中间，四周是整片的稻田。那时的农村进入夜晚后显得特别的漆黑而静谧。晚上，屋外一片寂静，仅有田间里的蛙声片片，深夜田野中那平板房里孤灯一盏，灯下师生二人对烛而耕读。"窗竹影摇书案上，野泉声入砚池中"，而今回想依然温馨、依然温情。相比于当下功利化倾向的教育，那画面映射出的，是那个时代的为师者对教育事业的那份激情，那份对学生的厚爱之仁心。那是一种无私纯洁的薪火情谊，一直感动着我，时至今日，乃至永远。相对于当下日益俗化的世风，这种师品、师德与师谊更显难得与无价，因而令人深深感念。

在这里，我还遇见了林美月、吴银生、陈开德、陈福美、黄文佐等一批老师，他们的教育是我们这一代人人生脚下的路、路上的灯。林美月老师与我同在省城工作，我与她夫妇二人至今始终师友情谊深厚。美术代课老师陈福美、黄文佐，他们在母校代课不久后，先后考进厦门高等美术院校，他们是改革开放后漳浦首批考上高等院校美术专业的艺术人才。正是因为受到他们从艺道路导向的启示，让我坚定了考取美术学院的目标，从此让自己的人生与艺术结下生命之缘。当时学校的艺术氛围很浓，那时我虽是学生，但他们视我甚是亲近，我时常到他们的宿舍看他们写生，观摩作品，收获颇多。无疑，中学时代的这种机缘，激发了我内心潜藏的艺术情愫，无形中萌发了以绘画作为一个人生命成长的意识，萌发了一个从艺者的基础价值观念，一直滋养至今。而今，我的生活状态是我的艺术状态，艺术状态是我的生命状态，实与这段人生际遇有关。

在这里，我相遇了同窗六年的初中、高中的同学们。尽管离校后，我们各自经历了不同的蹉跎，历尽不同的沧桑，然青春的印迹永远记忆在各自的心田，或许各自的琐忆不同，但相信对青春美好情感的追忆是一致的。

时辰就像坠落的叶片

二

掉头一去是风吹黑发，回首再来已是雪满白发。历经三十多年的岁月，如今，校园依旧，然故人难遇。"未觉池塘春草梦，阶前梧叶已秋声"，一生之长亦如一日之短，若小学算熹微，中学就可算朝霞了。幸运的是，母校的校园虽历经时代演化，校舍也由旧变新，但是那些故旧学子无法忘却的主要景物依旧存在。

校园山坡的最高处那块石头，依然敦厚地似站似坐地守望着，犹如一个永远的老书生守护着一代一代从这校园走出的小书生，又犹如一位长者无时无刻地等候着老学子的归来。此石已不是单纯的石头，她是漳浦三中历届学子心中永远无法抹去的有生命印记的母校形象，是有生命张力与活力的，能与之对话的，如饱经沧桑淡定从容的老人，是母校文脉承载的化身。

那口古井，历经风雨，时过境迁，方位由原来的食堂门口换成了如今学生校舍的门口，颇如一位仙者——我自不动，笑看四周风云。经风月洗礼，老井多了点斑驳，倒也基本如故。这口生命之源的水井，似乎更是智慧之井，给母校历届学子提供知识源泉，滋润心田，是源头活水之宝井。

校园西南角的几棵大树似不老青松，依然茂密盛展，敞开怀抱等候和拥抱学子的归来。老运动场东北角的凤凰树，依旧开得那样的奔放，一样的激情四溢，盛开的凤凰花永远有一股青翠流红的芳香在校园流淌，花苞里似乎饱含着友谊与青春。如今看去，凤凰树似乎多了份苍老，然也增添了不少韧劲，它在岁月更替中以自己绿衣红花的美丽形象为校园增加芬芳，永远用美来滋润校园，让校园永远充满青春和活力。

四周的老围墙，多了些岁月的痕迹，但依旧似一卷熟悉的水墨长卷，雨水飘过还散发着泥石的幽芳，依然熟悉而亲近，唤起老学子随风而散的青春记忆。尽管只是老围墙，然犹珍若金——那可是学校是否历史古老，是否有文脉传承的证物，那是历一甲子的岁月沉淀下来的历史见证物。时间和岁月给这里带来太多变化，可天空还是三十年前的天空，水还是三十年前的水，树还是三十年前的树。最幸运的是母校是块风水宝地，在前些年急功近利的社会生态中没有被开发没有被迁移，乃是最大幸事，始终保留这一方水土最重要的文脉。若说旧镇这几十年来人才辈出，漳浦三中这块文脉的保持是首因。

三

我 1981 年进校，1987 年毕业，从初中至高中六年都在母校度过。完整的六个年头，人生能有几个呢？何况是正值宝贵的青春年代。母校六十年校史长河中，我有幸见证了其中三十多年的发展变迁。人事有代谢，往来成古今。如今的母校，与往昔相比已是焕然一新，校园面积扩大了数倍，增添了很多新楼，结构和布局也变了。原来进门的大操场如今已变成小场地了，校大门也已扩建，方位由西改成南，明显地开阔和疏朗了。教学楼、宿舍楼、办公楼，由过去的矮平房转身成高楼新楼了。时代进步的脚印一样在校园碾过，留下深深的履痕，校园在古与新的交替中显示出新的生机。不仅校园变了，学校的管理模式、教学方式，校风、学风也与三十年前大为迥异了。但在三中老学子心中，对母校的印记与情结，不因时转而物逝，永远一样。人可以离开，但情感依然留下，依然留藏在母校的这片土地上，随着岁月的流逝与对人生的感悟，伴随着增多的就是对故人故土故园的怀想与思念，特别是对母校，永远留存着美好的青春记忆。犹如风筝不断线，这线联系着我与知识生命的源头，联系着与我生命价值攸关的母体，联系着我与这片土地相关师友的千里情缘。

六年的中学生涯，于人生而言，是短暂的，对情感而言，却是永远的，更是无法忘怀的。这里，刻在我心里的人与事很多很多。

四

我常想，人生一辈子当中有三个"人"和三个"地方"是不能忘记的，也是不能忘怀的。哪三个"人"不能忘记呢？一个是有养育之恩的父母，一个是有教育之恩的老师，一个是有提携培养之恩的贵人。哪"三个地方"不能忘怀呢？一个是自己成长的地方——故乡，一个是自己学习过的地方——母校，一个是自己工作过的地方——故园。而母校是占据两个要素的，既是学习过的地方，又有教育之恩的老师在。

这就是我的母校，犹如母亲的学校。

她是一个承载我们放飞的地方，记载着我们青春美好憧憬与寄托希望的地方。

2016年夏于闽江南畔文心堂北窗下

王来文，福建漳浦人。中国美术家协会理事、福建省文联副主席、书记处书记、福建省艺术委员会副主任、福建省美术家协会主席、厦门大学兼职教授，长期担任全国美术大展的组委会委员和评委、福建省美术大展的评委会总召集人、福建省政府百花文艺奖总评委等职。毕业于福建师大美术学院，进修于教育部首届中国画博士课程班。

时辰就像坠落的叶片

春天的话

◎ 陈佩香

吃茶去

事实上，长于安溪这座山城，被茶滋养着长大。于我最暖的颜色是茶，最甜的味道也是茶。儿时，我常常拿了一本闲书，悄悄躲进茶树底下，坐下来一看半天。看起来，我小小年纪，茶，已是我骨髓里的脉络了。

世界是喧闹的。我们无法筑一个童话城堡，却可以学习毛主席年轻时曾采用的方法"闹市读书"来一个"闹市吃茶"。晨起日暮，我泡上一杯茶，蜷缩在摇椅里，坐一个多小时。一些人、一些事、一些声音、一些颜色、一些语言、一些细节，会逐渐在我的茶汤里清晰起来、生动起来。

季节，总是这般有趣，桃枝还没来得及挑亮灯芯，青草已捂不住侧漏的虫鸣。吃茶的日子就这样如期而至。

"上山寻茶我更喜欢自己只是个孩子，喝茶，就该初洗如婴。"我仰着45度角，对着身边的故友说。

"多少年了，多少年的找寻，喝过此茶，此愿已了，终身无憾。"就像电视剧里的那一幕，在安溪茶厂门口，一位走路颤颤巍巍的老先生捧起一杯茶，老泪纵横。

原来这位老者在五十多年前就已经移居海外，他不下二十次回到安溪故里，就是为了再次品尝那记忆中茶的味道。

一口茶，一段回忆。像老者这样从一个不清楚自己漂泊在外将要经历什么的青年，到成功定居印尼的成功企业家，到如今已儿孙满堂的耄耋老人，每年在上山喝茶的季节总能遇到。在那杯茶里，铁观音的香气和味道浸润着他回忆里的每一个片段，都有所凭借还原了。

"浴兰节，端午水。"闽南山城，端午这天，雨如期而来。可上山喝茶的心，无风亦无雨。

按老姐的话，最初忽悠她上山的是茶树与花季的争辩，以为是浪漫得看了一眼，不够。又看了第二眼。可到了相见，依然是那一盏茶的香。

"好茶！"

"好茶！"

眼前这位偶然碰见的老人，加入我们的茶席。如果必须借助一种魔语夯进血液的骨髓，让我们的声音和记忆迅速连通，抬眼那一瞬间，在不知所云的烟火人间翻过一片狼藉，进入更深层的骨髓，治疗和修复这个钢筋和水泥筑起的陌生，以及坚硬。我想：定是即将失传的手艺，在失语的茶汤下面，重复着那最初的温和。

"我喜欢右边第一泡，兰花香，水厚生津回甘。厚重，是

时辰就像坠落的叶片

我的味。"老姐还是保持对人对事随第一感觉，阳光下，通透明亮，风情妖娆，如同她喜欢的这杯茶。

"我对中间这泡有感觉，水是柔软，是百花香。"梅大姐安静一隅，与这个分贝激烈的世界格格不入，眉眼里满是前天偶然事件翻卷的潮汐。

"左边的第一泡水更绵柔，韵更远些。喝它像遥远的童年那样包裹着我。"似乎，有个鼓点敲响，我从梦境醒来了。一颗牙齿在梦呓中碰响了另一颗牙齿。

还有，这个上山吃茶的午后，一个随着味蕾而改变面容的山城——贯穿的人声，街上陆续有老奶奶叫卖货件的短促声响，像是在宣告或祈祷。车辆驰过，有的从茶汤的左侧穿行，有的从茶汤的右侧穿行。然后是时间在醒来，这一声，那一声。

"你好像总是喜欢左边的茶。"人生无他，不过是皮肉与灵魂——那么为了有趣的灵魂，每个人都在重述"吃茶"这个古老的名词。时间和命运一定有一次历史的合谋，在一杯茶的温暖中一同出场。

从窗口折射返回的微光，看到表盘反射出的指针：3 点 15 分。老姐以为，山城只有 7 点以后才会出现的喧闹，没想到 4 点不到，就这么热闹。她感觉到疲惫。老者想必从微光中懂得我们的疲惫。忽然，他让我拿出一盆澄澈的清水，把三杯的茶叶底倒入水中。一尾尾绿叶红镶边穿过清水的肠胃，舒展，起舞……把一缕缕芬芳封存在一滴水的心里。

"我还是喜欢中间那一泡，你看它在水中绵柔吟唱……"

梅大姐还没说完。

"你可不能在中间左右摇摆。"老姐又逗趣起来，"花还是一株香，茶可不是祢褙香。"人生，亦如此。

老姐一句逗趣的话失手打碎了窗口的微光。从窗口窥望，空气里香气撕裂，掠过我的味蕾和记忆。我能记住那些味道吗？是一次上山吃茶因荷尔蒙相吸而发光，或者一场在沧桑的中年遇见了最美人间四月天，抑或那被你看见一个人笨手笨脚的爱情总是端不起一杯茶的温度。不论茶杯里盛满着怎样的雀跃或成殇，对他人来说，只是相当于，一个茶客口渴所喝的，终将遗忘的记忆。

"人生如吃茶，终会喝完那一杯。"老者云淡风轻地说，随即又端眼前的那一杯茶轻品一口，再品一口。

我弯下笑颜，轻松地叫了一声"吃茶"，天就暗了。

"不在你的心上，就在你的脚下。"我听见了时间。

女儿茶

感德，这座小山村因为戴云山脉的诱惑而香气十足，是中国茶叶第一镇。这里的村民祖祖辈辈、世世代代以茶相依为伴。生命在观音的佛光里脱胎换骨，从小在那一株茶树中成长，被茶汤滋养着长大。

这份清浅葳蕤的柔情伴我似水流年，在每个清晨黄昏，拾起，一起走进秋与冬，书写所有的朝暮美好……

在闽南有着这样的一个习俗。女孩出嫁当天在婚宴结束后，新娘要给公公婆婆等长辈敬茶，这茶不是普普通通的茶，而是结婚当天，新娘随身带着的"女儿茶"里加了红糖的甜茶。

我出生的陈家，世世代代是茶农，记忆中爷爷是那时最会制茶的。在爷爷的言传身教下，叔叔也成为"制茶工艺"大师，把茶的生命延续传承。

陈家独有"女儿茶"。从奶奶跨进陈家的那一天起，封存"女儿茶"便成了陈家的家规。

在奶奶的熏陶下，陈家每年都会精选一些上等好茶封存起来。特别是在女儿出生那一年，陈家会挑当年最好的茶叶精选完便密封起来，等到女儿出嫁时再拿出来做嫁妆，走进夫家的第一天用来敬奉公公婆婆。这样经过"时间"洗练后的茶，不但味道甘醇古雅，而且还深具一层历史的意义。这些走过岁月的茶，经历时间的自然变化，沉淀它古朴的陈韵，像沉稳、睿智、豁达的老者，充满对万事万物的包容，象征着一个女人成长的过程：由天真、稚嫩走向成熟、圆满的人生。

以茶为媒，无独有偶。我的夫家——铁观音发源地西坪镇上尧村的王家，世代从事茶叶经营。从父辈开始，也会每年留下一些最好的茶叶密封起来，在晚辈结婚那天开启这个别具"历史分量"的陈年茶，告诉晚辈生活如同老茶这般。无须经过任何矫揉造作或艺术的加工，只是简简单单的、朴朴素素的样子，经时间的沉淀就能收获属于自己的美好。

在"女儿茶"浸润下，春天给了我最美好的花香，而我把

春天的话

111

最美的心香给了流年。

庆幸我是一个母亲。我有一个女儿。她的名字叫子夫。我十月怀胎小心翼翼，也许是女儿真的是妈妈贴心的小棉袄，舍不得妈妈忍受顺产那难熬的疼痛，在要临产前，最后她脐带绕颈三周，宫内窘迫，胎心微弱，我紧急地做了剖宫产。子夫沙哑地"艾，艾"哭着，带着一丝幽怨来到了世界。从此，这个世界上便有一个毛茸茸的、瘦弱的小家伙是我的孩子了！从此，我也密封起了"女儿茶"！

从此，我就再也舍不下孩子；从此，我也深刻体会到了父母在我出生时密封"女儿茶"的那份"她属于你的，你也属于她的"的生命恩慈；从此，我的孩子我带定了！

指尖轻弹岁月的暖，漫过岁月的廊坊，不知，清浅多少诗行。牵你的手，我俯下腰身，小心翼翼。你的双脚刚刚触及大地，开始学走路。你的步履蹒跚，我亦步履蹒跚。这是一段温暖的母女"同步"，你的身后便是我最美的风景。

你终于学会独自泡茶，也会在某个悠闲的午后约我一起品尝你泡的"女儿茶"。结束了我的牵手，你在茶汤的滋养下越来越懂得什么是"女儿茶"……

"妈妈，男女同学相约，如此这样地逛，算是你们担心的谈恋爱吗？"

"丫头，最近你不是和妈妈一起读小黑书，里面有一篇《樱花树下的清酒》，讲述了日本僧侣思索闲暇时光与生命中稍纵即逝的欢愉。你们现在就如同那一棵樱花树，需要雨露、阳光、土地……的滋养，才能长成一棵大树，才会开花。学习、同学间的友情、老师的教导、父母的陪伴……就是滋养你们成长的养分。所以，丫头，现在的你是妈妈身边的小蜗牛，妈妈还要牵着你走。明白了吗？"

"那我知道了，同学间有事情可以在学校一起讨论，这样在外逛，还是会让父母担心，所以不能。"

接丫头回家的途中遇穿着各校校服的少男少女两两笑语，丫头仰起她的脸轻声问我。

此时，我听到生命中那最初的声音！

春天的话

陈年老铁的沉香被琥珀包裹的时候，思念慢慢进入。

我始终无法走出，那朝侍茶园暮看云的日子。在曙光乍泻的清晨，在夕阳归乡的黄昏，躲进茶园，那一股成熟的茶香，浓浓的，暖暖的，便走进了奶奶那淡淡的目光里。

"香儿，你全身是汗，又疯跑去了，这死孩子。快去冲一碗盐米茶喝下去，这样就不会中暑、肚子疼……"奶奶半恐吓半认真地说。

初夏那浩荡的阳光里，外加几声蝉鸣，一串串脚印，带出一身洁白素装，拎一只竹编茶篓，于行行绿丛中摘一粒粒绿色的梦。

我的记忆里，永恒着这样一个声音的定格。

那个有着阳光的午后，院子里奶奶亲手栽种的每一株茶树都在肆意舒展，每一朵茶花都尽情芬芳，阳光，蝉鸣，蝶舞，唱响了一曲喜悦的歌谣，拉开了一幅爱的画卷。奶奶最疼爱的这朵陈家小茶花，在茶的滋养下，长大成人了。

一路走来，光阴重叠，我依稀在记忆里遗失了什么，又在寻找什么，可终究道不清具体是什么。

奶奶生活俭省，喝茶却颇讲究。她只喝她自己炒的"蜜茶""盐米茶"。

学会炒"蜜茶"和"盐米茶"，是陈家女儿出嫁前一天的必修课。遍地绿意的茶园，一株株茶树变得干干净净。我抬头仰望的天空，蓝得清凌凌，蓝得醉人。我听见有人扯动乡间的风铃，吹红怀旧的灶膛。我看见故事在这株铁观音叶脉上生动易感的画面。

"丫头，我们先来炒盐米茶，你看好了。"奶奶一脸严肃地说，生怕我学得不认真。奶奶生火热锅，锅热了后，她伸手抓了一把日常煮饭的白米放入，又抓一把封存多年陈年铁观音茶叶放入，在热锅中不断翻炒，炒到米变得焦黄，空气里有淡淡的炒米香及幽幽的沉香，再撒入食盐，最后加入热水煮上，便是一碗香香的铁观音盐米茶。

"丫头，吃坏肚子时，就这样炒上一碗盐米茶喝，就不用找医生。若是肚子胀气了，不舒服，就炒上一碗蜜茶喝……"锅里传来"噗哧噗哧"的声音，空气里多了甜甜的味道，奶奶教完我炒盐米茶，又倒入蜂蜜，加入茶叶、陈皮，开始教我炒

时辰就像坠落的叶片

蜜茶。

"丫头，炒蜜茶要费点时间，要不停翻炒，直到茶叶和蜂蜜完全融合。可以用手一抓，蜂蜜不黏手，这个蜜茶就算是炒好。"奶奶教我炒起盐米茶和蜜茶一点也不含糊。

这个奶奶教我炒盐米茶、蜜茶的午后，变成了一枚最饱满的果实，由奶奶的手传递到我的手，在我生命中印下了守望和坚韧的痕迹。

茶滋养着我长大，用陈年老铁做原料，奶奶亲手炒制的盐米茶、蜜茶伴随我成长，让我童年里免于肚子不舒服或中暑时吃药的痛苦。而今我自己做了妈妈，女儿肚子不舒服时，我常如法炮制盐米茶、蜜茶给孩子喝。

茶在文人墨客笔下自古以来是一件极其浪漫的事情，不同的人有不同的喝茶故事、喝茶心情。然而，喝茶于安溪这座山城却是一种日常，这里的人祖祖辈辈每天开门第一件事就是烧水，泡茶。

茶于我来说是半壁江山，是家族里世世代代人生命的延续，情感的皈依。

"今年吃甜甜，明年生后生""新娘娶到后，家财年年富""今年娶媳妇，明年起大厝""新娘生水真命好，内家外家好名声""姑拿甜茶来相请，让你金银整大车"……走进夫家敬奉茶叶的那天，听着来自长辈的声声祝愿，我恍然明白奶奶常说的一句话：那每一粒历经时间沉淀下来的老铁，都是印在山脊里的星星，守护着一辈又一辈的人。

丫头的琴声在八点准时响起，我捧着一杯刚冲泡的陈年老铁，看着透明的液体慢慢变成红褐色，红而透明有光泽，像琥珀让人动情。那干枯被压扁的叶子在水里缓缓地伸展，慢慢变得饱满平滑，呈现出它的本色，变成了一颗颗又亮又圆的星星。

我捧起它，时间就沉淀成了味道。

陈佩香，福建省作家协会会员。作品发表于《散文选刊》《青年文学》《福建文学》《人民日报（海外版）》《中国青年报》《福建日报》等各类报刊，著有散文集《暖心》《铃兰归来》等。

时辰就像坠落的叶片

理想国（诗九首）

◎ 马建荣

父母国

请让我回到遥远的故乡

重新熟悉粮食和蔬菜

用一整个雨水洗过的下午

坐进我的父母国

与亲近的人们围在一起

探讨饮食养生和理想国

后来我反复诵读一个词

它已在内心种植了许久

走进那个青狮岩的时候

我顺手抓起了一抔烁土

好像抓起一味叫当归的事物

那么，岁月里奔走的饮食男女

路过一本书籍的时候

请停下来歇歇脚

把故国家园的每一个细节

放在胸前，轻轻按住

每一片树叶都藏着风声

四月西溪，水面掠过一缕鸟鸣

清晰的弧线，高于想象

而花枝乱颤，惊醒一片树叶

鸟栖岸柳时

它开始一生中唯一一次的坠落

（一次不合时宜的翔舞

多么惊世骇俗）

眼下，溪面波澜不惊

你死命按捺住

咽喉里千军万马的欢腾

时辰就像坠落的叶片

118

时间来到这个灿烂的早晨

时间来到这个灿烂的早晨

所有的喜悦都在茶水中微醺

波澜不惊的还有

你明眸中的春天以及

手掌里的乾坤

阳光静静地打在玻璃上

感恩的人放低了身段

你便看见了上天的祝福

家有余庆，祥瑞传芳

美好的字眼让人怦然心动

万世茶香皆奉祖上荣光

每一次端起茶杯

蝉鸣和风声已在窗外

你内心沉静而虔诚

深知所有的日常卑微但也高尚

它们多么接近一棵百年老枞的期望

七月上

这些七月奇妙的云朵

它们离开旧课本，在群山之上

重新演绎风云际会

大雁在烈日下低头

七月上，我保持着仰望

七月上，我要慢慢熟悉

茉莉花和山楂的味道

广袤而温暖的大地上

阳光和雨水把梦想代代相传

爱的真理远播四方

时间以金子般安静的方式

告诉每一个幸福的人

亲爱的，我是幸福的

那么，请每一个走过七月的人们

不忘初心，秉烛前行

祖国多像这片蓝天

白昼交替，永缀祥云

我仰望，一定有一个窗前

传来甜美的歌声

七月上，每一颗心中

都装着一颗太阳

老城墙

他是安静的，我看见他的时候

他沉默着，一言不发

就连身旁的小草也傲然挺立

老城墙的老只是在守

就像智者，矢志守住一世独立的思考

他是安静的，金戈铁马已经远去

一骑红尘封存内心

老城墙，你是我用一生的修学

都打不开的书本

你在每一个时刻都盯着我的脊梁

面对你，世间万物

低下高贵的头颅

我将耗尽我今生的所有

学会敬畏和静默

清　明

春光在一瞬间明媚了
低下头颅的人，心怀崇敬

肃穆的人群中有许多孩子
他们小小的脸蛋
在阳光下发亮，没有悲伤
树叶和花儿也都发亮

所有的悲伤
已被昨日的风雨带走
这正是先人的旨意
我在此刻想到了逝去的亲人
我的泪水在眼里打转
我忍着，不要悲伤

我低下头颅，合眼静默
我看见人世清明，大地辽阔

时辰就像坠落的叶片

书桌之上，幽兰静默

窗外声音嘹亮，像阳光

在玻璃之外透进来

我深知，我断断不能阻挡

那些欢乐或悲伤

犹如风在风中游弋

水在海中苍茫

斗室之内，唯有心在乱翻书

而书桌之上，幽兰静默

我始终叫不出

每一缕幽香的名字

也始终没有想起

红袖添香

这个时节里怀春的好词

茶　遇

从荷兰或英格兰的郁金香

跨越大武夷的灌木丛

有时只需一座明清的石拱桥

其时夕阳西下，温暖如春
阳光恰好路过柔软的你

如果以鲜花和本草的名义
遇见最纯净的一滴甘泉
万世圣贤便以简朴的山水
滋养高贵的风骨

而你只作书童，禅意漱心
以一瓣书香，安抚一段熟悉的睡眠

掌灯人

掌灯人，在黑夜来临的时刻
用一句民谚把十五的月光熄灭

我沿着天梯，从一本书的坡顶款款走下
在风雨过后的秋夜
安顿好自己诗意的睡眠

枕着书香，我开始喃喃自语

时辰就像坠落的叶片

我说，今夜，我要做自己唯一的掌灯人

静看身材娟秀的文字

在往日的灯火里翩翩起舞

那些内心存放已久的灵感

将一一来到我的床前

就像梦里圆满的月光

一夜之间，把我今生漫长的道路全部照亮

并将在我醒来的一瞬间

把窗外的天空照得比海更蓝

马建荣，福建省传承发展中华优秀传统文化专家委员会成
员，福建省政协常委、提案委副主任。出版作品若干。

理想国（诗九首）

老家美食

◎ 纪任才

老家在山里，靠山吃山，食物本平淡无奇，且不足挂齿。我谓之为美食，皆缘于自小吃贯了而现在仍眷恋着，每每将之与身处异地的吃食相比较，更觉其味的独到美妙。

蝴蝶豆

老家人把一种扁豆叫作蝴蝶豆。为什么呢？谁也说不出。

这种豆很容易生长。老家人习惯把它种在房屋的旁边，给它扎一排篱笆，或搭一个架子，让它自由地攀缘。春天发芽，一个劲地长，藤蔓不断伸展，还滋生出许多嫩嫩的茎，到了夏天，便把篱笆爬成了一面厚绿的叶墙，或把架子织成了一间阴凉的棚子。整个夏天和霜降之前的秋天，每天都有新的豆子可摘。天气一冷，叶子便掉了，藤茎就逐渐干枯直至完全死去。次年春天，再种下几颗豆子，它便很快破土而出，并迅速生长，冒出许许多多的叶片，拥拥挤挤的，简直密不透风。

因为其省事省心，给予农家的真是"不劳而获"，没有人会拒绝这种好事。在我们老家那一带，蝴蝶豆是随意可见的，也是餐桌上经常保留的一道家常菜。老家人对这道菜的做法也不讲究，把它和水煮熟后捞起，再倒进锅里和油、盐一炒就行了。如果用肉片生炒，会吃辣的加点辣椒，是最可口的下饭菜。如果吃腻了，把它铺开来晒干，储藏起来，等到办酒席时便是道下酒菜。

这种豆呈月牙形，浅绿色，边缘却绕着一线紫红，是花的颜色留下的痕迹。无疑，它的花是紫红色的，也是繁多的，几乎将绿叶都掩盖了。远望去，如一片织锦。近观，会发现它的花瓣小，二三片成一朵，娇嫩可爱。

我现在城里工作，经常可以在菜市场上买到这种豆。我依然叫它蝴蝶豆。有一年夏天，我送儿子回老家度暑假，看见了边开花边结豆的蝴蝶豆。我兴致盎然地采摘了一些，却不经意地发觉，它花开的样子很像翩翩起舞的蝴蝶。它会不会因此而得名呢。我问父母以及邻居的长辈，他们都笑笑，说历来都这么称呼的，哪有什么根据。

肉　花

在我老家，肉花是入菜的。

这种花长在树上。那树矮矮的，看不出干在哪儿，全是细细的枝，粗的也不过拇指般大小。跟所有的植物一样，它在春天萌芽吐绿开花，但在夏天开得尤其茂盛，花期一直会延续到九月甚至十月。进入晚秋，它便开始掉叶。在冬天里，叶子便会掉得精光，样子并不好看。它跟蝴蝶豆一样，也不需要人家费多少心，把苗木栽进土里，甚至只需剪下一段枝插进土里，它就会自然成长了。只是长到一定的年载，人们就会限制它的高度，适当做些剪裁，让它延伸出更多的枝条。因此，我老家那一带，房前屋后的肉花树很常见，少则三五棵，多则十几棵，极少人家不栽的。

肉花盛开时，最大的也不过拳头一样。花色多为白的和紫红的。花瓣绵绵的。开了的肉花就要及时摘下，不然过不了两天，就会自然掉落。清晨是采摘肉花最好的时间，花瓣最为饱满，而且沾着露水，清新可人。等白天太阳烤过了，花就蔫了一些，花瓣也显得干瘪了。蔫的或落地的肉花，大多喂了猪。大概这种花开得繁了，人们也不觉得该珍惜。

食用肉花，一般人家都是用热水捞过一遍再炒。肉花煎蛋是一道很不错的菜，来了客人是端得上桌的。肉花吃起来，有滑溜溜的口感，有点像吃肥肉。老家人也许因此把肉花与吃肉联系起来了，而肉花名字的由来，也应该源自于此吧。

离开老家以后，已经很多年没吃过肉花了。没想到的是，近些年，城里不少餐馆的餐桌上居然也出现了肉花，而且颇受人们的喜爱。当然，人们不叫肉花，而叫木槿花。

我去查了词典，说木槿的花是"钟形"的，"通常有白、红、紫等颜色"，"花可入药"，解释还是蛮贴切肉花的。如果能补上"花亦可做菜"这一句，那就更好了。

时辰就像坠落的叶片

红　莓

老家人把草莓和树莓都叫作红莓。

草莓味甘，肉软，清甜可口。或许是老家的土壤、气候适宜草莓的生长，草莓几乎随处可见，水红的颜色，饱满的形态，可是人见人爱的。

草莓的长势与土壤的肥瘦有一定关系。野外的阴沟处，人家的猪栏、茅厕、菜园边，草莓就长得特别旺，结出的果实也更大更红。但是，这些地方的草莓，人们却嫌它不太干净，愿意采摘的人很少。草莓长在草丛中，人们还担心被蛇咬过、被蚊子叮过、被小鸟啄过，一旦发现有破损或变色的迹象，基本都会置之不理。

人们真正喜欢的，是树上结出的红莓，即树莓。这树带刺，通常是丛生的，大多长在山坡处，果实比草莓小，呈圆锥形，但更结实，更有水分。一到成熟季节，常可看见三五女子结群上山采摘，都能装满一篮子提回家来。再倒出来洗洗，即可食用。这树莓经水一浸，更显水灵娇嫩。大人抓一两颗尝尝便是了。小孩子好吃，一抓就是一小把，抢着吃。小女子爱吃，一颗一颗含着吃，仔细感觉它的甜美。怀喜的女子喜欢青莓，即成熟之前的红莓，颜色发青，有点酸有点苦，她们把它当作杨梅来解馋了。

这树莓长得好的，总是在悬崖绝壁处，往往长得叫人惊鸿一瞥，难以采摘，让人望洋兴叹。胆子大的小孩也会冒险，即使有收获，脸、胳膊和腿便留下了刺伤的痕迹，过后免不了大人的训责。因而，人们对红莓是不太在意的，反正不能当饭吃，多尝一颗少尝一颗，只是嘴巴过过瘾罢了。

有次看电视，看见一个地方居然在进行人工种植树莓，把产品卖到了国外，据说是富有营养的绿色食品。我便想，老家有那么多自然生长的树莓，拿到市场去卖，应该更受欢迎吧。但也只是想想，那么偏僻的山村，那么陡峭的山坡，谁敢去采集呢？

春　笋

父母从老家寄来一袋春笋，煮熟的。

在老家，竹笋很常见的，大多数人家都会在房屋周边种上些竹子。竹子容易长，繁殖也快，几年时间就会成林。但是，我家屋前的一片竹林可能是害了病虫，有一年忽然间全部枯黄，了无生气。无奈之下，父亲便把它们全部砍了。再看它们的根几乎全烂了，不可能有恢复的希望，父亲便种上了油茶树和桂花树。

我家的那片竹林，有毛竹、绿竹、石竹，出笋可以延续到初夏。特别是春天，春雨把土壤泡软了，笋很容易破土而出。竹的根系是发达的，肆意地四处延伸，碰到石头还可绕过去。只是我们没有想到，竹子的根须竟然会布满我家院子的土层下

时辰就像坠落的叶片

面。以致有一年，父母到外地做工，难得回家一趟，便见满院子长满了笋。可惜我没有见到那可爱、壮观的一幕。父母说起这事，也满是喜悦，虽然竹笋破坏了院子，他们不得不花上一些时间进行平整。

我有胃疼的毛病，对吃笋有点忌讳。那餐馆里的笋菜，切得粗糙，又老又硬，多数是把笋连头带尾一起炒的，因此更不去吃。而我的老家人在做笋这件事上却是比较用心的。他们会把笋的头部（底部）切去，只留下尾部嫩的部分，然后把笋放到锅里煮上好几遍，直至煮熟、煮透。炒之前，还会用木槌捣上几把，再撕成细细的丝条。这样的笋菜，嫩、软、烂，不会伤胃的。而晒制的笋干，也是采用嫩笋，反复煮过再晒的。我这样说，当然是说我不拒绝老家这样做的笋，甚至春天一到，还有些期待。

父母寄来的笋出自哪里，我没有细问。也许是后山的竹林。屋后靠山，后山上的竹林并没有遭殃，依旧旺盛地生长着。早些年，父母会到野外去挖笋，也许他们现在还会去。他们寄来的春笋，自然是煮熟的，不需我花费多大的工夫，只需洗洗切切炒炒就可端上桌，十分贴近我的胃口。

红糟菜

我母亲经常自制一些红糟蛋寄给我。

所谓红糟，便是酒糟。我们老家的人每年都会酿一些红酒，同时产出一些红糟。红酒可以滋润生活，红糟也可以调味生活。

老家有一道菜很出名，叫作米粉烫泥鳅。用米粉招待客人，是老家的传统，有炒、煮、拌等多种做法，其中的米粉烫泥鳅久负盛名，是由泥鳅汤与米粉合煮而成的。这道美食的关键在于泥鳅汤，必须是添加了红糟的，散发着浓郁的酒香。中秋节吃米粉烫泥鳅，也是老家的习俗。

有些菜加红糟，成了习惯的口味。像猪母菜，在老家随处可见，也是餐桌上的常见菜，添加了红糟后，可以消除异味，更加的香。我老家有一种笋，本地话叫"石竹笋"，通常用来煮汤吃，煮时必加红糟。按我的理解，笋类食物易伤胃，红糟暖胃，正好可以起到相互消融的作用。凡是鲜笋、野菜，以及有腥味的食物，都会加点红糟的。比如，前面讲的泥鳅汤，泥鳅煮之前，先用茶籽油喂饱，再加以红糟煮透，煮熟后的泥鳅通体酒红，连肉都是红的。

有些食物加红糟，成了风俗。比如，我们老家那一带，办个酒席，必须要有红糟蛋、红糟肉的，图个喜气。特别是那个红糟肉，切得很大块，有三四两重的分量，在酒桌上吃不了，基本让客人打包回去。那个红糟蛋，平时来了客人，也跟米粉一样，是必不可少的，而且必须是两个。

至于红糟蛋的制作，需要一定的时间。一般是把煮熟的鸡蛋或鸭蛋腌藏在红糟之中，十天半个月之后打开，酒红、酒气穿透蛋壳，渗入内里，把蛋白变红，把蛋黄浸染成酒黄，吃进嘴里，感觉都是酒，像是凝固的酒，可以咬，可以咀嚼。

这个红糟蛋，过去只在酒桌上或招待客人时才出现，现在已变成日常食物了。

冰糖茶

在老家，有客人登门，一般都会端上一杯冰糖茶，是用冰糖和茶水泡制的。

为什么用冰糖，我不解其因。我们那地方，亲戚间来往都有送冰糖的礼数。以前供应紧张，冰糖因稀少而贵重，而今物资丰富，看重冰糖应是习俗吧。每年大年初一这天早晨，人们都会先喝上一杯冰糖茶水，意味着新一年开端良好，今后的生活甜美如意。

老家也可称作茶乡，茶树很多。有大面积栽植于山上的，更多的则是人家栽在房前屋后的几棵或数十棵不等。茶树矮小，却枝繁叶茂。临近清明时节，鲜嫩的新叶纷纷涌现，便是采茶时节了。规模种植的茶叶经机器加工，远销外地。自家享用的茶叶多是手工炒制，把新鲜的茶叶先置锅中炒上一遍，后用脚踩，把叶片踩得又薄又软，颜色由绿变黑，再放在锅中烤熟。这样的茶叶松脆、清香。加冰糖，冲上开水，糖溶化，茶叶舒展开来，在水的包容中，茶香与糖甜遂混合成另一种美味。

其实客人喝茶，并无品茶之意。因为我知道，那些终年劳碌的人们哪里有品茶的雅兴。即使像那些喜欢串门的女人，偶有空闲聚在一起扯家常，也不会对这家女人泡的冰糖茶水品评一二，真正的兴趣却在那被当作茶点的豆腐乳、萝卜干、姜丝之类。

我在家里并没有泡茶的习惯，一直只喝白开水。偶有老家亲戚进城来，以为可以客随主便，顺手倒上一杯白开水。有一次，被母亲看见了，她的脸色显得很不自然。她找来茶叶，没有冰糖便用白糖替代，重新续上了一杯。

杀猪饭

在老家，谁家杀猪，都要煮一餐像样的饭招待客人。

也许，在生活清苦的日子里，养大一头猪是不容易的。因而这杀猪便隆重起来，也像婚娶、祝寿一样总要选择吉日，颇具节庆气氛。

杀猪多半在清晨进行。杀猪前夜，这家人兴奋得不好入睡，特别是小孩子，就巴望着杀猪师傅早点到来。当然，他们没有等到就睡着了，是被猪的惨烈的嚎叫声唤醒的。他们一骨碌从床上爬起再跑出房间，看见猪正被按在桌板上，喉咙的血喷涌而出，气力逐渐消失。等完全断气并且血流干后，猪便被推入盛了热水的木桶内。人们用扁担头剃除猪毛。杀猪师傅用锋利的刀娴熟地开膛破肚。屠刀所到之处，滋滋有声，猪肉齐整分向两侧……

当天早晨，这人家必定备上一桌好菜。就座的除了师傅，还有来往密切的亲戚朋友。就餐前放了鞭炮，主人给客人斟了酒，菜就一碗接一碗上了。菜很丰富，肉丝粉干、萝卜排骨汤、酒糟肉、酸菜小肠、青菜肉片等，均以猪肉为主，咸味居重，同时蒸有一桶白米饭。客人走时，主人家还会送上一吊猪肉。然后，这人家也给邻居送去一块猪血、一段猪肠或一碗炒得油香的菜干，一同分享杀猪的喜悦。

在我小时候，逢亲戚家杀猪请客的，母亲总让我去，给我穿上整洁的衣裳，交代我要懂礼貌、识规矩，尤其提醒我要注意吃相。我的表现自然很乖，见自己碗里装着的肉丁煎蛋、猪肝片、五花肉，每一样东西只咬了一小口，便不肯再吃。饭后，亲戚摘来一片芋叶，抹净，包了这些东西让我带回家。

在当时，杀猪还不是一种职业。师傅给人家杀猪，按我们那地方的话说是帮人家"过刀"，很少收人家工钱的。而人家酬谢师傅的，是把一吊好几斤重的上好猪肉放进他的篮子。我父亲也曾学会杀猪，也有人家请他去"过刀"。每当这样的早晨，我们几个小孩都不肯吃饭，一定要等着父亲回来，再接过他的篮子，取出人家赠送的猪肉，催母亲赶紧下锅。有的人家会特意跑来把我们几个也叫了去，总往我们的碗里添肉。这样的杀猪饭，至今仍给我美好的回味。

纪任才，三明尤溪县人，福建省作家协会会员，现居三明，供职于三明市直机关单位。

奶　奶

◎ 林义丹

奶奶生于 1936 年，7 岁时给人当童养媳，18 岁嫁给一同长大的大哥，生育三儿两女，40 多岁时，大儿子病故，50 多时，丈夫病故。

一

我很少见奶奶哭，大多数是因为思念大儿子而落一两滴泪水。讲起大儿子，她总是充满骄傲又有点无奈，那是一个麻利肯干的儿子，1.8 米多的个，英俊，力气也大，可以挑起 300 多斤的东西，乡里乡亲总喜欢找他做事。外出打工，拾了个女娃娃回来，用心地抚养着长大，虽然那时候他已经有 3 个小孩了。

"这么好的一个人啊，哎……"奶奶总是以这一句结尾，用手轻轻地拭去眼角的眼珠。

时辰就像坠落的叶片

136

二

奶奶是个严格的素食者，40多岁时，跟佛祖许了愿，能救好他大儿子，便终身食素。后来，他还是走了，奶奶依然兑现了自己的诺言，一吃就是30多年，一丁荤腥都未曾碰。以前年纪小，心疼奶奶都不吃肉，有次偷偷往她碗里放了块肉末，奶奶发现了，吐了好久。后来稍微长大点了，却还是傻傻地问："奶奶，你都不吃肉，你都不曾想吃吗？""刚开始时有点难受，后来也就习惯了。"奶奶淡淡地回答着。直到今天，我还是不能明白是怎样的一种信仰，让奶奶坚持一件事这么久。

三

我总喜欢围着奶奶听她讲以前艰苦的日子，忆苦思甜，每每听完都会感到眼前生活的困难都称不上困难。那时家里临海，得靠海吃饭，冬天海水冻得人直哆嗦，可一下水就是几个小时。次日要把拾到的贝类挑到10公里外的村庄去卖，一挑就是100多斤，一走就是一整天，从清晨5点到下午5点，夏天中午实在热得不行，就挑个有屋檐的人家，靠着墙角，小憩一会儿。

我父亲说，他小时候最深刻的记忆是他母亲外出时，被重物压弯的腰，以及母亲归来时，累得直不起的腰。

四

奶奶养大的三儿两女成婚后，为了儿子儿媳安心在外赚钱，孙子孙女都一一揽下来带，平时照顾着孙辈的饮食起居、头疼脑热，家里的一亩三分地又不舍得扔，起早贪黑地花生、地瓜、黄豆轮番着种，菜地里一年四季的时蔬没停过。

我童年的成长里，有一段特别美好的记忆，就是每天跟着奶奶去看田里的南瓜由小小的花蕊，慢慢地长成七八斤的模样，那时候摘大的果子时候，奶奶还要拿秤去称下，满满的成就感。

直到今天，我依然敬佩奶奶的自律，或许她的脑海里并没有这个词义，她从不曾赖床过、懒散过，耽误过任何一个农时。

五

如今孩子在外做生意都有了店面，常年在外，养大的孙子孙女，要么在外求学，要么在外上班，奶奶成了名副其实的留守老人，一个人住一栋楼，安安静静的，晚上八点过后，她就守着一只狗、一部手机、一台电视。

孩子们想接她去外地，奶奶去了几周就想着回来，她放不下家里的房子、田地，还有跟了她几年的狗。

我经常回来问奶奶，这么安静，你不觉得太孤单了吗？奶奶依然只是淡淡地说："习惯了。"

六

奶奶一生，吃了不少苦，可你基本上看不到她郁郁寡欢的模样，大多数时候，是一个平静祥和或笑得咯咯直响的老奶奶，如今80多岁了，依然要种点果蔬、花生、红薯，有时候身体不适，还是要惦记着这些事，逮着个孙辈周末回来的，就要求帮忙犁犁地、施施肥。

最好玩的是陪奶奶看电视剧，奶奶不识字，所以剧情大多数是根据画面自己脑补的，婆婆对媳妇怎么样啦，老公对老婆怎么样啦，总能说得头头是道，看到男女主角在荧幕里接吻的，还会咯咯笑着说"不害羞"。

很多时候，我都觉得奶奶的精神世界比我丰富。

七

每次回来奶奶总是神采奕奕，大嗓门地吆喝着我吃这个吃那个，这次回来看见她缩在病床上，那么小，那么憔悴，我突然有些怕了……可我又转念一想，你那么坚强的一生，又怎么会被这小小的病痛打败。

奶奶

林义丹，曾在报刊上发表作品若干，现供职于福建省直单位。

年微漾的诗

◎ 年微漾

少年不识

溪口村中我们干完漂亮的一仗

单车举着胜利者

加速成为古代。古代是一轮落日

抖尽了羽毛，是黑夜

撕掉向阳草木，只留下竹林和水声

他钻进林子向我借火，双手护住火焰

在火柴易碎的光亮里，我看见我们

对于熄灭这件事，都有着短促的恻隐之心

小仙都村

多么有野性的群山！村庄变成马蹄铁

钉在山脚

而溪流像缰绳，勒住了它们

时辰就像坠落的叶片

一切都是自然的恩泽，万物

有被驯服时的悲哀

和被命名的快乐。春雨延绵，耗尽了进行时

所以树叶凭借回忆

陆续返青，蜂箱垫着旧梦

辗转苏醒，划出去的皮筏

很快就将寄回归信。时光陪在你的身边

是一个小情人

她说：我不相信风

我只相信落日下的水面

南兴棋牌室

四个老人，就围住了莆田城

密不透风的下午，远处的打桩机

在咀嚼着城砖。他随手

丢出自己的年纪，而他人面无表情

年逾古稀，时间已越来越廉价

想要得到的牌

只会越来越少。他索性将儿女

也随手丢弃。儿孙自有儿孙福

留是留不住的。但对座碰了他

路过店门的女孩，正在电话中哭诉

相亲的委屈。他后来将婚史

也推出了掌心：那个童养媳

在他的高傲和命令下

过完了卑微的一生。辛卯年腊月

殡葬车驶经东园路

他躲在家里，翻出了四十年前的

一对旧手镯。此刻他还想丢掉锈迹

然而孤独，已经同疾病与恐惧

接成了顺子，正如回忆与历史

也早已凑成一对

源于老年的健忘症，他现在几乎是

抓到一张就扔出一张，偶尔会吃掉

上家丢出的财富

与地位，也抛却喜怒和哀乐

丢给下家的老友，使它们暴露在

年老失修的笑声里。他们几乎一无所有了

在这个密不透风的下午，干燥的喧哗

无异于缄默，将莆田城层层包围

而城市则往高处挣扎，使他们半身陷入泥土

他故作停顿，面带微笑

很显然已经亲手摸到了死亡

时辰就像坠落的叶片

年微漾，1988 年生，福建仙游人，现居福州。

盖厝记

◎ 钟而赞

　　一辆边三轮嘟嘟嘟冲进何家坪。街道城建所所长老刘和干事小董下了车，到村委会找村书记何志仁，没找着人，便直接奔何志远的新厝。三楼有两个泥水匠正在给墙的内壁刷水泥浆，听到楼下有人叫唤，从窗口探出头，喊：东家不在。问东家叫啥，住哪儿？迟疑了一会儿，不回答。老刘和小董在村里转着，碰上几个老人，都不说厝主是谁，住哪儿。好不容易逮着一个小孩，问清厝主叫何志远，正想让领着上何志远的老厝找人，从一家老院子出来一个老人，呵斥一声，小孩跑了。

　　何志仁从镇上回来时，老刘和小董跨上边三轮正准备离开。两人正憋着气，一看到何志仁便喊：你躲哪儿去了？打手机也不接，弄得咱俩就像鬼子进村似的。

　　何志仁咧开嘴一乐：还算你明白。不是鬼子又是啥玩意儿？我们村没有八路，都是大大的良民。你们太君的，不用来。

　　近期一部反映抗战主题的电视剧正在热播，这类题材的电视剧和电影，大家统称为鬼子戏。老刘和何志仁都是爱看电视的主儿，晚上没在外头应酬喝酒或打麻将，就窝在床上看电视。

盖
厝
记

143

这新厝说是何志远的，何志远是哪个？住哪儿？这还没办审批，新厝就建成了？

审批什么！你们是要给人家出钱修路栽花，还是要给人家牵电通水拉电话呀？农村人家建座新厝不容易，别折腾了！

你这是说鸟话，市里的规划你不是不知道，市里正在撸着袖子治"两违"，小心到时把你树了破坏城市规划的典型，上了光荣榜。

得，你有理。人你自个儿去找，我才不管你们那摊子事。我这得去搞些酒菜喂喂你们。

老刘和小董又走进何志远的新厝，在楼下叫了几声，人不在，咕噜几句，便返回何家坪黄记小酒馆吃饭。桌面上除何志仁外，还有村主任何正喜、副书记费得银。见这阵势，老刘就嚷起来，说：这是什么意思？三只大老虎上阵，难道要把我俩生吞活剥了不成？何志仁大笑，说：就你俩，还要我们三只大老虎上阵吗？我一个对俩，正喜、得银自摸。何志仁酒量好，又拼命，还不到两个小时，老刘和小董便感到吃不消，有了七八分的醉意，出门时差点就忘了交代一声：

让那个何志远自个儿上城建所，合理的我们给补办个审批，不合理的自个儿动手拆了，别让我们再来第二趟。

北里要开发，早就不是新闻。从成为一个热议的新话题到现在，市委书记都换了三任，整个尚义市，谁都知道北里要开发。要开发的这个"要"，意思一是必要，也就是说全市上下从党委、

时辰就像坠落的叶片

144

政府到市民百姓，对开发北里的必要性已形成共识；意思二是决策，大家知道市委、市政府有这么个决策。何志仁是北里村书记，怎么会不知道北里要开发这事？他都参加过十次相关议题的会议了，而且还看过至少三个版本的规划书，一本一大册，他看得不仔细，也不能全懂，可大致分为几个功能区、干路支路、主要建筑他记得一点儿都不含糊。三个版本有不同，大构架却没怎么变，调整的地方大多是细节，比如路的宽度，主干道第一次规划是16米，双向两车道，第二次是32米，双向四车道，第三次是50米，还是双向四车道，中间有宽5米的大绿化带，两边则为未来商铺留足人气空间。里仁溪是尚义的母亲溪，南岸叫南里镇，撤县设市后又分为南东街、南西街，是城里；北岸叫北里村，大大小小十几个村子这旮旯一个那犄角一个，稀拉散漫，像是谁随手乱扔的不值钱弃物。不能说母亲偏心，实在是北里腹地太狭窄，而且犬牙交错，岩壁坚硬，不是安家的好地方。村委会所在的何家坪，地盘儿最大，人口占了全北里三分之一，原先还不觉得怎样，近几年一年一年——不，是一个月一个月看得见越来越挤。怎么就挤了呢？盖厝的人多了，又不讲究横平竖直，见个缝就要插一溜。村前一条北里溪，溪边原先是各家各户的菜地，一两年间就拔地而起两排新厝。老旧的木房子住得不舒服，盖新厝改善住的条件，只是其中一小部分；儿子大了，娶了媳妇分家另过，要盖新厝，这是更小的一部分；更多的盖是为了拆掉。这么说听着矛盾，你懂的。政府不是要开发北里吗？开发不是要征地吗？地上的作物、建筑不是要清理了吗？征地要付补偿金，清理作物、建筑要付补偿金。补偿是政府的说法、会议上和文件上的说法，包括大小干部和老百姓在内都不叫补偿，叫赔偿。地、作物和厝，厝赔得多，比地、作物多得多。往前倒数第三届的市委书记在任时，市里就下了通知，到处贴通告，严禁违规占地抢建，还要求土地和建设部门摸清全市违法占地、违法建设的翔实情况，为第二阶段的严打"两违"做准备。调查了一年，也没个报告，书记却调走了。市长主持市委工作大半年了，新书记才到位，北里开发的事再抬到会议桌面来商量，大家讨论得很热烈，都认为北里开发是必要的，也是紧迫的，一说到打"两违"，大家却都没了声音。书记发了火，说，先做思想工作，街道和村干部要下足功夫，该跑的腿要跑，该磨的嘴皮要磨，挨家挨户说服，说不动再强拆，先礼后兵，我们拆的是违法占的地、违法盖的房子，所以理直气壮。说服当然不容易，于是组织强拆，不行，群众要拼命，看着强拆队进村，一呼百应，堵在村路口不让人和挖掘机往里去。推搡中不知怎么就撕打了起来。谁先动的手？不知道，八成是村民。村民打你没罪白打，你动了村民问题就大了。他们不说打击"两违"，只说政府干部强拆，又是打又是砸，砸了物又伤了人。他们越过尚义市，到地级的大照市上访，再到省里去上访，一边又引来外面的新闻记者，闹得尚义市委、市政府很被动，新书记挨了批。稳定压倒一切，书记不是不懂，只是从机关下来，对基层工作的复杂和困难估计不足。既然不适合基层工作，那就换岗，履任不到两年，调到省直机关去了。

市长又主持了半年市委工作，总算圆了心愿，就任书记，就是现任的孙兴邦孙书记。还是北里开发的事，最难啃的骨头还是拆迁还是打击"两违"。孙书记的策略，先易到难，哪块地运作成熟了哪块先开发，这是一；已建成的厝先不动，坚决杜绝新"两违"。村里最显眼的大墙上贴着政府的通告，电视也播了通告，何志仁平常与村里人说闲话谈正经事，也偶尔会自带三分严肃地扯到不准"两违"的事。

盖新厝的打算何志远已经酝酿了一段时间。前些年外出打工，多多少少积攒了一些钱。几年前在北里山种下的三百来棵柚子树开始挂果，离不开人，便决定不走。又瞅准市农业局引进的新品种西红柿，自发报了名，要当试种户，租了几亩水田搭起简易棚，搞起大棚种植。夫妻俩没日没夜在柚子园、柿子棚里侍候着。用了心就会有回报，第二年开始，三百棵柚子树年年是棵棵挂满黄澄澄的果实，都有三四百担的收成，虽然卖价不比几年前好，三年来还是挣了大几万。大棚柿子呢，原先还有些担心，毕竟没种过这玩意儿，虽说市农业局承诺有公司包销，还是有点不放心。结果也让自己种成了，这真得感谢农业局的那几个农技员，一年总要下来两三趟，虽然讲得有些马虎，时不时蹿出来的一些术语听着仿佛一头雾水，但志远爱寻思爱琢磨，很快就找到了栽培和管理的门门道道。农业局也给力，外头的包销公司虽然没引进来，但是帮着跑出了销路，让本市大名鼎鼎的农民企业家、尚义市蔬菜脱水公司的郝能耐放开收购，全市三四十户种西红柿的都和郝能耐签了合同，卖路也就不愁了。虽说郝能耐年年都要嫌这嫌那硬是把价钱往向下压，还是有些赚头，一年下来也落下个万儿八千的。有了这两三年挣下的家底，便和女人商量起盖新厝的事。正月里到女人娘家做客，喝酒时说起这事，老丈人很支持，说：看着差不多就办吧，做大事情哪能计算得那么精细？现在不比过去，欠上三百五百的债五年十年翻不过身来，好歹还有几亩茶园几百棵柚子几个棚的柿子，一年下来总可以见些钱，即使欠下一些，三两年也还是可以剥得了的。

何志远做事向来快。前些年几户人家换了村口的一块地起了一排新厝，旁边还剩下几溜地基，何志远买下了紧挨着的那一溜。就这事，村书记何志仁上门，说，要盖，就必须先申请，得到审批了才行。何志远没放在心上，选个吉日请来师傅雇了帮工，还没三个月，一溜四层的砖混结构的新厝便立了起来。

这天下午，几个人坐在城建所办公室闲聊。老刘发现马路对面的一排新厝不经意间已经蹿到第四层了，便想起北里何家坪的何志远，回头问小董：北里何家坪的那个何志远来办手续了吗？

没什么印象，好像还没来。

都几天了，再跑一趟，闲着也是闲着。

小董便去后院把边三轮开过来，又叫上串门的派出所联防队员郝牛牛，往里仁溪对岸奔去。

三个人闯进村子。村口的晒谷场上有群鸡正在觅食，被飞扑过来的车子一惊，四散奔逃。一只大公鸡固执地要抢过路面逃命，嘎嘎……嘎嘎……车轮碾了过去，扑腾几下翅膀，细细的一缕血飞溅出来，便不动弹了。偏偏就被人看见了。新厝院埕坐着几个老人，闲扯着家长里短，听到有车辆嘟嘟嘟地朝村里开来，便注意上了。新厝也算个地名，或者仅仅为了表示方位。前些年不是有几排新厝在村口那儿拔起来吗，这一处便叫新厝。就像前厝、埕后、宫边、老弄，各各一堆房屋，多的十溜八溜，少的五溜三溜，起个地名儿，说起事叫起人来方便。

把人家的大公鸡给轧死了？老人中的一位大声嚷了一句。

三轮车已经停下来。小董不安地转过头看看坐在副驾驶位上的老刘。老刘身子没动，却皱着眉头，埋怨着小董：怎么就不看看前头？怎么这么不小心？

不就轧死了一只鸡吗？有什么大不了的？最多就赔几块钱嘛。刚好把死鸡带回去，煨窝土鸡汤滋补滋补。这可是地道的土鸡，平时还寻不来呢。

郝牛牛先是撇着嘴说话，一副很不以为然的样子，恍然大悟般发现了死鸡的好处，神情和语气中情不自禁地便充满了欢喜。

这是桃花家的鸡。桃花，桃花。认出这是志干女人桃花养的公鸡，几个老人便叫嚷起来。

又有几个女人从各自的屋子里走出来，在附近地里干活的人也挺起腰，往这边瞧。桃花正在自家后院里洗衣服，听到有人唤她，以为也就是问个话，手上的肥皂泡也不冲冲，跨出自家前门就大着声音问：谁叫呢？在呢，什么事呀？

你家的大公鸡被车给轧死了。还不过来看看？

边三轮停在那儿，老刘还没想出对策，已经有七八个老人和妇女围上来，七嘴八舌地说着话。女人的嘴巴都有点尖刻，又带着情绪，出口的话便有些难听。

这么大的一只公鸡，就在眼皮底下搁着，看不见？这不是睁眼瞎吗？

郝牛牛有点上火，抢上前去，两只手臂向两边摊着，一边叫：让开让开，别没事找事。

没事找事？没见着你的车把别人的大公鸡给轧死了？这一位还不只是睁眼瞎，那眼睛让鬼手给摸了。

郝牛牛发怒了，他正想冲上去把说话的女人揪住，教训教训她，却被老刘拉了一把。这时便听见老刘针对轧死公鸡这件事本身发出一句评价：这鸡怎么就这么傻啊，硬往车轮底下扎呢！

这话就怪了，倒是鸡的不是了，是鸡自个儿找死了。这是人说的话吗？也四五十岁了吧，还干部呢！还所长呢！

说熟不熟，其实都认得。南里北里，就隔着一条里仁溪，虽说一边是城一边是村，也就是穿凌罗绸缎的有钱人隔壁住着个套短衣绾裤脚的庄稼汉。北里又属南里东街管，村里人三天两头往街道跑，街道干部三天两头往村里跑，一天说不定都能打上好几个照面。嚷嚷几句，想来也没什么，偏偏一直就没人提起赔偿这档子事。老刘心里已经打定主意，准备最多赔给人家五十块。但自己这头不能先提，先提了怎么样？说不明白，总觉得有点别扭，好像自己输了吃亏了。那头呢？鸡的主人还没来，所以也就没人提赔钱。有人打算替桃花争争价：这是土鸡呢，市场上买一斤四十，这一只下来，打个折也要两百来块吧。

谁个轧死了我的大公鸡？奔丧啊！是死了爸，还是没了妈？

话音刚落，志干的女人桃花人也到了现场。突然就有一条黑影扫了过来，甩着了她的右腮。在场的人好一阵愣怔。桃花的儿子何小水这时正好赶过来，一见这情形，挥起拳头就往郝牛牛头上砸。郝牛牛却灵活，头一侧，身体一矮，避过这拳，又飞快伸出一只脚，狠着劲向小水的下盘踹来。

哎哟！小水惨惨地叫了一声，整个身子便蜷缩了下来。

被郝牛牛一巴掌打得有点晕头转向的桃花这时已经醒过神来，见儿子被踹伤了，一时就像一只发怒的母老虎，呼天抢地着一头向郝牛牛撞过来。老刘见事情越闹越乱越离谱，心里没了主意，又担心郝牛牛再出手伤人，便一把将他拉住。被老刘扯住，桃花来得又快，郝牛牛一时没稳住，被顶了个仰面朝天，后脑勺重重地磕在坚硬的水泥地面上，只觉得一阵晕眩。桃花还要扑上去拼命，老刘一急，大声吼了一句：还有完没完？人都这样了，还凶？

郝牛牛躺在地上好一会儿才缓过神来，只觉得脑后一阵一阵地疼，伸手一摸，黏糊糊的，知道是被撞破流血了。老刘蹲下来察看伤情，一边让小董快去村里的卫生室叫医生来把伤口处理处理。

盖厝记

先前还闹哄哄的场面终于平静了下来。桃花还在那儿哭着骂着，小水的腿大概没什么事，已经站起来，陪在他妈妈身边。开卫生室的何正康背着诊箱赶来，给郝牛牛清洗了伤口包扎完毕，说：没什么大碍，就擦破点皮，换几次药就行了。

老刘和小董把郝牛牛扶上车，边三轮掉个头，嘟嘟嘟地开出村口。桃花才想起鸡被轧死了钱还没赔给自己，叫了一声，又赶了几步，车已经跑远了。

郝大嫂气呼呼地跨进城建所办公室时，所长老刘正趴在桌上研究着体育彩票，把 1 到 36 排来排去，又在报纸上的彩票走势图这里做个记号那里做个记号，却始终没有确定自己应该选哪几个数。对彩票，老刘也就是偶尔花十元二十元买它五注十注，只是上个月幸运地获得了一注二等奖，得了一万多的奖金，这才上了心，想想这段时间手气不错，才认真起来。不但每天都买，买的注数也多，有时还掏出上百元一下子买了五十来注。买的注数多，中奖的概率自然要大些，不过这一整个月，老刘却连最末奖的十元也没中过。

郝大嫂有什么事，老刘心里明白。他让小董倒了一杯水，赔着小心开着玩笑说：贵客贵客，大嫂今天烧的是哪门子香，黄金腿跨上我们这烂门槛？

这郝大嫂不是别人，是尚义出名人物郝能耐的女人，郝牛牛的老妈。尚义人称呼女人，辈分大的叫阿婆，长一辈的叫阿婶，同辈的叫阿嫂，都要把男人的名字放在前头，比如阿贵婆、

时辰就像坠落的叶片

阿生婶、阿志嫂。郝能耐大名郝步胜，同辈的该叫阿胜嫂，小一辈的人该叫阿胜婶，小两辈以上的就该叫阿胜婆了，全尚义的人却都叫郝大嫂。

二十五年前，尚义兴起一股办企业的热潮，一下子蹿出十八九家，不过几年时间相继关门，坚持下来的几家中就有郝能耐的蔬菜脱水厂，而且越办越好。又改了企业名称，叫尚义市清新原野果蔬加工有限公司，郝厂长改称郝总经理，再改称郝董事长。场面上人家都叫他郝老总，民间只称郝能耐，郝步胜也欣然接受。能耐就能耐，是大家夸我呢！

郝能耐确实不简单。怎么就不简单了呢？尚义至少也是县城，比郝能耐牛的人可以拉出一个团，比郝能耐的企业牛的企业也可以开出一串名单。我就是个乡巴佬。生意场上、会场上、领导面前，说到自己，郝能耐开头就是这句话。郝能耐的老家是个叫外塘的村子，离城区不远，是南里镇下辖的一个城郊村，归属东街。我就是个乡巴佬，农村生农村长，早年农活没少干，现在做了生意，也是做农民的生意、农村的生意、农业的生意。不熟悉的人听他这么一说，觉得他坦诚率直，先就生出几分喜欢。熟悉的呢，就觉得亲切，觉得他郝能耐本色。坦诚也好，率直也好，亲切也好，本色也好，郝能耐做人做生意就一个道道：政府的人绝对不能得罪，政府的事绝对不能耽误。比方说这两年放开收购西红柿，本来和他没一毛钱的关系，到了西红柿采摘季，原来包收的公司反悔，这下农业局就尴尬了，去年底各部门上报为民办实事项目，局里毫不犹豫地申报了这个项目，十拿九稳的事，说泡汤就泡汤了。没的事没办成还好，实事项目没办成可是要追责的。怎么办？局长脑袋一拍想起了郝能耐，一个电话把郝能耐叫来。郝能耐没半点犹豫，说，行，就我收，你们说该什么价收就什么价收。局长高兴，狠狠拍了郝能耐一肩膀，说，我就相信你这个郝能耐讲义气有能耐。还让办公室到定点的江滨酒家订了一桌子，晚上和郝能耐喝得昏天黑地。第二天醒来，郝能耐才想到自己昨天答应了农业局，要放开收购三十多个大棚的西红柿。西红柿收购来了，接下来往哪儿销？他还没想到这事儿。答应是一种态度，这才最关键。他郝能耐从二十多年前开始，从种蘑菇到弄个小炉灶煮盐水蘑菇，到集资办了蘑菇脱水厂，十年前改了厂名，叫尚义市清新原野果蔬加工有限公司，遇过的沟坎不在少数，其中两次还在沟里翻船了，能够有惊无险一路走过来，要感谢政府和领导。比方说那一次，尚义市还叫尚义县，南里镇还没分成南里东街和南里西街时，郝能耐的蘑菇脱水厂是镇里树立的大力发展乡镇企业的一个标杆，不能让它倒掉。不能让它倒掉，就得出面帮忙梳理，帮忙争取扶持金和银行贷款。镇里的龙头又上升为市里的龙头，跟着市里的领导到外地考察，学来了"企业＋基层＋农户"，也在乡下找了几个地方，和村民们签了协作书，建起了生产基地。看着事业越做越大，郝能耐心里自有一笔账，这些年赚的，有几成是生意上挣的，又有几成是扶持、奖励、把银行的低息无息贷款转借出去的收益。这些年做过的生意，先是蘑菇，蘑菇不行做竹笋、蚕豆，先做脱水，脱水的、盐渍的不走俏，就转过来跑鲜销，又做水果加工，加工的水果堆了一仓库，不成功，转过来还跑鲜销。可西红柿的生意没做过，尚义不产西红柿，西红柿放在大棚里种是新事物。郝能耐不怕，他这些年跑蔬菜鲜销，有经验有人脉，再说即使找不到市场，全堆在仓库里烂掉，也不过就三十来万，农业局不会让他亏这三十来万的。

有什么不好办的事，找郝能耐。这话悄悄地就传了开来。不光农业局遇到西红柿销不出去的事，关工委要募集助学资金，老人体育协会要办一场气排球运动会找赞助，郝大嫂的娘家陈氏成立了个陈氏奖助学基金会，外塘后门山上的清源寺要修建山门，也都来找郝能耐。郝能耐总是笑脸相迎，多给少给，从不让人空手而归。他成了典型，上了几回电视和报纸，名声就传得更远了。郝能耐出名，他的老婆和儿子跟着出了名。出名未必都是好事，他郝能耐可以出名，郝大嫂也可以，就是这郝牛牛不行。怎么就不行呢？脾气坏，爱吃爱喝爱闹事爱打架。要不是仗着他老爸老妈，早让人给收拾了。有人这么说。

老刘，你说我家牛牛这是怎么回事？好好地被你们拉去下狗屁的村，回来脑袋上包着个大疙瘩。这是怎么回事你说？你们怎么就好好的，一点事儿也没有，就我家牛牛，和你们的事八竿子打不着，怎么就单把他给伤了呢？

郝大嫂说得快，带着气，这话便有点像甩得呼呼响的鞭子，看着往老刘抽过来。

大嫂你别生气别生气。这事怪我，不该把牛牛带去下村。恰好牛牛来所里串门，小董叫一声，便一起去了。哪里知道出了这么一档子事？现在的村下人，实在也太横了些。牛牛也就是态度冲了点，说话急了点，他们就把他顶了个四仰八叉，把后脑勺给撞伤了。还好就擦破点皮，换几次药就没事了。

郝大嫂听着有点不对劲，她侧着头看着老刘，眼神有些古怪。

说来还是我家牛牛的错了，是牛牛自作自受了。

不是不是，哪里是牛牛的错？

老刘脑子里转了转，便生出了主意。

我是这么想着，牛牛还得到医院里躺上几天。这两天找办事处包主任汇报汇报，争取给牛牛报个工伤，把医疗费用报销了，再要些补贴，也让办事处给牛牛记上一笔先进，将来说不定能派上用场。牛牛总不能老当个联防队员，你家的郝老总说了，有机会一定要给他弄个正式身份。

我就是穷得揭不开锅，也不会靠糟蹋儿子来要钱。老刘你这是安的什么心？你还要在牛牛的伤口上绣花，得意着不是？

说到向办事处要医疗费要补贴，郝大嫂像是受了莫大的侮辱，要不是老刘还提到为牛牛争取先进，她一定就爆发了。

误会了误会了。谁缺钱也轮不到你郝家不是？我是说这事还真不好追究谁的责任，想来都是因为工作，确实也是因公受伤，只有向包主任反应，给个结论。明天我就去找包主任，要不让你家郝老总和我一起走一趟。他和包主任说，比我管用。

郝大嫂来找老刘，完全是因为心里憋着一股子气。昨天晚上和郝能耐说这事，郝能耐把儿子牛牛叫来，问清了事情的整个过程，反而把儿子痛骂了一顿，然后一句话给女人顶过来：

你儿子是什么德行？想让全尚义都知道你儿子下乡和村下女人打架，赚回脑袋上一个大疙瘩？这话把郝大嫂呛得够受，逼着郝能耐吼：我儿子怎么啦！是偷了抢了别人家的东西还是坑了谁害了谁？不就是有时爱逞些能和人家吵过几次架吗？谁个年轻人不心高气傲？当爸爸的哪里就这么说自己的儿子？郝能耐不听，跑到客厅看电视，接到一个电话后又出去了，到了三更半夜才回来，裹着满身的酒气烟味一头扎到床上就睡。今天一大早就出门了。郝大嫂一个晚上没睡踏实，心里老想着一句话：再怎么说也是因为公事下村受的伤，怎么就只能自个儿不声不响地啃着哑巴亏？

　　但是老刘这么一说，她却又不知道自己该怎么办了。其实她就没想好要得到什么结果，最多就想到要让老刘出面，把打伤儿子的人带上门来，正儿八经地向儿子道歉，赔不赔医疗费不在乎，至少提着点什么滋补品或者是鸡鸭之类的东西表示一个态度吧。她自己呢？到时把左邻右舍的人叫些来，然后当着大家的面训对方几句话。但是男人郝能耐的话又让她有些犹豫，担心自己的想法对不对、行不行，会不会反而影响了儿子的名声。她的心里有些发慌，原先的那股气泄了许多，出口的话便有些无力：老刘你看着办，这事儿还没完。

　　郝大嫂让牛牛住院。牛牛却躺不住，躺在病床不住地给朋友们打电话，让他或她来看望自己，陪自己聊天。派出所的阿奔、小吴和另两位联防队队友来医院时，除了值夜班的，其他医生和护士们都下班了。大家热热闹闹地聊了一会儿，便谈到吃饭。郝牛牛甩了一下手，说：去，到粟小红小酒馆。

几个人来到粟小红酒馆，要了五六样菜，一箱啤酒，找了二楼的一个小间坐下来。一会儿谁又叫来了两个女孩，于是气氛迅速加温，轮圈干杯，第一圈各一杯，第二圈便各三杯，第三圈呢，就要各六杯了。有人叫灌不下去。于是猜拳拔红旗，分两组厮杀，两个女孩各归一边，叫红旗，五个男孩挑酒量、拳法比较强的两个一组，其余三人一组，一方输了一局，本方的红旗要替对方喝三杯，输了三局，红旗归对方，算是输彻底了。然后换红旗再来。大战数个回合，已经是第四箱啤酒了，郝牛牛有些醉意，谁提醒了一句：牛牛头受了伤还住着院呢，酒还是要少喝点。

于是转到郝牛牛下村挨揍的话题。

牛牛你这是下的哪门子的村，雄赳赳气昂昂地去，披红挂彩地回来，凯旋哪！

听说你还想着吃土鸡是吧，这土鸡没吃上，倒惹了一身鸡骚味。哈哈。

你们不人道了不是，人家牛牛受了伤，受了气，你们倒幸灾乐祸，也不问问牛牛伤得怎样了，这事怎么个收场。

座中的一个女孩大概觉得吃鸡吃鸡的听得不痛快，便叫了起来。这么一说，几个人便问起了事情的处理方案。郝牛牛也不知道有什么方案。

哪能白受气白赚了脑门一个大疙瘩不是？平常披着一块老

虎皮，走在街上人五人六的，现在哥们受了气被人打破了脑袋，怎么就想不出办法来？

那女孩看来特别尖刻，直着两只眼盯着派出所的阿奔、小吴。

阿奔只是派出所开车的，小吴才是真正的警察，来了有一年了，才二十一岁，听说是警校毕业直接分配到东街派出所，待两年就要往上调，上哪儿？不知道，有说是公安局，有说是上一级，也就是大照市的公安局。这小吴总是呼呼哈哈的，一张脸天天挂着笑，特爱凑热闹，上街看到三五个人围在一处说笑，也要往近里去听一耳朵，说不定就黏在了那儿，整个一没心没肺的家伙。又爱出主意，出的主意大多很臭，不过大家都不当真，看着小吴，还是觉得可爱。

我看今晚咱几个就开着所里的车，我呢，穿上警服，大家到北里去一趟，把那个何什么的抓到所里的楼梯下给关一夜，吓他一吓，也算是给我们的牛牛同志出出气，争争脸。这个主意怎样？

都喝了一些酒，又年轻，没去想这主意臭不臭，事儿妥不妥，一下子都大赞是个好主意。于是说行动就行动，乒乒乓乓碰一通杯，把杯里的酒一仰脖子喝了，便起身往派出所去开车。有人说了一句：两个女孩去不太合适吧。小吴还了一句，说：到了村里，就让她们在车里待着，有什么不合适的？

阿奔开车，小吴坐副驾驶位，后头五个人挤不进去，又把一个女孩推在小吴的旁边，车内闹成一团。过了里仁桥，前头的何家坪落在黑魆魆的夜色里，闪着星星点点的灯光，远远的，还能听到电视里的声音。

警车进了何家坪，却不知道该找哪一家。郝牛牛指了指村委会，说停在村委会的场院里，找村书记何志仁。村委会黑咕隆咚的，没一个人，旁边的村卫生室倒还亮着灯，从窗口往里探视，医生何正康正趴在桌上算账。小吴敲敲门，问走上来开门的何正康村书记何志仁住哪一排厝，何正康见对方穿着警服，想起刚才还听到车的声音，有些疑惑，顺手指了指，说了一句志仁叔好像到县里去了，不在家，找他有事？小吴笑了笑，道了声谢谢，又随口问了一句：村里那个建了新厝和城建所闹起来的那户人是谁？住哪儿？

这一问，何正康便有些警觉，盯着对方狐疑地看了一眼，认出是派出所的小吴，还穿着警服。

我成天就关在卫生室里，不管门外的事。怎么啦，有事？

听说是你给受伤的上药，你怎么会不在现场？

我只管给人看病，别的事不去打听。没什么事吧，我看的，也就擦破了点皮。

阿奔打开车门下车，走过来问小吴问清楚了没有。何正康便闻到了更浓的一股酒气。阿奔平常开车，不敢喝酒，一旦喝起来就特别猛，好像要把平常欠下的全给补回来一般。他见小吴没问出什么，就把他拉了过来，说看看哪溜厝是新建的，不就找到人了吗？找到了那个何什么的，还怕找不到打人的？

小吴一听觉得有道理，便撇下何正康。除了两个女孩，其

时辰就像坠落的叶片

他三个人也下了车。何家坪的厝这儿一排那儿一排，分了好几个地方，又是夜里，新厝旧厝也不好辨别，费了好一会儿工夫几个人才走到何志远新厝的门前。那边何正康急急关上门，赶到何志远老厝报信，却不在，说是两口子还在新厝那儿，来不及说一声什么事，又赶到何志远的新厝，急急地说：街上警察来抓你呢，快躲一躲。何志远一愣，还没想到自己哪儿犯了错。女人也愣了愣，马上想起前两天桃花撞倒城建所干部的事。何志远却犯起别扭，说又没犯什么法，也不是他动手打的人，哪个理由要被抓？经不住何正康和女人的一再劝，心里也有点儿虚，便想：躲一躲就躲一躲吧。却一时没想到要走后门，前门一打开，小吴几个人已经站在面前，何志远心里一紧张，便叫了起来：我又没犯什么法，打人的也不是我，你们凭什么来抓我？

站在前头的小吴回头向后面的四个人笑笑，说：你们看，还没问呢，先自个儿掏底了。又猫了一眼屋里的何正康，说：你不是都不知道吗，怎么这么快就跑到这儿来通风报信了？

几个人挤了过来，也不进屋，围着何志远。

打人的是哪一个？你说出来，要不就找上你了。事情是因为你而起的，找你也不算错。

何志远的女人便尖着嗓子哭叫了起来。原先村里人听到有车开进村子，关在屋里看电视的、早早上床躺下的，都竖起耳朵，这时听到有女人的哭叫声，便猜到出事了，大家纷纷往何志远新厝赶来，一会儿就把小吴等五个人围住。吵吵闹闹中就有人拨了何志仁的电话，喊着村里出事了，警察来了一大堆要抓人呢！

何志仁人在大照，一时赶不回来，让打电话的把手机拿给警察。小吴听说是村书记何志仁的电话，便接过来，对电话那头的何志仁说：没什么事，就是找人问问情况。何志仁去大照有三五天了，所以对村子里前些天发生的事完全不知情。市纪委书记戴思衡外出参加经贸交流活动，认识了一位年轻人，不聊不知道，一聊吓一跳，这年轻人姓许，手头握着巨额资金和好项目，正在找地。这地，两层意思：一层，土地，根据许总的意思，整个项目占地面积3600亩，计划投资45亿，一期1000亩，投资15亿；二层，地方，看哪个地方投资环境好，政府支持力度大。尚义市纪委书记分管农业有传统，戴思衡从大照市直机关下来任职，除纪检、监察一摊工作，也想在农业方面做出成绩，一遇上这么好的一个机会，自然就被吸引住了。他很快就和许总建立了密切的联系，回到尚义，专题向书记、市长做了汇报，市委、市政府又开了一场专题会议，都觉得非常难得，一定要服务好，争取招商成功。这个项目叫田园牛庄项目，按许总提供的介绍资料，要打造一个融创意产业集聚、农耕文明体验、创意农业实践、文化主题商业和时尚休闲旅游为一体的农旅文产业综合体。会议初步决定，结合项目实施推进北里开发，项目的核心区也就是一期的总部区落户北里，北里虽然沿里仁溪一带腹地促狭，翻过北里山便是一个宽阔的盆地，是二期、三期最理想的发展空间，只要一个隧道，就可以把两边连为一体。许总前些天给戴思衡打了电话，说过两天会到大照看望一位老朋友，希望戴书记有时间也跑一趟，续谈项目的事。因为有个全委会要开，他本想建议许总大照的事一了直接来尚义，听许总说了那位朋友是大照市倪常务副市长，建议的话咽回口中，说，行，全委会我向孙书记请个假。临出发前，戴思衡看了看随行的人，说，给北里村的那个何志仁打个电话，通知他一起去。何志仁去大照市办的就这事。三天前接了市里的电话匆忙出发，没想到村里出了这样一摊子事，来了警察要抓人。又不是抓逃犯，再怎么说，派出所也该事先和自己通个气。心里有些气恼，原想喷几句气话，接了小吴的电话，听说没什么事，也就是问问情况，便不再细问，说了一句"农村人经不起吓，可别把人吓出毛病来哪"挂了手机。这边的情况却越来越糟，郝牛牛和阿奔强行上前扭住何志远，要把他往外拉走。何家坪的人不干了，大家一下子咋呼起来，移动着脚步逼紧地围住小吴几个。郝牛牛冒火了，弯肘往外顶，用了十分力气。也不知是哪个捣蛋鬼还是淘气小孩从外头往里抛了一块小石子，对准郝牛牛扔过来。郝牛牛"啊哟"了一声，小吴转头一看，一张脸便恶了起来，粗着嗓门喝一声：你们这是袭警，是犯罪。

这一声镇住了村里人。吵吵嚷嚷停了下来，还在说话的也放低了声音，人墙略略一松，便听见一个声音在叫：警察就可以不讲法吗？志远犯了什么罪，你们就抓人？警察都是这样抓人的吗？

盖厝记

163

这一声提醒了何家坪人，大家又逼紧了一圈，七嘴八舌地嚷嚷着。小吴对阿奔几个喊：先回所里，今天带不走人，明天再来，明天找不到人，后天来，这事还没完。

事情闹大了。第二天一大早，村文书何小文打电话给何志仁，把过程添油加醋说了一遍。何志仁一听就火了，在电话那头喊：你们这是怎么闹的？有这样闹法的吗？要抓就让他抓好了，不就是在楼梯脚蹲一个晚上吗？现在可好了，一村子的人都有事了，抓抓抓，我让派出所把大家全抓了好了。吼了一阵，回头冷了冷脑子，想想还是先不管，也不算什么大事，不是说那几个小年轻都喝了酒吗？酒后犯的浑事，说不清楚，说不定明天就过去了。需要自己出面，街道、派出所终究要找上门来，到时再处理也不迟，要说这村里人平时就是没把村两委和我们这几个干部放眼里，先让他们闹点心、担些怕也不是坏事，便决定把事情办好了再回去。这一天上午事就完结了，午饭时问起下午是不是回去，其他几个晚上要不约了人就是有人约了他。何志仁原先也打算邀那个谁一起找个小酒馆喝几杯，一是觉得有些累，谈项目没他多少事，只是几场酒喝得有些凶，人便觉得有些倦怠，二是心里有些牵挂村里的事，犹豫了一阵子，还是赶最后一班五点的汽车回尚义。回到村里时，已经是晚上七点多了。村里人见何志仁回来了，一会儿就聚过来二三十人，有人开了头，马上便有七八张十来张嘴叽叽喳喳地说起昨晚的事。

人一累，特别容易发烦。何志仁挥着手瞪着眼叫：围着我家干吗，是我惹的事？谁有能耐谁拳头硬谁去处理。胆子也太大了你们，那是什么人？是警察，是公安。你说拦就拦说打就打了？

到底是怎么个事儿，何志仁不清楚，于是叫了何小文和何志远一起到村委会，想问个清楚。其他人却不走，跟到村委会来，一些人就瞅着会议室的空位子坐了，另一些人迟了一步，没找到坐的地方，就在门口、走廊、楼梯里站着，叽里呱啦议论。何志仁对着门外喊了几声，叫小文关上门，吵闹声才小了一些，却听见另一种杂乱的声音，仔细辨听，有好几辆车正往村子方向开来。听这声音，不像是路过的大货小车，何志仁心里一紧，嘟囔了一句：真的是派出所要来抓人了？

有人喊了起来：派出所来抓人了。

大家一下子慌了起来，不知谁叫了一声：跟事情沾上关系的快跑到别村躲一躲。

短暂的慌乱过后，人群沸腾起来，说话的口气明显多了几分激愤。几条人影钻了出来，很快地消失在夜色中。

车在村口的晒谷场上停下来，留下三个人守住村口，十来个人直奔灯光明亮的村办公楼。人们不自觉地让开一条道。何志仁奔到楼梯口，叫了一声：裘副、郑所长，亲自出马啊！

派出所所长郑伙恼了一眼：我的人被打伤了，我不亲自谁亲自？你何家坪的人牛，连警察都敢打，都无法无天了。

听我说，我也是刚从大照回来。那个田园牛庄项目的事，

盖厝记

市里戴书记牵头，去大照和人家许总商谈，把我也拉去了，在大照一蹲就是三天。要不也不会发生这样的事。

何志仁你别抬出戴书记来，我懂你的意思。一码事归一码事，这事和戴书记没关系，和田园牛庄也没关系。

我回村就了解这事，来龙去脉不复杂。我估计着你们听到的汇报漏了些什么，还是先调查了解清楚了再发火嘛。志仁的目光移向办事处副主任裘晋升：你说是不，裘副？

何志仁你说得没错，案情不复杂。何家坪人妨碍公安干警执行公务，而且还袭警，这就是事实。我且问你，派出所上门了解情况有问题吗？何家坪人围逼警察，而且还有人用石子砸人？有这事吗？何志仁你先回答，有这些事吗？郑伙的目光钉子一样盯着何志仁。

裘晋升皱了皱眉头，说，这么多人挤在这儿干什么？志仁你把人都给清散了，有关系的留下来。

磨蹭了一会儿，郑伙把城建所的小董拉出来：何大书记，把大门口的大灯打开。小董，你仔细认认，把人揪出来。

昨晚事发现场很乱，击中郝牛牛的小石子是谁抛的，谁也不知道。但是来何家坪，当然是要找责任人。找谁？向村里人要人肯定行不通。那就把上一次顶人伤了郝牛牛的那个先抓起来。

老刘没来，说是腹泻，趴在床上起不来。小董楼上楼下飘着目光扫了一遍，回头报告：没找着。那天闹哄哄的，看得也不清楚。

郑伙转过身子斜着眼看着何志仁：你这是把人藏起来啊？要不要我们一家一户地搜过去呀？

围堵的村民炸开了：土匪啊，不分青红皂白，说抓人就抓人，说搜家就搜家，别以为咱农民都是软蛋。

何志仁恶着脸对着村里人喊：闹什么闹，郑所长就一句玩笑话，你们就较真了来劲了不是？都给我回家去，该干什么干什么，别在这里瞎起哄。

这么一闹，提醒了裴晋升：郑所，别冲，先问问事情经过再说，人总是跑不了的。

直闹到下半夜，镇里来的十几个人无功而返，郑伙一路骂骂咧咧。何志仁随车送到镇上，请大家吃夜宵。结账时，郑伙推开他，气冲冲地喊来一个警察：我们结。

两年前刚落成的南里东街党工委、办事处新办公大楼总体造型就像是一只引颈报晓的公鸡，耸立在一座小山包上。小山俗称公鸡山，形状倒是像公鸡在低头啄食。南里镇一分为二，分为南里西街和南里东街后，原来镇党委政府办公的地方归了西街。尚义苇席厂停产很多年了，厂房还在，就把闲置不用的厂房做了装修，作为东街党工委办事处临时办公场所，同时选址公鸡山开建新办公楼。新办公楼建成，苇席厂的那两座楼便改为机关宿舍。苇席厂说是有三座厂舍，可废物再利用的仅有原行政办公楼，宿舍楼勉强凑合着用，最大的那一座是生产车间，只是一个大棚架，要改作办公用，只能重建。办公用房太少，一些单位不得不上街租房办公。新办公楼还是不够用，一些单位争不过别人，不得不继续上街租民房办公，城建所便是其中一个。

老刘迟疑地推开主任办公室的门，用眼角的余光扫了一圈，就清楚有几个人坐在里面。除了副主任裴晋升、派出所所长郑伙和北里村支书何志仁，还有郝牛牛的父亲郝能耐。

老刘和郝能耐关系不错，平时见到，都要闹几句笑话。现在见他脸上没什么表情，明白是记恨。谁让你把他儿子拉上破三轮去要钱？要钱不成，却挨了揍，你老刘又成了缩头乌龟，赖肚子不争气，躲在家里不上何家坪认人。不过老刘却不很在乎郝老总的表情，两人虽说关系不错，也只是面上，没深到骨子里，过去不曾求你郝能耐帮什么忙，今后也不见得要找你！你的宝贝儿子够冲，自己挨了揍，弄得大家跟着受累。

办事处主任林光涛示意老刘坐下，对大家说：议一议，这事怎么办？事情的经过大家都清楚。郑所长的意思是抓人，关几天。我看不好。现在的村民都不太好惹，急了还要反咬你一口。要较起真来，他们也会找上几个人，难免会扯到上头，说不定还会找到几个记者什么的来瞎搅和，就被动了。我的意思，就在街道解决了，不扩大。

怎么解决？总得找到打人的吧。人还在医院躺着，医疗费等着结算呢。找不到人，我问老刘你要钱。为你办事，却遭了打，受了伤。老刘你拿个态度，躲解决不了问题。郝能耐逼着老刘，眼神就像飞出的蛇信子。郝牛牛第一次伤了脑袋，虽说恨儿子不争气，心里还是憋了一口气：我郝能耐怎么说也是尚义有头有脸的人物，人缘也不差，和干部关系好，对这村那村的老少爷们也不错，也就因为爱沾女人惹下一些闲话，眼下这社会那有什么？再说他自己乐做个好事，家里的那位婆娘也动不动就往外甩钞票，建庙修路架桥她都没少费力费钱，就是见着谁家一下子周转不开，借几个钱用用，不是懒鬼老赖，多多少少都不肯拂了人家的意，都说郝能耐是个能人，郝大嫂是个好人，不看僧面看佛面，那是我郝能耐和郝大嫂的儿子呢！这第二次，又是郝牛牛被扔了石子，他更不痛快了，觉得北里何家坪人是当真想欺负他郝能耐一家，这口气便从心口冲上来，压不住了。

郝能耐来找郑伙，郑伙又把小吴叫来问话，说是原先也没想着要怎样，就是叫那个何志远问问话，一下子就被村里人围困住，有人扔石子，郝牛牛就被砸了。郑伙一听就恼了，怎么说小吴也是所里的警察，他带人下村办事，怎么就有人受了伤？再说联防队也是他派出所的联防队，这事他得管一管。

派出所所长郑伙调任东街有三年了，去年就传要提拔，到市公安局某个大队任大队长，也不知哪里卡了壳，结果没提成。这大半年来心里一直憋着一股气，特别爱发火。你找他，十次有八次他正在骂人。正火着呢！旁边的人一定会提醒你这时最好不去招惹他，说不定就把你给一并骂了。

郑伙找分管综治的副主任裴晋升，裴晋升犹犹豫豫了一会儿，便同意郑伙的主意，第二天晚上两人便带人上北里何家坪找人。临走时，裴晋升还是强调了一句：找到人带回所里问问话，可别动了人家。人没带回来，郑伙心里头那个气没化开，找郝能耐一商量，两人便一同来找书记。书记办公室有客人，不好打扰，便转身进了主任办公室。

老刘望望主任正想开口说话，郑伙却抢了过去，说：事情出在何家坪，何志仁你说说，该怎么办？你别告诉我说你不知道打人的是谁。你都懂得把人藏起来，还能不知道是谁？要不你把人送到，要不我抓人。

大家又把目光聚向何志仁。何志仁打了个哈哈：别冲我，干我什么事？我还巴不得你逮几个关他几天让他们尝些苦头呢。你以为我们当村干部的在村里都是爷呀！臭蛋，没事没一个人愿意理你，就算有事求着你，不得不说几句好话，听着就好像这辈子欠他两百万，还非替他办了不可。

你何志仁别在这儿扮可怜。明摆着，人是在你何家坪被打的，是谁动的手，你别说自己不知道。

我还听说是警——这边才动手打人呢！是，撞人的是桃花，志干的女人，家就住旧厝东头第一溜，你们去抓了吧。关我什么事，凭什么要受人的损。何志仁心一恼，话便说得有些急，差点儿就说出警察两字。又觉得刚才这话说重了，便缓下口气，说：林主任不是说不抓人吗？桃花也就一个乡下女人，人是她撞倒的倒是很明白，第二次黑灯瞎火的，一大群人围着，谁扔的石子砸住了郝老总的公子，在场的人都说不清楚，你叫我去哪找人？要说逮何志远，那是个老实得连放个屁都要看场合的人，再说也没他什么事，不过就是建了新厝没办审批欠了审批

时辰就像坠落的叶片

170

费，抓他合适吗？

郝能耐听着何志仁差不多要把事情说没了，一下子特感吃亏，黑着脸盯着何志仁：照你这样说，谁都没问题，那就是我儿子自找的？头上的包自个儿撞大的？

郝老总这话说的，我哪里是这个意思？我的意思是先把事情摆一摆，谁该承担多少责任分清楚。何家坪不是还有人被踢伤了腿吗？伤了郝公子事大，但也不能把我们乡下人当作牛马猪狗，死伤不算事吧！

这时桌上的电话突然叫起来。林光涛主任拿起话筒哦哦了一会儿，挂了电话，摆了摆手，止住正准备反驳何志仁的郝能耐。

何志仁你也别摆什么责任、道理。我问你，郝牛牛在动手刮人家娘儿的耳光前，对方是不是骂得很凶很难听；甩腿踢人前，是不是被一大帮人揪胳膊的揪胳膊，揪衣领的揪衣领。老婆有时牢叨几句，男人忍不住还会抢巴掌；猪够老实吧，被逮住了还会张口乱叫乱咬，四条腿乱踢，怎么就都是郝牛牛的错呢？这样吧，县里的领导在书记室，我得过去一下。你们先讨论出一个方案，我抽空再过来。

林光涛一脚跨在门口，又回头瞅着何志仁说：还要提醒一句，你也是个老村干部了，思想却大有问题。没审批就建房，这是违法违规，破坏城市规划，说得更严重一点，就是破坏尚义的发展，影响尚义的发展前景。你认为我们就为了罚几块审批费？

何志仁一时被噎住，见主任要走，急急地喊道：大家替我想想，何家坪千百号人我不是叫叔叫伯就是称兄道弟，我如果昧着良心替你们去糟蹋他们，我何志仁还是人吗？我还有脸当这个村书记？你们爱怎么处理就怎么处理，我不掺和。但是你们也不能太横，惹起众怒，总要让村里人觉得公平些文明些。

你这是说什么话？林光涛出了门又往后退了几步，回头对着何志仁瞪眼：谁叫你糟蹋老百姓啦？事情一是一、二是二，白是白、黑是黑，讲的是依法办事。街道干部下村工作如果都要以被打为代价，以后这工作还怎么开展？我看这事是要严肃查处，不然以后谁还敢下村？我的原则是，一不要激化矛盾，把事情闹大；二要给因公受伤的人一个说法。

林光涛一走，办公室里的争吵变得更加激烈。因为不是在议，所以也就没有什么结果。裘晋升无奈地摆了几下手，把声音压下来：市领导还在这大楼里呢！吵吵嚷嚷像话吗？我看这样，明天老刘和志仁各准备五百块钱，我们到医院看看郝牛牛，其他问题以后再议。

何家坪又恢复了平静。提心吊胆过了一个月，何志远终于放下心来，开始张罗上梁的事。惹了这些风波，是宅基地的风水有什么问题，还是动工的日子选得不好？何志远感到很不安。但女人执意认为，建溜新厝是一辈子的大事，怎么可以不办一场上梁酒呢？想想也是，新厝都建成了，有问题也没有办法，钱不是天下掉下来的，不可能拆了重建。

这天晚上，何志远和女人正在计算着亲戚有多少家，该来多少人，酒席该办几桌，远远听到有车往村里开来，心里一愣怔，

时辰就像坠落的叶片

172

却听见车的发动机已经熄了火，便继续着刚才的计算。

有人走到门口，仅敲了一下便推门进来。是两个身穿警服的。何志远转身便想往后门方向跑，却被椅子绊了一下，被来人按住两边胳膊迅速带到门外。等女人反应过来哭号出声，那边车的引擎已经发动了起来。

何志远被推进派出所审讯室。靠窗的桌子上坐着小吴，用眼乜了他一下，脸上仍然带着笑：派出所的人也是你们随便打的？简直是无法无天了你们。事情是由你而起的，你说吧，要不说出打人的是谁，要不就是你了。

何志远哪里见过这种架式，心早先虚了，嘴上却蹦出一句：我犯什么法了？你们凭什么抓我！

有人从后面用手敲了一下何志远的脑袋：问你的话老老实实回答。这里不是你叫嚷的地方。

当时我又不在场，我怎么知道是谁？

这句话刚落下，何志远的屁股便着了一脚，一时没防备，身子向前一趔趄，额头撞在办公桌的边角上，一阵疼痛，回头看了一眼，是一个清清瘦瘦的小伙子，看起来不过二十出头，还戴着一副眼镜。

你们怎么乱打人？你们怎么乱打人？

打人？打你了吗？笑话。眼镜嘴角拉出一丝嘲讽的笑。

审讯室的电话响了起来，显示屏上显示的是所长郑伙的手机号码。郑伙问了一些情况后交代：问问就算了，可不要动手脚，没什么结果就先关一个晚上。

盖厝记

前一天几个人在郝能耐的公司里喝酒聊天，说到栽在北里何家坪人手里的事，郝能耐对小吴说，现在是熟门熟路了，你就带一两个去，不声不响地把那个何志远揪来，到了所里还怕他不张口吗？小吴瞧着所长，见他只是笑笑，没表示反对，便以为是默认了。

市纪委书记戴思衡打电话来时，郑伙和郝能耐正在一家卡拉 OK 里唱歌。戴思衡问：你们是不是抓了北里何家坪的人？郑伙表示他不知道这事，正想做一番解释说明，戴却表示过程他已经知道了，让他先把人放了，而后又丢下一句：怎么能这样抓人？要是传出去，看你郑伙怎么收场。

郑伙骂了一声娘，嘀咕着戴书记怎么这么快就得到了消息，而且很强硬地要放人。对于这个从市纪委下来的、办事特认真又不爱开玩笑的戴书记，他有些敬畏。戴书记是怎么知道的？而且，通常也应该是街道什么人或公安局、政法委的谁给他郑伙打电话，不应该是戴书记直接把电话打过来呀？难道何家坪有人把信送到纪委去了？何家坪人反应这么快？却又想到，这年头信息灵通，一个电话就行了。心里便有点虚，回过头向郝能耐招了招手，两人走出卡拉 OK 厅，到门外讨论。

也不能太便宜了那个何志远，让他在楼梯间蹲一个晚上吧，明天放人。郑伙对郝能耐说。

郑伙想到有可能是何志仁在捣鬼，却没想到何志仁这时正和戴思衡在大照市区一家宾馆里。这两天大照市举办招商项目

时辰就像坠落的叶片

推介会，尚义是戴书记带队参加，田园牛庄项目和许总已经谈了几次，投资意向明确，不少问题还没谈拢。每年招商会，各县市都要上报几个成熟的项目上台签约，尚义上报的最重要的项目当然是田园牛庄，用市委孙书记的话，几十个亿的投资，一个项目就把别人的五个十个给比下去了。何志远被抓，何家坪人把电话打到何志仁的手机上时，他正和戴思衡还有大照日报记者林天志、大照电视台记者李芳芳一道吃夜宵。打电话啰里啰唆地说了大半个小时，总算让何志仁明白了事情来龙去脉。戴思衡说怎么像个老妈子一样煲了这老长时间的电话粥，何志仁一时没细想场合合适不合适，又想起那天被办事处林光涛主任训了一顿，心里还窝着一股子委屈，当着两个记者，叽叽呱呱地把整个事情从头到尾倒出来。林、李表示很有兴趣就这件事做一番采访。戴思衡却瞪了何志仁一眼，向两个记者笑着摆了摆手，说：别瞎掺和，你们一兴风作浪，不要说田园牛庄，就是以后一段日子，招商也没尚义的什么事了。人家投资商就在乎软环境。你们都是我戴思衡相交多年的朋友，没两肋插刀，也别把朋友往火坑里推。何志仁你也别嚷嚷，打个电话回去安安村里人的心，我这就给郑伙打电话，让他放人。

郑伙感到有些不放心，便回到所里。走进审讯室，看见何志远正趴在地上，双手抱着头。眼镜一只腿又抬了起来，见所长进来，恨恨地说：这家伙嘴还挺硬，不说还不出声。郑伙向他摆了摆手，对何志远说：你要不说也可以，事情因你而起，叫你负责也没错，郝牛牛的医疗费你负责，郝家人也不想难为你，明后天到郝家去道个歉，挂个红送几斤鸡蛋，放挂鞭炮。不小心把人泼了水，都要送几个蛋脱个壳呢，你看人家郝牛牛都挂彩了。

犯霉运遭意外要脱壳，是尚义和周边地区的传统习俗，大约是赶走霉运脱胎重生的意思。何志远却仍然不出声。这时门外却响起了咣啷咣啷的声音，这声音很熟悉，是村里何小年的那辆破三轮摩托车。紧接着便听到女人的哭腔，混杂着哥哥何志永和其他五六个人的呼叫。声音被铁栅栏拦在外头。

不是说放人吗？我们是来接人的。

志远在哪里？快把人还给我们。

八成被打得很惨。

……

门卫是个老头，听着他们的喧哗，埋着头抽他的水烟筒。一听到有人说志远被打，女人便哭了起来：几辈子都没人犯过官司，没见过牢房，辛辛苦苦盖了一溜新厝，招了谁惹了谁？怎么就变成这样？没犯法没犯罪，怎么要抓就抓、要打就打？

铁栅栏里面走来一个人，戴着眼镜，恶着脸，凶着声音对门外喊：吵什么吵！看看这是什么地方？是你们吵闹的地方吗？回去，明天带了钱来接人。

带什么钱？村里人一下子都有些意外。

医疗费。打了人还不赔医疗费，装什么不懂。

眼镜丢下话，挥手示意门房老头拉灭电灯，便转身回去，把身后的一片吵吵嚷嚷抛在脑后。女人放大哭声，结果引来了

时辰就像坠落的叶片

周边的居民。吵闹声于是更大，有人还用石头、木棍、脚尖敲踢栅栏，发出很刺耳的声音。

听到女人和乡亲们的声音，何志远突然放开喉咙大声哭起来。哭声把外面的人震了一瞬间，而后又引发女人更尖厉的哭叫。

派出所一层楼梯角的杂物间不堆放杂物，安了铁门用来临时关押人。女人劝不回赌桌边的男人，就发火喊：你是想蹲派出所的楼梯角啊？在派出所的楼梯角杂物间蹲过的，很多都是因为赌博被抓，当然也有因为其他原因进来的，比如北里何家坪的何志远。房间后墙上原来有一个小窗，也被封死了。地上只有一张草席，放倒了身子躺下来，脚抵住门，头抵住墙。电灯的开关在外头，眼镜锁上门时，"咔嚓"一声，随手拉了一下绳子，灯灭了。

郝能耐看着一块大石头重重地砸下来，吓了一跳，睁开眼，醒了，原来是做了一场梦。一束阳光透过窗玻璃直直打在脸上，床头的电话在丁零零响个不停，一伸手，却又停了，手机接着放起了音乐。看看表，都已经九点半了。有点气恼地抓过手机一按键，对方的火气比他还要大。

郝能耐你是死了还是怎么的，这样打你电话都不接。快点弄辆车赶到大照来，有重要事情。

这才弄清楚原来是市纪委戴思衡书记的电话，正想问个明白，对方却挂了，只好又再拨过去，没人接听，心想是不是昨天夜里何志远的事惹戴书记生气了？抓何志远的主意是昨天和郑峰还有几个派出所的人一起喝茶聊天时灵机一动想到，而后随口说出来的，算起来这主意自然属于我郝能耐出的，而且事情本身又和我有关，既然戴书记人在大照却知道何志远被抓，当然有可能知道这些。心里有点慌，便迟疑着想给郑伙打个电话，商量个对策，或干脆把人给放了。说实在的，事情过了一个多月，大家都有点忘了，偏偏那天有谁又提了起来，把他的气又激了起来。可是戴书记干吗让人到大照去？这事还得弄到大照一级去解决不成？有人捅到大照市委、市政府啦？

这时戴思衡又把电话打了过来，这回的口气缓和了许多：没头没脑骂了你一通，不好意思，是心急。你看这边正忙着，都没时间在电话里头和你多说几句。是这样的，我在大照参加项目推介会，你应该知道的，田园牛庄这个项目这次是市里选定的要上台签约项目。客商许总临时有个提议，希望找一家本地企业合作。想想就是你了。你快点弄个车赶来，和许总约时间了，明天上午，你今晚前一定赶到，我们住农业招待所。

田园牛庄？郝能耐一下子明白了昨晚戴书记是通过什么途径知道的。放下心来，和老婆交代了一番，打个电话给司机陶仔让他赶紧来家里接，这边收拾了几样东西便到门口等着。既然是市里的大事，就误不得，何况这样的事从来就有好无坏，市委、市政府看得比天都大的事，有什么做不成的？那可是几十个亿的投资，我郝能耐才几斤几两？人家许总看得上我的那几个钱吗？政府看得上我的那几个钱吗？他们需要的只是一个便桥，我要充当的就是这座临时便桥了。无结果，也就临时一下，有结果，这桥就一定要鸟枪换炮，一定要翻修成新桥大桥了。

郝能耐风尘仆仆地站在戴思衡面前，却见戴思衡正拿着手机发火，一听就知道是冲着郑伙。何志仁坐在床上，问了一声来啦，便拍拍床沿，让座，起身去倒水。

郝能耐打了个哈哈：是你小子在戴书记面前使坏吧。

何志仁正想回话，戴思衡这时已关了电话，回头问候了一句，说：先冲个澡，等下一起出去吃点东西。房间已经给你定下了，411，楼道拐角那一间，房间会小一点，要是不满意，和我换一间。连着这几间，都是我们团队的，定411，是想着大家都在一起，商量事情方便。

不用不用，换什么换，我郝能耐就是个乡巴佬，农村生农村长……

何志仁打断他的话，说：你郝老总是尚义的名人、大老板，当初怎么能和现在相比呢？这样吧，我和你换换吧，就在隔壁，409。

何志仁你别在领导面前装腔作势表现什么高姿态，我还不乱箭你小子一肚子坏水？不换，我郝能耐就是个乡巴佬，住宾馆已经是前世修来的福分，哪里还有嫌肥怕瘦的道理？

戴思衡摆了摆手，说：你俩就省着点力气，这两天，我们就专心把项目拿下来，别的事都不说。

几个局委办的局长、主任、副局长、副主任和办事处林光涛主任都有饭局，也有朋友和过去的同事叫戴思衡吃饭，都推了。六点，该吃饭了。三人从宾馆出来时，找到一家风味小吃店，叫了几样菜，乒乒乓乓碰了几箱啤酒。话题又转到何志远被抓到派出所的事。何志仁举着杯和郝能耐碰了碰，说：郝老总啊，你也不差几个钱，上次我和老刘所长也去医院慰问了，事情到这里是不是该结束了？农村人要钱没钱，心里又承受不了一点儿委屈，不小心闹出人命，麻烦就大了。

郝能耐端着的酒杯又放回桌面，看着何志仁一仰脖子咕噜一声把酒倒进喉咙。

我说何大书记，这事儿都让你给弄糟了。如果你不把打人的藏起来，当初就让派出所带回来，问几句话，事情闹清了，也许早就没事了。你这样顶着，事情闹不清，现在这事已经不是我郝步胜的儿子被打的事，是派出所的人被打，不是违章建房的事，是袭警抗法的罪，派出所不放手，事情越弄越复杂，麻烦越大。你看这么办？就是我也觉得总该有个说明交代，儿子被打了如果没事人一般，还敢受别人叫你一声爸？

我怎么顶着？顶得住吗？你以为我爱理这类破事呀，我还真巴不得你逮他几个。你们就是财粗权大，只记着自己不能吃亏，还没过脑子，先就要耍威风。要我说，几个小年轻酒后跑到何家坪逮人当作一场小闹剧就算了，就不该又是办事处领导的又是派出所所长的去了第二次，搞得谁都下不了台，又传得满城都知道。这事需要动真刀枪吗？找个什么时间，办事处来一两个人，派出所来一两个人，我陪着到那谁谁家坐一坐，重的轻的说几句，还担心人家不主动上你郝老总的家赔礼道歉？

时辰就像坠落的叶片

跟村里没搭干的事，倒贴了五百块，我还想着去找谁要回这笔钱呢，村委会一年几个钱的收入，别人不知道，你郝能耐还能不知道？

你北里村的钱什么时候轮到我郝能耐来管账啦？我哪知道你口袋里有几个钱？你还说是谁动的手不清楚，这当儿你怎么又清楚了？找谁谁家坐一坐，当初你怎么就不说出是谁谁家呢？

你说是谁谁家？找那个爱号爱叫的女人桃花还是老实巴交的何志远？说句公道话，这事从头到尾你那宝贝公子都有些理亏，闹大了对你们真的没什么好。要说事情，经过不是明摆在那儿吗？要我说……

何志仁一句话还没说完，郝能耐抢了过去：这是你何志仁亲眼看到的，还是我郝步胜或郑伙亲眼看到的？都是听了别人的说法。对吧！你就能保证你听到的说法是真相，我们听到的就不是？

何志仁被这样一抢白，想找几句话回击对方，一下子又想不起来，低头一口气饮了一杯酒，觉得郝能耐的话也有道理。但话归话，自己的儿子是怎么样一个德行，你郝能耐还不知道？

看着何志仁的脖子鲠起来，戴思衡把杯举起来，用力撞着另两人的杯子，说：回去再说，我再问一问你们的书记主任，商量一个妥当的办法。这两天的任务是把项目拿下来。我打过电话，郑伙已经把人给放了，何志仁你也不要再闹心。这样吧，郝老总今天也累了，早点回宾馆休息。

第二天一切都比较顺利，许总安排了一个代表，林光涛代表尚义市，两人上了签约台，握了手，在领导和现场观众的见证下，签写并交换了协议书。许总在台下一边鼓掌，一边对坐在旁边的戴思衡说，近期要找个时间去尚义做个实地考察。晚上，林光涛在恒祥酒店订了一桌，说是代表街道宴请大家，表达庆功。开始热热闹闹。一个理由，吆喝一通，一起喝一杯，再一个理由，再吆喝一通，再一起喝一杯，又一个理由，又吆喝一通，又一起喝一杯。然后一个个打通圈，再自由找人敬酒，回敬。两个小时就过去了。八点开始，陆续有人向戴思衡请假离席，说是和朋友约好了，不能太拂了人家的盛情，无论如何要赶到另一家去喝一杯；或者说，知道林主任晚上要摆庆功宴，所以朋友们约的晚饭就辞了，可他们一定要约个夜宵，也是不能拂的情意。剩下六人时，戴思衡说，不要再向我请什么假了，九点我们结束，你们爱去哪儿去哪儿。

回酒店时，就郝能耐和何志远陪着戴思衡。郝能耐今晚心里高兴，他一直就想着把事业做得更大一些，想想自己财力究竟不足，而且事业往哪方面发展、怎么发展，问题想过，却一直没想明白，眼下有这么一个项目，实在是他郝步胜的好机会。人一高兴，喝起酒来就不爱节制，宴席结束时郝能耐已有八九分醉意。这时却又拉着戴思衡，要带他找个地方轻松轻松。

去洗个头吧！

戴思衡征求了一下何志仁的意见。三个人下了的士，在大街上溜达了一阵，然后拐进一条小巷。依然是灯火阑珊，只是

时辰就像坠落的叶片

显得有些阴暗，空气中飘荡着各类化妆品的味道，增添了一层暧昧和潮湿。

这家洗头房兼推拿搓背。洗过头，三人又分别被请进单人包间推拿。热热闹闹中也不知各在什么位置。戴思衡最先出来，在大厅坐了一会儿，拨郝能耐的电话，一直是忙音，拨何志仁的电话，一会儿便出来了。找不到郝能耐，等了一会儿，两人便决定先回宾馆。

何志仁睡得迷迷糊糊，被郝能耐吵醒，看看表，都已经清晨三点了。

这么迟才回来？是大头洗了洗小头吧！这把老骨头了，还这么骚，当心做了牡丹花下鬼。

借灯光抖起一些精神，却见郝能耐青灰着脸，恨恨地说：又栽在你们何家坪人的手上。不就是捏了几下吗？有什么了不起的？在那样的场所，还装什么清白？

怎么回事？何家坪人又惹你什么啦？何志仁掀开被子，探着上身问。

郝能耐欲说还休，迟疑着。似乎下了很大的决心，说：算了，你何志仁也不是没吃过鱼沾过腥的人，告诉你，你就得把纸条给我拿回来。

闹了半天，何志仁才明白，郝能耐酒喝得有点迷糊，对给他推拿的那个小妹动手动脚，结果被人家叫来一个男的，强行在一张纸条上写下类似检讨书的几句话，署下大名，摁下手印，留在对方手中。

不至于吧！肯定是你郝能耐还有更出格的动作，那类地方，动手动脚想从小姐身上占小便宜的事多着，不外乎就是不痛不痒地敲你几下，骂几句男人都不是好东西之类的话，也就敷衍过去了，至于找人写检讨书吗？

心里这样嘀咕着，郝能耐已经过来拉扯，要何志仁去找人要回纸条。

是你们何家坪那个叫何志远的妹妹，说是认得我，还要我从此不准找她哥哥的麻烦，否则就要把这纸条到处乱寄！你说这叫什么事？一个小姐居然玩出这一套，学的尽是你何志仁的损招。

何志仁摆摆手：你别糟蹋我。是你郝能耐玩了别人，还是我何志仁玩了你什么？你手脚不干不净，怎么还反咬别人一口？

我玩她什么？不就是捏了她一手肥豆腐，拧了她大腿一把吗？犯得着这么损，要把人往死里整？

何志仁定着眼看着郝能耐在床前发狠，有点不忍心，毕竟是一道出来的，便问：你要我怎么帮你？还是我叫妹妹的，我一露脸，回头回村里，别人见着怎么说。

你不在现场，是我找来的还不行？我给她两百块钱把纸条撕了不就得了。

那还得看人家同意不同意。

这不是找你去说一说吗？要同意了，我还找你何志仁干吗？

我还怕别人不知道？

两人来到那家洗头房。何志仁在门口犹豫了一阵，要郝能耐进去叫人。争了一会儿，郝能耐悻悻地进去了。不一会儿，那小妹便出来了，见到何志仁，叫了一声阿仁哥，说：你是要替他说话的？

何志仁问候了几句，便转到正题，说都是地方上的人，抬头不见低头见，别让人家太难堪，也是酒喝多了缘故，权当作一场误会。

何志远的小妹迟疑了一会儿，说：我都告诉他了，我们这儿是正经的地方，要找特殊的服务去别处。你知道他多坏——

小妹一时间忍不住嘤嘤哭了起来：手脚不干不净也就罢了，居然还要硬来。我都警告过他，大家都地方上的，我该叫一声叔，他竟然还要逞硬。昨天打电话回家，说是我哥要拆新厝。刚建的新厝，那是一分一角挣的攒的，能说拆就拆？不就是他郝能耐他们在使坏吗？

郝能耐在一边急忙插话：你哥不交城建所的费用，和我有什么相干？要说抓人，那也是派出所的事，我这不成了冤大头吗？

争着争着声音便有些大。店里有人走出来。何志仁连忙止住争执，对何志远的小妹说：也是阴错阳差，说怪也不能全怪郝总，都是几个小年轻胡闹，一丁点儿小事弄得这么麻烦。事情镇里领导都过问了，没什么事，你哥也回家了。

又压低了声音，说：你也知道，他郝能耐在我们尚义也是个呼风唤雨的角色，要是真的把他逼急了，谁吃亏还说不定。他也就是一个做企业的，又不是干部，犯一点作风问题，能拿他怎么样？得饶人处且饶人，我看就算了吧。

回头看着郝能耐，说：你看，何志远的事就到这里结束吧，回去还得我俩去找找郑伙和所里的几个兄弟，让他们消消气。这边就把纸条撕了，好在没发生什么事，就算了。大家话说明白了，不准再生事端，我就算个证人。

回到宾馆，两人又争吵了一阵。郝能耐钻进被窝，含含糊糊骂着，一会儿便呼呼睡去。何志仁却睡不着：志远要拆新厝？这个没用的东西，就知道跟自己较劲，寻死觅活的。当初劝你填个表申报，也不过几百块钱的事，何至于惹出这么多风浪？想想也是自己掉以轻心，以为志远盖厝符合条件，只是少个申报。这申报的事过后补个手续也就行了，哪能想到竟会阴错阳差地闹出这么一连串的怪事来？

对这个爱跟自己较劲的志远，何志仁还是有几分喜欢，虽说老实，死心眼，不过也正因为死心眼，事情交代他要更放心一些。他前一段时间刚和农业局的朋友谈了一个专项资金扶持项目，争取在村里搞十几亩地，搭大棚种西红柿，建个生产基地。对农业局来说，这是扩大新品种引种成果，造福更多农村农民；对北里村来说是大力发展效益农业，带领村民发展生产致富。当然也就他们几个自己投资，再拉几个合适的村里人参股，志远这两年种得不错，要把他拉进来，一是他有经验，二也需要几个人去侍弄、管理。

想想进城都几天了，该办的事也都办完了，明天便回去。郝家宝贝公子挨揍的事，原想着爱闹就让他们闹去，自己乐得看热闹。需要自己出面，显点个能耐，叫街道办事处和村里人都瞧瞧，我何志仁这个村书记当得还真有点样。回头再想想，算了，总该有个了断，没完没了地闹下去，谁也没这份闲心思闲工夫。郝能耐摔了这一跤，大概也要收手，找个时间把村两委干部都拉到他家里坐坐，表示点心意，算是给些面子吧。再说，新项目就要启动了，将来有的是交道要打。郑伙那头，想来也不愿意闹大，回去再找他说说，找个时间请所里的几位吃顿饭，算是赔罪。思路清晰了，一阵疲劳感随着袭上身来，嘟咕了一句：成天就遇到这些没名堂的烂事臭事。

拉开窗帘，天却已经亮了。简单洗涮一番，听见戴思衡书记在门口叫吃饭。打开门让进来，戴思衡指着床上的郝能耐问：什么时候回来的？

刚睡下。闹了一个晚上，害得别人丢了睡眠不算，还扯着去料理一堆臭狗屎。

怎么回事？

算了算了，还不就是那些狗都不理的烂事？回头你问他。

到市里又磨蹭了两个小时，回到家已经是晌午了。这些年养成一个习惯，午餐晚餐时要喝一杯。女人恼着脸：还没到七老八十，就学着人家享清福了？两人打着几个来回嘴仗，便听到外头闹哄哄的，间隔着传来闷雷般的重物撞击的声音。女人白了他一眼，说：前些天就听志远嚷嚷要拆新厝，真的就动手了。辛辛苦苦挣了一溜新厝，能这样说拆就拆了？何志仁一愣怔，放下碗，转身便跨出门。

何志远一榔头一榔头地敲下墙砖，女人坐在旁边呜呜地哭泣。开始时，她抢上前去，试图夺下榔头，但被男人腾出手一推，便倒在地上。砖头的碎片时不时地击中她的头颅和身体，其中的一些就留在头发和衣裳上。爹爹在楼下冒火地吼了几声，因为大门被何志远送上栓，上不去。楼下已经围了很多人，妇女们七嘴八舌，男人你一声我一声地叫着志远停手，有几个想着办法把门打开，却终没有成功。

哥哥何志永黑着脸在门前走了几圈，然后回家找到一条薄而狭长的铁条，返回来，把铁条从门缝里伸进去，用力撬了几下，门开了。他蹬蹬踏踏地上了楼顶，从何志远的手中抢下铁榔头，低吼了一声：你要干什么！发烧啊！

何志远的三层新厝还只是红砖墙面。上水泥浆，然后披上白石灰，这是明年的计划，挣一年，争取多攒几个钱。后一年呢？再争取一层地面打上地砖，墙上和浴室里铺上瓷砖。但是，现在他却要把它拆了。铁榔头已经把顶层前半截露天阳台部分两面墙基本砸成碎砖堆；后半截是三角木梁搭着椽条铺下瓦片，他正准备爬上屋顶掏瓦片撬椽子，哥哥志永却抢下他手中的家伙。

何志远被哥哥扯下楼，在众人面前别过脸面墙蹲了下去，

时辰就像坠落的叶片

双手掩住脸。耳边哄哄嗡嗡的听不清大家都嚷些什么，仿佛有安慰，有牢骚，有愤愤的骂，也有兴奋的笑。爹爹对他的数落还是听得比较清楚，接着便是从楼上下来的女人的数落。这时就有一只手甩在他的肩膀上，把他甩疼了：你起来！像个男人吗？

何志远慢慢地站了起来，仍然面对墙，像是对自己说：那是什么人待的地方？我怎么就犯了天理国法？都蹲了监狱了，我还是个人吗？十代八辈怎么就出了我这样一个臭的烂的东西？这新厝还能住人？

后几句，带着点哭腔。双手连忙抬起，擦拭着眼窝，像是有什么灰尘或小虫飞了进去，弄痒了他。

何志仁沉默了一会儿，又用力拍了拍何志远的肩，让大家该干啥事干啥事。他搬来一张长凳坐下来，粗着声音说：你以为你是谁呀何志远？家财万贯的财主啊！盖了新厝再把它拆了，是钱挣多了？没处花？事情理得差不多了，不会再有人来找你的麻烦。我看你这新厝有来头，要不也不会出这么多事。坏事情走了，好消息就要来了。不是还没上梁吗？我看得好好办一办，多办几桌酒席，热闹热闹。

转眼就到了十一月初五，正是何志远选定的上梁吉日。天气已经很有些寒意，但喜庆的鞭炮声和扬起的烟雾烘热了空气。砰——砰——砰！……整整九十九双天地响不断地撞击着地面和天空，把那些与今天的主题无关的事物赶到找不到也感觉不到的地方。这种炮仗声大劲足，炮芯一点火，从食指和拇指间斜冲向地面，砰！然后又折射向天空，砰！虽说成串成联成盘状的电光炮已普遍使用，天地响却仍然不肯退出婚嫁乔迁等各类喜庆场合，而且常常在关键的时候展现威力，显示魅力。因为不能控制炮身飞射的方向，一旦扎进干草垛，又没有及时被发现，不要很长时间，便把草给点燃了。前两年有姑娘出嫁，放炮的人一乐便忘了小心，炮身冲向一户人家的茅草披屋，当晚闹了一场火灾，还好火势未成气候便被发现扑灭了。

何志仁倚着新房的二楼窗口，看着一发发炮仗在空中开花，叫了一句：这天地响就是霸道，可就是不太安全，迟早是要被淘汰的。

钟而赞，畲族，福建省作家协会会员，中国少数民族作家学会会员。作品散见于报纸杂志，收入各类选集或在文学赛事中获奖，出版有散文集《灵魂的国都》、长篇小说《风眼》。

时辰就像坠落的叶片

我们一起去看海

◎ 黄荣才

卓一叶已经在海边快待了一天了。

卓一叶来到海边的时候，还是早晨。他看到太阳从海面上升起来，依然一如既往的激动。

卓一叶背着一个桶包，桶包里装着啤酒。这桶包是 30 年前卓一叶用过的，现在卓一叶背着这个桶包，好像就是带着一个道具。卓一叶一步一步走向海边，他觉得自己迎着阳光走过去的时候好像有一种神圣的感觉。卓一叶把自己放倒在沙滩上。他看着天上的白云舒缓地飘过，耳边是海浪的轰鸣。卓一叶觉得自己要做点什么。于是他坐起来，突然大喊了起来。他看着远处的海浪，涌过来，拍打在沙滩上，有的拍打在附近的礁石上，粉身碎骨。卓一叶感觉鼻孔酸酸的，他也不知道自己为什么会有这种感觉，就是觉得想哭。

附近没有人。卓一叶从桶包里掏出啤酒，喝着啤酒，看海鸥飞翔，听海浪轰鸣。卓一叶把自己坐成一道风景。海边的那座小房子依然在，窗台上放着几瓶水。苏老头曾经告诉卓一叶，这些水可以喝，但下次来一定要带几瓶补充回去。有一艘小渔船，放在沙滩上，看得出已经很多年没用过了，卓一叶知道这艘船不会再有人用，船主人苏老头子骨灰已经在三年前撒到大海里。那一次，卓一叶也有来，苏老头的儿子在撒完骨灰后，陪卓一叶来看过这艘船，临走的时候，他在船前跪了下来，磕了三个响头。卓一叶知道，这是告别船，更是跪别他的父亲苏老头。

卓一叶记得自己和苏老头认识，已经30年了，当年卓一叶叫他苏大叔，后来在他们见过三次之后，也就是他们认识15年后，苏大叔就成为苏老头。这老头是个可爱的人，卓一叶突然念叨了一句。那一年，卓一叶第一次到海边，也是背着这个桶包，不过没有啤酒，对于一个穷学生，那时候啤酒是很奢侈的事情。卓一叶带的是一瓶酒，绵竹白酒，还有一包鱼皮花生。卓一叶在海边坐了一个早上。他就看着大海，默默无语，不时往嘴里扔一个鱼皮花生，喝一口白酒。

苏老头在卓一叶到达的时候就看到他了，不过开始的时候他没有在意，虽然海边不是旅游胜地，但偶尔来一些人也不稀奇。他划着这艘小船出海，捕鱼。卓一叶看着小船迎着太阳而去，有一种神圣的感觉。苏老头回来的时候，看到卓一叶还坐在沙滩上，好像还有流了眼泪。苏老头把船拖到沙滩上，一枚粗壮的铁钉在沙滩上钉了一个桩，用一条粗绳子把船系牢了。他经过卓一叶身边的时候，突然蹲了下来，开口问道："年轻人，有什么事情？"卓一叶对这突然的问话有点惶恐。"没有，没有啊？""哦。"老头若有所思，"那你怎么在这坐了一个早上？

碰到什么事情没有关系，谁没碰过坎，抬抬脚就过去了，看看大海就好了，千万别做傻事。""哦，不是这样的，不是这样的。"卓一叶明白了，这大叔看来是误会自己，以为自己要投海自杀。"我，我没看过大海，就用假期来看看大海，我觉得大海每个时候都是不一样的，看不够，就，就坐久了。""哈哈，看来是我想错了。来，走，你在这海边，算什么看海，这根本还不是看海，看海要到海上去，我带你去看看。"后来的苏老头，当年的苏大叔把卓一叶拉起来，他把小船推回水里，划着船，带着卓一叶离开岸边。

深邃、博大、激荡、舒缓，那一天，卓一叶觉得自己真实体验了多个词语的含义。当然，还有点慌张，当小船被海浪推上高峰的时候，卓一叶感觉到的不仅是刺激，还有慌张。"多几次就不会了，大海还是脾气很好的，当然，不能逆了它。"等卓一叶回到岸边的时候，苏老头告诉他，可以到岸边那小屋子里睡一觉，就直接躺在那里，"躺着听海浪的声音和坐着听是不一样的"。当卓一叶挥手和他告别的时候，苏老头很豪气地说："有缘再见吧。"他大步往远处的村子走去。卓一叶知道，自己和苏大叔就是萍水相逢，纯属过客而已。

卓一叶在旁边的小屋子里睡了一觉。这是一个用石头垒就的平房，没有门，窗户就是一洞，没有门框，更不要说玻璃，苏大叔没有告诉卓一叶这房子是谁的，干什么用的。卓一叶也没有问，谁知道以后自己是否能再来这里呢。卓一叶直接躺在地上。屋子里没有人。有海风穿堂而过，卓一叶觉得很凉爽。

他不知道自己什么时候睡着的。醒过来的时候，卓一叶发现自己满头大汗。他才知道：有些事情发生的时候，不是自己说得清楚真相。他觉得内心特别的宁静，没有急躁、不安，也没有惶恐。他知道自己来海边来对了。他把空酒瓶子、鱼皮花生袋子放到桶包里，想了想，又捡了几个小石头。他觉得自己需要离开了。卓一叶看着晚霞在海平面跳动，那是另外一种美。

卓一叶再次来到海边，是 5 年后。卓一叶看着书架上的小石头，发现已经过了 5 年。卓一叶觉得自己不能太经常来，太过于频繁的造访有时候是种伤害。就像喋喋不休的话，尽管很有道理，但说多了是会讨人嫌的。卓一叶明白这一点。5 年的时光也许比较合适，不会讨人嫌，也不会模糊记忆。苏老头在村子里碰到卓一叶的时候，哈哈大笑："你这小子终于来了，好，以后就 5 年一见。"他们说好。每 5 年这一天，不预约，不电话联系，时间到了就来，直接到海边，有缘就见，无缘别论，这就好像捉迷藏一样，谁也不知道谁会在哪里出现，很有趣。苏老头说好像自己年轻了。

他们当天在海边，就在小屋子前面，背靠着那艘船，喝酒，看着月光下的大海。那又是另一种风景。卓一叶说只要听到涛声，就觉得自己内心很平静。在他们喝酒的时候，居然又来了一对年轻人。相遇是一种缘分，他们招呼着年轻人坐下来一起喝酒。交谈之中才知道他们是一对恋人，和当年的卓一叶一样，也是第一次来看海。"我要仔细看看大海，回去告诉村子里的孩子，我看到大海了，让他们以后有机会也来看海。我们的村

时辰就像坠落的叶片

子在大山里，山泉很多，最大的水就是小溪，没有海。我的女朋友师范毕业了，她主动要求回家乡任教，她要和孩子说说大海，所以我们就来看海。""我男朋友在城市里做着小生意，他说要赚钱，然后捐给村子里的学校，让村子的孩子有书读，让小孩子有机会出来看海。"已经在乡政府上班的卓一叶和肖者诚，就是那个男孩子，"吹"了一瓶啤酒。女的叫肖小辰，喝了一口啤酒，就呛大了，脸都红了。不过卓一叶说，他们两个很美。"有理想是一种幸福。为幸福干杯。"卓一叶和肖者诚又干了一杯。"我女朋友是村里唯一的一个师范毕业生，她要把更多的山里孩子带出来。"月光随着海浪涌动，卓一叶说了他和苏老头的五年之约，肖者诚和肖小辰听了很激动，两人的约定就成为四个人的约定了。

喝着酒，后来苏大叔说我们去抓螃蟹吧。肖小辰很兴奋，以为是要出海。苏大叔笑道："我们就在这沙滩上抓螃蟹。"苏大叔拿出个手电筒，在沙滩上一照射，看到沙滩上有一个一个小洞口，苏大叔把手电筒朝着那些洞照射，不一会，有小螃蟹爬出来，苏大叔慢慢往后退，越来越多的小螃蟹从小洞里钻出来，排队一般，跟着手电筒的光爬过来。卓一叶和肖泽成、肖小辰都惊呆了。"开眼了。"卓一叶惊叹。"有光，就有方向。"苏大叔很高兴。

卓一叶和苏老头第三次见面的时候，苏老头 65 岁了，他说自己已经活得够久了，他家族的男人最老的也才活到 64 岁，他已经成为第一了。他要卓一叶从此改口叫他苏老头。"没有那么老的大叔。"苏老头笑眯眯的。卓一叶觉得每次看到苏老头，他都是笑眯眯的。"事情那么多，光哭有什么用，还不如笑，真的有事情，看看大海就好了。"苏老头告诉卓一叶。卓一叶会和苏老头说说单位的事情，说说自己的困惑、苦闷。苏老头总是告诉卓一叶，要笑。"我总觉得浪花就是大海的笑容。"肖小辰说。"我觉得大海是我的加油站，我每次来看大海，就是把那些负能量的东西去掉，把内心放空了，然后把正能量填满，回去后，又是新一轮冲击。我觉得这过程就像大海的涨潮落潮，既带来一些东西，也带走一些东西。"卓一叶也是深有感触，"我看到的还是包容，你看，有垃圾、有泡沫，有咸涩，大海都这样，何况生活，但是大海能够包容一切。还有，小船那么小，但它能在大海上航行，一艘小船，就能帮我们走出很远，看到这在海边看不到的东西。"肖者诚往嘴里灌了几口啤酒。"哈哈，你们一个一个说的都是读书人说的话，要是我啊，我就是想听听海浪的声音，它啊，就像我睡觉在打鼾，只要能打鼾，就活着，活着，一切就好，就有希望。""我明年就要带我的学生来看海了，我又有 15 个学生要毕业了。我每次带学生来看海，他们都很高兴，回去后他们的作文就写得特别好，特别生动。"肖小辰拂了拂她的头发。

第二天，他们离开的时候，苏老头笑眯眯地站在路旁，说："我们就不说再见了，也许我们能再见，也许没有机会再见，那就看缘分了。""乌鸦嘴。"卓一叶念叨了一句。他知道苏老头说这句话的意思，他已经是家族里最老的男人了，谁知道

时辰就像坠落的叶片

196

5年后是什么样子。肖小辰的眼泪已经下来了，肖者诚搂住她，苏老头还是笑眯眯的。"有什么事，看看大海，就什么事也没有了。"苏老头挥挥手。

"我把工厂关了。"这是他们第五次聚会的时候，肖者诚喝着啤酒，突然冒出了一句。"关了？"卓一叶扬了扬眉头。"是啊，支持你这个环保局长工作啊，你不是一直在关停那些污染企业？虽然我的工厂离你很远，我的企业虽然也不属于严重污染企业，可不管如何，毕竟是有污染。我不能赚黑心钱。想想，还是关了。不能因为贴的膏药不大，就说没贴膏药。""你这些年赚的钱，不是相当一部分捐给家乡建学校？"苏老头靠在一把塑料椅上。原来他们不想让苏老头到海边，但苏老头说："过了64岁那年，我每天就都是赚的了，我不怕死，而且，也不会那么容易死的。"他们没有办法，只好搬了一张塑料靠背椅，让苏老头坐着。"哈，其实我是想坐在沙滩上，但不好为难你们，那就坐椅子上吧。只要能听海浪的声音就好。""是这样，但这不是我就可以放纵自己的理由，要不然这些年就白看海了。"肖者诚靠在苏老头的椅子边。"我也离开家乡的学校了。"肖小辰低声说，"我老家的学校，因为没有多少生源，撤并了。家乡的孩子大多跟着父母到城里或者镇里读书。按理说，他们到更好的学校读书，我应该为他们感到高兴，可是我心里还是有一种空落落的感觉。"

大家突然就没有话了，耳边只有海浪的声音。"我把剩下的大部分钱投进去，建了一个福利院，专门收容孤儿。"肖者

我们一起去看海

诚依然简单几句话。他们几个人在一起的时候，话并不多，卓一叶说和大海的水不相称，他们许多时间是用来听还浪的声音，看海浪涌动。"镇里原来要调我去中心小学任教，后来我申请到福利院了，以后还带着那些孩子来看海。那些孤儿，很多是没看过海的。"肖小辰的话透着一种坚定，前赴后继。卓一叶突然有了这念头，做一件事容易，坚持做一件事不容易，可是大海，不是一个浪头接一个浪头拍打在沙滩上吗？"吹瓶。"卓一叶开了两瓶啤酒，递了一瓶给肖者诚，肖者诚也没有多说，接过来就喝。肖小辰也喝了一口，苏老头也坚持要喝一口。卓一叶的老婆是第一次跟着卓一叶来参加这种聚会，她抢过卓一叶的酒瓶子，咕咚咕咚喝了几口，说："卓一叶，我支持你。"肖者诚奇怪地问："嫂子，你说什么？""没有，我说我支持卓一叶较真碰硬。"卓一叶哈哈大笑起来。

　　来，唱歌，唱歌。肖者诚突然喊起来。来一首张雨生的《大海》。于是，在海浪的轰鸣声中，歌声响了起来。男女混合唱。唱着，唱着，他们的眼泪流了下来，苏老头"呵呵呵"地喊了几声。卓一叶他们把苏老头送回家后，就连夜离开了。如果他们不离开，苏老头是不会提前回家的，快80的人了，在海边过夜不好。从苏老头的儿子口中得知，苏老头已经得了癌症，不知道他还能坚持多久。

　　卓一叶在海边继续喝着酒，这桶包是他第一次到海边使用的那只，边已经磨损了。当年流行的桶包现在已经升级为古董了。"我以为你这孩子想不开呢。"卓一叶恍惚看到苏老头对自己说。苏老头已经去世 3 年了，卓一叶夫妻和肖者诚夫妻去医院看他的时候，他头发都掉光了，已经瘦得皮包骨，人都变形了。卓一叶掏出手机，点开，是海浪的声音，还有海浪涌动、海浪拍打在礁石上、海鸥飞翔、渔船在海边航行等等。"我没事，看看海，什么事都没有。"苏老头的声音很虚弱，但依然对卓一叶他们说，"大海笑了，我也要笑着走，到时候，不要留骨灰，把我的骨灰撒到大海。"苏老头喘着粗气继续说："我要住到大海，下次你们去看海，我就在海里看你们。你们还不知道我是在哪个角落看你们。"苏老头想笑，可是这难度太大了。卓一叶掉转头，看到肖小辰的眼泪已经流下来。"苏老头要回大海了。"肖者诚在离开医院的时候，说了一句话。苏老头从小就生活在海边，他很少离开村子，差不多每天都会到海边转悠，即使台风来临，他也会站在远处，看大海奔腾。有一次，卓一叶他们去海边，刚好遇到台风。台风来临前夕，卓一叶、肖者诚和肖小辰各骑着一辆自行车行进在山间公路，上坡的时候，自行车不用踩，刷刷地上去，下坡的时候，大家要蹬得很用力。肖小辰高兴得尖叫起来："我懂得了什么叫抗台风。"她的声音在风中撕得很零碎。

台风来临，以前温顺的海沸腾了。苏老头要大家离海边远一点，海浪汹涌而至，在靠近海边的时候使劲拍下去，"轰"地响起，"哗"地散落，发出巨大的轰鸣。"震撼。"肖者诚有点痴迷了。"把雨衣脱掉吧，在狂风暴雨中想靠雨衣遮挡住是很可笑的事情。"卓一叶把雨衣脱了下来，暴雨瞬间就把他的衣服打湿了，没有穿雨衣时候的遮遮掩掩。肖者诚和肖小辰也把雨衣脱了，"啊啊"叫着在雨中跑了几步。苏老头把头上的大竹笠摘了下来，雨水顺着他花白的胡子流淌，他发出"呵呵"的笑声。回到家的时候，苏老头的家人笑着说遇到一群疯子。他们四个人却哈哈大笑。

苏老头骨灰撒放的时候，卓一叶他们三个人都来了。苏老头的儿子说，老头子去世前一再交代，骨灰全部撒到海里，一点都不要留。"想我了，就去看看大海。"这是苏老头要儿子转告卓一叶他们的一句话。小船离开码头，卓一叶喊了一声："苏老头，我们一起去看海。"肖者诚和肖小辰跟着喊："我们一起去看海。"边喊，眼泪边流下来。船开出去一段，大家把苏老头的骨灰和玫瑰花瓣一捧一捧地撒到海里，肖小辰还把福利院孩子们画的几张画也放进海里。

卓一叶在海边坐了很久，他中午没有休息。他慢慢地喝着酒，好像苏老头笑眯眯地踏浪而来。他开了两瓶啤酒，放了一瓶在沙滩上："苏老头，这瓶啤酒是你的，不过我等等替你喝。能认识你，真好！能看到大海，真好！这些年，我无论遇到什么事情，就想起你说的'碰到什么事情没有关系，谁没碰过坎，抬抬脚就过去了，看看大海就好了'，我这个环保局局长今年又拿到先进了。肖者诚和肖小辰今天来不了，他们的福利院今天举行扩建仪式，他们特意挑选我们见面的日子，就是为了纪念我们的相识，纪念我们一起看大海。来，喝了，我先干为敬啊。"卓一叶把自己那瓶瓶酒喝了，又开了两瓶。"这是肖者

时辰就像坠落的叶片

诚和肖小辰的，我也替他们喝了。"卓一叶打开手机视频，里面响起热烈的鞭炮声。"苏老头，我们的福利院扩建了。"卓一叶慢慢地把三瓶啤酒喝了。夕阳落在海面上，波光粼粼。远处，有渔船正向岸边驶来。

黄荣才，中国作协会员，福建省作家协会全委会委员，福建省文艺评论家协会会员。发表文章约200万字，有近百篇被转载或者选入各类选集。获奖若干。出版《我的乡贤林语堂》《闲读林语堂》《林语堂读本》《螺号声声》等13种，主编图书《走进林语堂》《平和县茶志》等14种。

月光蛙鸣

◎崔　虎

　　成为一个迟睡的人，已经好多年了。好多年过去了，才明白，迟睡只是一个人的事。

　　在夜的深处，一带池塘轻轻地拥在楼房脚边，季节一到，就住满了蛙声。在白天，池塘里没有一点蛙儿们的踪迹。一到夜晚，就插满了长短大小不一的蛙鸣，散散乱乱，又起伏有致。说不清什么旋律，又分明错落有韵。

　　我住在最高处，仍被蛙声围绕，所幸的是，蛙声一点儿都不打扰我要做的事。蛙声一会儿融隐于我的事件，一会儿又悄悄地旋转出来，巧妙地填补着我作息的间隙。这么多年来，它们就这么暗和着我的深夜，却不需要我任何的刻意。既不让我有过等待，也不叫我客气迎送。它们的存在与消失比夜色的往来还要自然。

　　有蛙鸣的夜晚，月亮也特别清朗。月光燃旺了蛙鸣，蛙鸣烘亮了月光。在这样的清夜，我有时会把灯光灭去，躺在沙发上，去感觉蛙鸣一颗颗跃进露台，穿过栅栏，跳进房间，围着我，无拘无束地嬉戏唱和。我既不用闭眼，也不用睁眼，都可以进入冥想。深夜、蛙声、月光、我，露台上的竹影，天花板上隐

时辰就像坠落的叶片

约的曜斑，还有一屋半透的夜色，都混沌在一起，溶解我的每一根神经，将所有的末梢都轻轻托起，将苏东坡十六件快事，都归为一统，置于空色有无之间。

雨夜的蛙声特别有磁性。经过雨丝、雨珠、雨点的共振，蛙声就有了厚度，也能飞溅开来，配合风的起伏，一幕一幕地渲染着夜的黑暗。在这样的境地里，往事和现实都成了次要，只想着陆游说的"蛙声听雨壮"，欧阳修的"蛙鸣识天雨"，司马光的"便湿群蛙鸣"，就一壶清茶绿汤，渐饮渐迷离，随意进出这一个、那一个朝代。古人的生活比今人单调多了，他们更多地到大自然中寻找诗意，聆听天籁，感佩万物之造化。如今的都市生活，在五光十色之中，又有多少人在感悟自然呢？当然，都市中也有很多人在坚持步行、暴走，但大都是为了锻炼身体，貌似行云流水，却不能细细品味自然。在自然之中，有多少人在无功利地散漫呢？唯有全身心的融入，才能获得全身心的康健，这便是"天人合一"之道吧。

今夜正值清明，不在蛙声的季节里。在老家的床上，也躺成深夜的醒者，陡然想起蛙声。窗外既没有月光，也没有雨。记起了一个在蛙鸣里雨后月晴的深夜。那一夜，整个城市都往深处睡去了，我放下手中的笔，蛙鸣随即四下响起，在雨后的空气里浮动，月光也一片一片地落将下来，玄妙着夜色。我有了进入的欲望，不加思索就下了楼。

落入楼群中，蛙声特别震耳，一串一串地向上跳跃，在楼壁之间弹跳上升，跃入高空直向月亮奔去。月亮在蛙声中特别

月光蛙鸣

清爽，张成一个圆圆的大盘，盈盈地承接着。间忽有几串特别响亮的蛙声，细细辨听，似从石缝石腔里头振荡而出，点缀在众蛙声里。在室外听蛙，更有景深感、颗粒感，能分辨出每一串的起伏，声音也清脆了许多。室外蛙声的音律也更丰富，有的在轮指而弹，有的在一下一下地擂鼓，有的节奏密集，有的舒缓。所有的蛙声又汇成一片盈漾的水波，彼此消长强弱，在月光的牵引下，翻滚涌动。

整个小区笼罩在月光和蛙声里，周遭的一切都在夜色里显得澄明，记得朱自清先生的《荷塘月色》里有这么一句话，此时"什么都可以想，什么都可以不想"。在这样的境地里，我也成了一个"自由的人"。《荷塘月色》中有两句话很重要，却被读者忽视，一是在开头的"妻在屋里拍着闰儿，迷迷糊糊地哼着眠歌"，另一句在结尾"妻已熟睡好久了"。这两句不是朱先生的随意走笔，或为了首尾呼应，而是全文中很重要的部件。妻的睡下，意味着凡俗生活和自己凡俗部分的脱离，本我的浮出。在这样的心境里，才能品味出荷塘月色的美妙。

我闭上眼睛，将自己沉浸于这一番美妙中。此时，若有一方古琴隐约伴响，又该是怎样的境界呢？我用想象，将琴声轻轻地铺进去，月光、蛙声便都蒙上一层薄薄的雾，在池面上缭绕、舒卷，我也渐渐飘浮起来，缓缓地一同律动飘荡。一股明彻便悄悄地透入脑际，又在全身渗开，感觉自己透了明，渐渐分解开来，稀释开来，成为缥缈的一分子，与月光、蛙声一同雾化。雾化的感觉让我着迷。我有点害怕这样的存在，我还不能在这世上只做我喜欢的事，还有许多必须要做的事，不论喜欢还是不喜欢。无论我多么喜爱这样的深夜，我都得从中走出，去接受白天的到来。这其中，还得穿插进睡眠，我的睡眠不需要梦，尽管我的梦已经极少极少。

我猛然睁开双眼，两腿正不可抑制地穿过假山、树丛，走向池边。在我到达池边的那一刻，周边的蛙声顿然停止，我感觉有无数的眼珠子在黑暗里毕毕剥剥地瞪着我这个不速之客。我忽然感到自己戾气仍重，不是这个自然的可容之物。我慌忙逃离，并告诉自己：你很坏，得小心。自从那一夜之后，我便不在深夜下楼探究蛙声，而保持一种距离的存在，蛙鸣也就年复一年地奏鸣在我的深夜里。

蛙鸣季节从惊蛰开启，那时蛙声细弱高频，是一串串的唧唧声，像大号的蟋蟀在战斗胜利后的振鸣。过不了多久，露台上的竹子就开始长笋，这些个笋却像是成形的蛙声，一柱一柱地蹿上来，稍一疏忽，就蹿将上去，拥挤我这片不大的私人空间。在有笋的季节，每天清晨都得挖笋，几根至十几根不等，每天的餐桌上也就有了最新鲜的菜肴。我一直怀疑笋是蛙儿们派来的。它们被蛙声送来，落入我的土壤，长成笋状，在不大的天地里错落。笋的到来或许是鸣蛙们对我不再打扰它们的一种奖励，每年都及时兑现。我在品尝竹笋的新鲜时，也就多了一分逸趣。到了不出笋的时候，蛙鸣就开始雄壮起来，入夏后，就成了鼓鸣。在鼓鸣声里想象那蛙儿该有脸盆那么大，感觉它们一大口一大口地吞食月光。那些被吞食的月光后来都变了池

月光蛙鸣

205

塘里成群成群漫游的蝌蚪。

没有蛙鸣季节是蛙鸣给我的留白，我便在留白里寻味，寻味那些从蛙鸣里延绵出来，泛在夜空里的妙意，无论月光来与不来，都能落实那些可以梳理的孤独。我并不害怕孤独，在有过蛙鸣的孤独里，有矿可挖，都是稀有金属，那些人生不可或缺重金属，让耳聪目明，世界便显得清晰，而思想更能玄妙，并不断地抵达。

我在露台上也建了个水池，养过青蛙，却终究不成，至今仍莫明其妙。这么高的楼，它们能跑哪儿去呢？所以，露台从未响起真正的蛙声。所以有了如蛙声一般的竹丛。每年我都会留下两三根笋，笋长成竹后，就成了立于夜色中的一竿竿蛙声，把月光剪得细细碎碎，散乱一地，我在深夜里又多了一番乐趣：品味蛙声的斑驳变换和它们的亮度。在没有蛙声的季节，我便就着月光看看我的竹林子。而雨后的月光、竹子则成了我的寻幽。竹叶尖尖上晶亮的水珠，是蛙声的结晶，随着换步移行，明明灭灭，四处闪亮。

有朋友说我的竹子长得很有范，殊不知我的小竹林是经过修剪的，剪去茂密，剪出错落，剪出必要的留白。朋友问：你有修剪竹子的样式吗？我说：按蛙声的样子，在月夜里剪。

崖虎，福建省作协会员，马江画院副院长。20 世纪 80 年代后期开始文艺创作，涉及新诗、古典诗词、散文、小说、书画、篆刻及诗歌书画评论等方面的创作，作品在海内外报刊发表，有作品入选多种选本。出版有诗集《风的种子》等。

北峰雾

◎ 黄河清

北峰的雾来了，在你不知不觉间悄然而至，来得那么干脆，那么气派。

早就听说北峰多雾，可当我们沿着环山而转的400多级台阶向皇帝洞攀缘时，除了满目的巨藤、瀑布、怪石和参天古树外，就是透过树梢、叶隙撒向沟沟壑壑的金色阳光了。

皇帝洞其实是一处颇为壮观的瀑布，从两岸葱郁的林木和突兀的岩崖之下缓缓而出的溪水，泛着冷漠悠远的苔绿，汇集在一起，从这里突然跌落，变成一股往下倾泻的银色星云，充满雄浑和奔放。而最令人叹为观止的便是那垂直跌落深潭的瀑水，升腾起阵阵雾气，有如仙女轻舞霓裳，一抹阳光从峭壁形成的"天洞"中刺出，映照成一条绮丽的七色彩虹，若隐若现，忽高忽低，恰似人间仙境。"赤橙黄绿青蓝紫，谁持彩练当空舞"的诗意顿时涌上心头。

正当我们为这绝妙的景致赞叹不已时，只见轻纱般的雾气从潭底迷漫着升起，悄悄地向我们飘拢而来……一层层、一团团地向上升腾，越来越浓，一阵山风拂过，雾气如精灵般地向树林、向山坳飘去……

　　沿着陡峭的山道，我们继续向峰顶登攀。雾，快快慢慢、大大小小、白白淡淡、高高低低，翻卷着、舒展着，没有一刻保持着相同的模样，以各式各样的姿态缭绕而过。雾的变化，恰似人的命运，那分分秒秒都变幻莫测的人生际遇，不禁使人为之又喜又叹。所以，纵然欢喜，也不必得意忘形；纵然悲戚，也不必怨天尤人。若每个人都能保持宁静、坦然的心态前行，必可体味出那漫长而又短暂人生中的无穷情趣。

　　这时，沟壑、峰岭、森林，一切的一切已全给装进了雾里。远远近近的山峰有的划破薄雾，苍翠挺拔；有的朦朦胧胧，若隐若现；有的被横截竖裁成条条块块，还有的则被挤来揉去，时隐时现……叫人眼花缭乱，目不暇接。正当我深深地沉浸在这让人酣畅淋漓、遐想联翩的彩绘帛画之中，忽听同伴急切地呼喊道："太美了，快来看哪！"循声望去，只见不远处两山相间的深邃山谷里，一个五彩光环在万顷雾涛上舞动着，那若圆若方、若有若无的缤纷中，映现出我们的身影，挥动的双臂，跳跃的姿态……一切让人那么喜悦、那么激动，一切又是那么安详、那么神秘，真是自然的神奇造化。

　　雾气，越来越重，越来越浓，满世界全是一片雾茫茫，10米开外已看不清景物，一阵阵山风吹来，携着雾水，使头发、眉毛挂起了水珠，水珠越聚越多，越集越大，一粒粒从脸颊上滚落下来，就连那野花的蕾蕊、小草的叶尖、松枝的针芒、树干的身躯、岩石上的青苔也缀着一串串晶莹的玉珠……啊，这不就是神奇的大自然——这个无私、慷慨的母亲赋予北峰的生命泉源吗？千万年来北峰雾随风潜入肥沃的土地，滋润着北峰万物生灵，造就了一派勃勃生机。

雾聚成云，云化作雨，在淅淅沥沥的小雨中，我们告别了北峰，重新投入城市的喧嚣中。回首仰视，重峦叠嶂的北峰山脉，依然笼罩着雾气。缥缈之中，隐约传来阵阵舒缓、轻柔的仙乐，我惊讶于自然界所蕴藏着的一种神奇，掬一捧北峰的雾，似乎都涌溢着自地心迸发出的生命力。

北峰的雾，那是心灵的慰藉。

（原载《福建文学》2003 年）

黄河清，1963 年生。现供职于福建省文联。

北
峰
雾

古都·古树·古文化

◎ 唐　颐

　　那年在北京学习了四个多月的时间，北京的同学告诉我，首都是我国也是世界上古树名木最多的城市，列为一级的近万株、二级的 4 万株。许多古树比古都还古老，它们见证了古都历史，又承载着众多传奇。看北京别忘了看古树，见识古文化。于是我对古都的著名古树进行了一次巡礼。

　　"先有潭柘寺，后有北京城。"建于西晋永嘉年间（307—313）的潭柘寺里，有一株植于辽代、高达 40 米的大银杏树，下围六人合抱，树冠耸入云天，秋来遍体金黄。古代高僧们是用银杏树来代替佛门圣树"菩提树"的，更何况它在京城古树中"地位"最高，因当年曾得过乾隆爷的封号"帝王树"。相传每位皇帝即位，此树便从根部生出一新干，久之与老干渐合，直至清末宣统时尚生出一枝小干。后来，那位写罢了《我的前半生》的共和国新公民来到树前，指着那枝发育不良的小干，叹曰："那不成器的便是鄙人。"

　　离"帝王树"不远的西边，有一株叫"配王树"，也称"娘娘树"。不知为哪朝的好事者所植，显然是拍皇帝老儿的马屁，

时辰就像坠落的叶片

但不幸的是，当代研究，两株银杏树均属雄性，自然就永远不会有"太子树"了。

离潭柘寺不远的戒台寺，古有"潭柘以泉胜，戒台以松名"之称。"天下名松集北京"是另一说。到戒台，天下名松便可"窥一斑而见全豹"了。最为著名的有五大名松，植于辽代的九龙松，树高近20米，奇特的是树干分为九股，斑斑驳驳，如披挂着白鳞甲的九条巨龙，直指青天白云，巡护着这建于唐代的古刹。"卧龙松"则横向伸展，长达十余米，犹如一条昂首横卧的巨龙，一阵清风吹来，颇有乘风而去之势。枝干缠绕于塔身的"抱塔松"，不知是先有塔，后有松；还是先有松，后有塔。"自在松"，长在斜坡上，一副悠然见南山的姿态。最令人叹为观止的是"活动松"，树下有乾隆帝立碑为志，说是牵动一枝，万枝皆动；当代人说是因树干倾斜，重心偏移所致。那日天寒地冻，游人稀少，我逾过护栏，猛击树干，它竟岿然不动，吓得我终日惶惶不安。

北京古树中古柏最多，天坛又是最集中的地方。现有的3800多株古柏，其中有株形状奇特，粗大的树干自下而上长满龙纹，被称为"九龙柏"；说是植于明朝永乐年间（1403—1424），至今已度过600个春秋了。当年，美国国务卿基辛格参观天坛公园时说："天坛的建筑很美，我们可以学你们照样修一个，但这里美丽的古树，我们就毫无办法得到了。"这位大鼻子先生从20世纪70年代开始，就说过许多中国人听了十分舒服的话，这也算其中的一句。

还有几处以古柏闻名的名胜，中山公园里的七株辽柏，那真叫苍老遒劲。其中一株与古槐树相合抱，可谓柏中有槐，槐中有柏，不知是相濡以沫，还是"同志加兄弟"。但最具有传奇色彩的一株古柏生长在具有 600 多年历史的孔庙里，据说是元代国子监祭酒，也就是现在称为校长的人所植。相传明代奸相严嵩当年代表嘉靖皇帝前往祭孔，行至树下，狂风骤起，吹断柏枝，打掉他的乌纱帽，京城百姓，奔走相告，说柏树有知，能辨忠奸，称之"触奸柏"。无独有偶，事隔多年，明朝天启年间（1621—1627），宦官魏忠贤来孔庙游玩，行至树下，也被掉下的柏枝打中，其惊恐不已，仓皇而逃。

　　这些古树充满灵性，简直就是忠义的化身。府学胡同的文丞相祠，乃明朝初年为民族英雄文天祥所建，祠内有一株枣树、一株槐树，据说是文公被囚禁于元大都时亲手所栽。现枣树还在后院中，树干明显向南倾斜，说是枣树与文公相伴，虽身陷图圄，不忘南方故国。我想，文公被囚禁期间，写下"臣心一片磁石针，不指南方誓不休"的名句，一定是吟诵于此的。那天，相伴而来的有一位江西老表，他恭恭敬敬地向枣树鞠了一躬，说是代表吉安人民群众向这位使家乡自豪了几百年的老乡致意。我见罢对这位老兄的好感不禁油然而生，于是也向古树行礼致意。

　　古槐也是京城的一大特色，素以"古槐、紫藤、四合院"概括古都风貌。"古槐之最"就是北海画舫斋古柯亭院内的"唐槐"，它长在院西南角的假山上，犹如一个巨大的盆景。树冠

时辰就像坠落的叶片

有十五六米，树干周长五六米，距今有 1300 多年了。乾隆皇帝曾下旨为西槐建古柯亭并诗云："庭宇老槐下，因之名古柯。若寻嘉树传，当赋角弓歌。"我国自周代开始就在皇宫种植槐树，故有"宫槐"之称。故宫的古槐很多，那武英殿断虹桥畔的 18 株元代古槐，号称"紫禁十八槐"，如 18 名威武赫赫的紫禁城大将军。故宫御花园内，则有一株巨大的龙爪槐，树冠上几条大枝如巨龙腾空飞舞，无数小枝像虬爪伸缩，张牙舞爪，人称"蟠龙槐"。

有一株古槐，可惜毁于十年动乱，但此处不可不去凭吊一番，那就是当年用紫禁城护城河土堆起来的景山公园。1644 年，面对李自成农民起义军攻进京都，崇祯这位宵衣旰食、励精图治，却又回天无力的明朝末代皇帝讲了一番很痛心的话后，在此树上吊身亡。清朝对此树妄加罪名，定名"亡国木"，并将"罪树"枷以铁锁，于是后人撰了一副对联："君王有罪无人问，古树无辜受锁枷。"现又补栽了一株新树。

连理枝、爱情树也可在古树中寻觅到。故宫御花园里的"连理柏"前就很热闹，男男女女、双双对对在此留影，那姿势有如清末的溥仪和婉容大婚时的合照。但有一个地方却比较冷清，那是西山樱桃沟的"石上柏"。此株古柏长于大石缝中，使人叹为奇绝的是大石头底下有一泓泉水，据说，无论雨季还是干旱或是严冬，这掬清液，从不外溢，也不干涸，更不结冰。山下，曾是曹雪芹著书处。据说，曹君当年看到这举世不凡的"石上柏"，顿开茅塞，大受启发，文思如涌，写出了旷世名著《红楼梦》里贾宝玉与林黛玉的"木石奇缘"。我想，凡是喜欢林妹妹的男人，凡是相信爱情，并愿意为它流泪的女人，都不应冷清这株"石上柏"，都应该来此存照为志。

当然，古都的古树靠几次巡礼是远远不够的，这"绿色的古董"可细细观赏，可频频回眸，可啧啧赞叹，可泪流满面，可大彻大悟……

（原载《福建日报》2004 年）

唐颐，1953 年生，福建古田人。1982 年毕业于福建师范大学中文系。历任教师、乡镇书记、组织部部长、县委书记等职。散文作品获全国报纸副刊作品年赛铜奖，华东报纸副刊好作品二等奖，福建新闻奖一等奖，福建省报纸副刊作品年赛一等奖等。

时辰就像坠落的叶片

忧伤的国歌

◎ 房向东

那天，我们先是去了格林尼治天文台，回来的路上，拐到一家叫"金筷子"的中餐馆吃午饭。

一路上，我们都是在中餐馆用饭，都是五菜一汤。这是导游安排的结果。虽然人在欧洲，仿佛依然吃在福建。中餐馆的老板大多和我们在国内见到的餐馆老板并无二样，脸上油腻，身子肥肥的。我们还碰到一个福建长乐的老乡，为了表示对我们的欢迎，他不加菜，却加了若干"段子"，逗得我们喷饭。

"金筷子"当家的是一个女老板，三十五六岁模样，齐耳短发，头发柔柔的，脸不大，眼睛却特别大，那眼睛弥漫着伦敦的雾，有点儿迷惘，有点儿忧伤。她穿着黑长裙，白汗衫，素素的。和平常用餐没什么两样，她先是为我们上了茶，接着上饭上菜了。

边吃饭边聊天。三句不离本行，我们聊起了写《哈利·波特》的英国女作家 J.K. 罗琳。这时，女老板凑过来问了："你们几个，是什么团呀？"我们告诉她是出版方面的。她"哦"了一声，分别在我们面前的小碗里盛了汤，说："罗琳先前也常到这里吃饭。她本来也没有什么钱，为了带好小孩，动了给孩子写故事的念头，一写就成功，现在名声大了。"她似乎对我们是搞出版的来了兴致，话稍多了几句，淡淡地说："我是在人民文学出版社的大院里长大的……我继父在那儿当美编。他叫李某某。"我说："是他呀，还是一个名人。人民文学出版社的很多书都是他设计的。常买人文版图书的人，肯定知道李先生。"这似乎有点出乎她的意料："是吗，他还这么有名呀！"我仔细瞧了她一眼，她说不上漂亮，然而有一种气质在，是那种有一定文化层次的未婚大龄女性所特有的气质，有点冷，有点无奈，仿佛还有点渴求。

这时，突然响起了中华人民共和国的国歌声。我们几个全都抬起了头，先是对视一眼，接着就寻找声音发自何处。在伦敦，还能听到我们的国歌？！原来，是从女老板的口袋里发出的声音——是她的手机响了。她的手机铃声设置为我们的国歌！她到一旁接电话了。

在国内，每天听这支歌，可从来没有像今天这样具有如此特殊的震撼力。这音乐，强烈地撞击着我的心灵。一时间，我们几个都沉默不语了。

接完电话，她过来又为我们每人加了一小碗汤。我们问，你的手机中怎么会有国歌呢？她说："想家。特地灌进去的。"

我品味着她的"想家"二字。我还品味着"金筷子"这个店名，筷子，是中国才有的，"筷子"却是"金"的！中国的筷子，在她心中有多大的分量啊！

过了会儿，我问："最近有没有回到国内看看？"她说："去年春节回北京了，什么人也没找，三天都打着车在街上转……"

北京，是她长大的地方，有同学，有亲人，还有熟人，她却谁也没有见。也许，她的爱遗失在北京的某个公园，遗失在依然款款而流的水中？

还是她打破了沉默："我给你们加一道菜吧。"一会儿，她送来了一盘青菜。这是我们欧行路上唯一的一次加菜，虽然只是一盘青菜。

我们走了。女老板把我们送到门外，神情恋恋的，又把我们送到了停车场。起风了。我们要上车了，请她回去。她说："一路上要多小心啊，过马路要小心啊。英国的方向盘在右边，和国内的不一样，过马路要先往右边看，不是像国内那样朝左边看啊！"她的语气，像母亲送孩子上学，像妻子送爱人远行……她是一个多么善感的人啊。我们点着头，却什么也没说。用眼神和笑容向她告别。这时，她的手机又响了……

所有的中国人都远去了，只有她留在这伦敦的风中。这时，我真切地感受到了，她那手机里发出的国歌声，在她的生命中是多么重要！

（原载《光明日报》2004 年）

忧伤的国歌

房向东，1960 年生，福建福州人。中国作家协会会员，中国散文学会会员，中国鲁迅研究会理事。著有《鲁迅与他"骂"

过的人》《鲁迅：最受诬蔑的人》《鲁迅是非》《鲁迅生前身后事》《关于鲁迅的辩护词》《孤岛过客——鲁迅在厦门的135天》《鲁迅与他的论敌》《肩住黑暗闸门的牺牲者——鲁迅随想及其他》《钓雪集》《喝自己的血》《怀念狗》等，关于鲁迅的专著被翻译到日本、韩国出版。

时辰就像坠落的叶片

人淡如菊

◎ 林 彬

当秋阳淡淡地照着的时候，槛边的一簇白菊正云罨烟斜般从容地开着。秋阳中的白菊舒卷着，那一身的素洁，透着清逸，直是让人喜爱。

有一年的重阳节，陶渊明无酒赏菊，枯坐在家。这时，江州刺史王弘白衣一袭，飘然而至，送来了佳酿。陶渊明以菊就酒，欣欣而饮，那翩然逸兴让多少人歆羡不已。大家都知道陶渊明爱菊，他一生写菊的诗虽只有五处，但那一句"采菊东篱下，悠然见南山"，那种闲适，那种淡泊，那种风神高迈，后人却是怎么也无法望其项背的。

对菊花，我独爱白菊。那种爱是在岁月的流逝中渐渐品出来的，是在一句句诗声中像焙茶一样焙出来的。"开尽菊花秋色老，落残桐叶雨声寒"，只有到了那样的岁月，只有到了那样的心境，才会有那样真真切切的感受。

当我还在胜日寻芳、惜春伤春时，是不会去激赏"惟有寒潭菊，独似故园花"的。这就好像10多年前，一位香港来的老总在庐山对我发出"年轻真好"的感叹，当时的我是那样的

人淡如菊

不以为意；而当我心中有了"年轻真好"的感叹，岁月已在不经意间逝去，陡然而起的怅惘浸润了心的经脉。岁月就是这样，人生就是这样，用一种安详心去看，一切便都释然。

于是，我开始被秋声秋色所吸引，喜欢起"一室秋灯，一庭秋雨，更一声秋雁"，喜欢起秋阳下槛边白菊，喜欢起那淡淡的秋天况味。

我知道，我所说的都只是一些皮相而已，我对秋的深的体悟是因为那一个让我感受到"诸行无常，是生灭法"的变故的发生。那个变故让我第一次这样近距离地感受到人生的无常，感受到生命的脆弱，感受到生与死的一步之遥，感受到一种神秘的存在，感受到亲人故去的忧伤。那种感受积淀下来，在后来的岁月中酿着，让我体感到它的渐入、绵永的力量，而那种感受正好和秋的况味那么契合。

那是一个暮春的黄昏，是一个星期六的黄昏，我照例去他的家。那时他刚去澳洲的墨尔本留学不久，本来应该两个人骑车的行程就变成了我的独往。那辆女车的刹车的保险绳断了，我并没把它当一回事。因为有他在的时候，这些事都是由他兜着的，而我还不习惯没有他的日子。

我骑着车去他的家，走了长长的路。虽然刹车的保险绳断了，我却有着年轻的潇洒和漫不经心。快到他家的一个转弯、下坡，我没来由地骑进了逆行道。没有刹车的下坡，车速真快。我有点心虚，身上沁出了汗。快到坡底的桥面，一辆货车迎面开来，呼啸的声音让我真的慌了。那车离我真近啊，它会贴着我开过，它会碾着我轧过？我感到恐惧像山一样黑沉沉地压过来，溅着血光。"我要躲过它！"我重重地摔了出去，昏倒在桥栏边。死神与我擦肩而过。

我听到有人说话的声音，"嗡嗡"响，用力睁开蒙眬的眼睛，见周围站着些人。我直感到头晕，四肢疼痛、发麻，手划破，额上淌着血，周身全没了气力。我真是不习惯被人围看着，便挣扎着站了起来，牵着好心人扶起的自行车，在好心人一连声的"赶快回家吧，赶快回家吧"的劝告声中，艰难地向他家走去。

在他家，我哭了。是因为害怕？是因为疼痛？也许都有吧！一家人慌慌忙忙把我送进了医疗室。血止了，破了的额上的一个个沙粒被挑了出来，打上绷带。眼睑瘀肿着，带着紫黑，倒像国宝熊猫似的。

回到他家，电话铃响了，是母亲打来的。母亲说："阿姆（外婆）去世了。"我问："什么时候？"母亲说："傍晚。被汽车碰了，摔了出去，脑出血，走了。"

"外婆真的走了？外婆真的走了？"我呆坐在那儿，感觉到寒冷像冰一样滑过全身。我仿佛听到汽车的尖利叫声，听到骨骼碎裂的声响，看到血色模糊，仿佛那躺在血泊中的就是我。"她也是在我摔出去的那一刻摔出去的吗？难道这是亲人间的感应？"我无法解答。

外婆真的走了。她摔出去那一刻，那灵魂飞起来，升腾到一片金光烁烁的世界，那种凭虚御风的感觉，我似乎也能感受得到。

人淡如菊

我真的忧伤了。那种忧伤的感觉是非常复杂的。我没有哭，只是默默地流着泪。

外婆是外公用200元钱买回来的，前清末年生，讲客家话，是个解放脚。外公曾在国民党军队当兽医看护，年轻时嗜赌，家里十分清贫。外婆瘦弱的肩，担起了全家的生计。外婆出去"挑山头"，常常是空腹出去的，为的是省一餐的饭食。家里的孩子多，口粮紧，有时竟断了炊。如果外婆说："脚洗一下，到眠床去睡。"孩子们就知道晚上没饭吃了，也不吱声就洗脚上床，因为他们已经习惯了。

外婆的一生是劳碌的一生，是劳劳碌碌为别人的一生。她微驼着背，张着因关节炎骨节偏大的手，不停地忙里忙外。她爱美，爱清洁，爱孩子。她的头发总是用篦子梳得一丝不苟，用芦荟抹得油黑油黑的，然后细细地盘着髻子。她爱花，种的花总比别人的要花繁叶茂。我最初对白菊的美的印象，就是从她种的花那儿得来的。再做活，再忙，她身上的蓝布斜襟裉子总是那么清爽，飘着一股淡淡的皂香和阳光的气息。她爱孩子，那是完全忘我无私的。家里的好东西，她总是让给孩子吃，自己吃残羹剩菜。为了孩子，她宁愿自己累着苦着也不哼一声。肩周炎痛得抬不起臂，她仍旧在为孩子忙着，不肯歇息。我还清晰地记得，外婆缓缓地哼着童谣，轻轻地抚摸着妹妹的背，哄着妹妹入睡的情景："拖奢咿弯，庐鼠走番。番婆勿曾到，庐鼠煮昼。昼煮勿曾熟，一团一块肉。肉勿曾买，一团一个蚬。蚬勿曾磨，一团一个笋。笋无耳，交给天上老蛇视……"那一

时辰就像坠落的叶片

句句莆仙方言童谣，现在想起来仍旧透着温暖。

外婆是一个心灵手巧的女人。她能把家常菜烧得让人入口难忘，连那最普通的炝肉、炝蛏、炝蛎子都能给我留下温馨的记忆。她的女红特别的好，会手缝衣服，能把补丁恢复原样或是绣成装饰。那针脚的细密、均匀、漂亮，可以作为欣赏。她在娘家时说的是客家话，嫁给外公学说莆仙话。到我们家时，她已经60多岁了，才开始学说普通话，可是不久就能用"洋泾浜"的普通话和大家交流了。

外婆信佛，逢初一、十五焚香拜佛，心地善。她的一生很平凡，普通得像蒲葵，没有骄人卓异之处，却可制成蒲扇、笠、蓑，供人纳凉、遮阳、避雨，给人们实实在在的好处。她对自己没有过高的欲念，从不计较，都是平平淡淡的，神情中自然就有了一种平展、泰然的意味。

外婆真的走了，她的一生就像一幅朴素的秋景。她那一生劳作的身体是那么硬朗，她已经81岁了，没有病痛，思维敏捷，手脚灵活，是能活90多岁的啊！可是，她却走了。她走了，不是因为病故，是因为飞来横祸，而谁又能猜得着、挡得住这无端的灾祸呢？

我想起了古人对人生无常的种种感慨，"浩浩阴阳移，年命如朝露。人生忽如寄，寿无金石固""青青陵上柏，磊磊涧中石。人生天地间，忽如远行客""采采荣木，结根于兹。晨耀其花，夕已丧之。人生若寄，憔悴有时。静心孔念，中心怅而"。对于这无常的寂灭，现在我能悲之痛之泣之悼之，如果那走了

人
淡
如
菊

的是我，又有谁来哀我惜我叹我歌我？其实，对于走了的人，这一切都是没有意义的。那棺椁，那黄土，那坟头的草和花，掩埋了曾经的生灵，"落日荒丘，零星白骨"，从此隔断，"生死两茫茫"。对于怀想着走了的亲人的生者，这一切便是永远的忧伤了。特别是听到有人说"那是外婆替你死了"，我的忧伤就更深向内心，像一个涡卷着的黑色风洞，拽着我向更深处滑落。

也许，也许真是外婆将寂灭的信息传导给我，让我的灵魂在那一刻也在飞？也许，也许真是外婆用她的爱，用她的神秘的力量在庇护着我？也许，也许真是外婆一如她的为人，用她的躯体的死换了我的生？

生命是何其脆弱，就像一个易碎的瓷瓶，生的时候有美丽的曲线，美丽的色釉，美丽的肌理，如果它是个精品，甚至有美丽的灵魂，死的时候也就是一片声响、一地碎片，永远无法补缀，碎了也便碎了。生与死的界限，有时就像北方冬日隔着的薄薄的窗纸，风吹会破，舌舔会破，指抠会破，就是想在意也无法在意的。只是，美丽的瓷瓶碎了，会有人想它念它，就像外婆。

陶渊明在他的最后一篇诗篇里，预想着"严霜九月中，送我出远郊"的送葬，以及葬后"向来相送人，各自还其家。亲戚或余悲，他人亦已歌"的情景，旷达地说："死去何所道，托体同山阿。"

对于生，宛如"小檐日日燕飞来"；对于死，宛如"野水

时辰就像坠落的叶片

浮云处处秋"，纯任自然。倘若真能如此，我们对生命会有一份感恩，我们对寂灭会有一份宁静。

外婆走的时候神情是安详的，一如她生着。她的身体后来被葬在木兰溪边的萋萋芳草中，她可以日日夜夜地看着木兰溪潮涨潮落，看着木兰溪上宋神宗熙宁年间（1068—1077）建的古老的熙宁桥上人来人往，看着熙宁桥旁的垂垂老榕，看着春花秋月。外婆坟冢不远处有一个花圃，花圃中满园的花灿烂地开。外婆闲暇时还可以到那儿走一走，摘一朵皓皓白菊簪在发髻。

外婆真的走了，就像秋天树上飘落了一片黄叶。如果她没有走，看到寒光幽幽玻璃幕墙的冷峻的城市面孔，看到霓虹闪烁、灯红酒绿、依红偎翠、春色无边，看到红尘滚滚、欲望膨胀，看到人们在杯盏交错间亲亲密密，而内心却苍崖壁立、深壑萦回……她会不会不知所措？我——不知道。只是，随着年岁的增长，我真的是越来越喜爱秋了，喜欢秋那朴素的风景，喜欢秋那淡淡的况味，喜欢那矜秋的白菊。

（原载《梦雨飞花》2004年）

林彬，福建福州人。毕业于厦门大学中文系。出版人。

人淡如菊

225

印象清明

◎ 钟红英

小白头翁

从来没有一种野草像小白头翁一样占据着我的心头。

这是童年以来培养起来的感情，只是那时绝没有想到它走进我的生活会如此记忆深刻，直到有一天，当我在城里买房安家，并已开始对城市生活产生厌倦情绪的时候，我的乡野情结才慢慢苏醒。这一晃，竟然是二十几年光阴。

那是一个春雨绵绵的午后，我信步走出了刚搬来不久的新家。这是一片新开发区，周围除了像我一样第一批搬进来的居民外，便是正在不断拔高的新楼。新楼旁边还有一些来不及清理的农田。也许是冥冥中的召唤，我无意中来到了一片荒芜的菜地，那是当地搬迁农民废弃了的土地，竹篱笆早已东倒西歪，田地里除了密密匝匝的乱草和稀稀疏疏的菠菜外，还有一些奄奄一息的三角梅。我走进田间，当我踩上了松软的土地，却一眼看到了隐蔽在杂草中正冒着嫩黄花儿的小白头翁，这一发现让我的心微微颤了一下，那是一种既熟悉又陌生的喜悦。确实

时辰就像坠落的叶片

的，在我的心中，城市和乡村是如此不搭界的两块土地，就像两条平行线，怎么可能找到相交会的那一点呢！可是，就是在这个城市的郊外，在这片与我的家乡如此迥异的地方，我找到了两块土地的胶着点——野草——小白头翁，而且还是那样郁郁葱葱地生长！我是真切地感受到了那种意外之喜的眩晕！

我的家乡山高雾重，清明时节，乡村大多时候笼罩在绵绵的春雨中。此时万物回春，新叶吐绿，正是农人们忙于春耕播种的季节。小白头翁，就是在这个时候悄悄地出现在山野的田埂地头的，那是片片叶儿密布白色绒毛的小草，有些开着拧成一团儿的黄色小花，星星点点散布于草丛中，煞是鲜嫩。此时，若是走在乡间，看那三三两两的孩童挎着畚箕，半蹲着在地里采摘小白头翁嫩绿的蕊芽，那灵巧的小手、笨拙的畚箕与遍地的黄花在氤雾缭绕的早春中，不失为一幅美丽的田园诗画。

我对于清明的最初理解，大体就是缘于此番田野景象的深刻烙印。那时我的故乡还十分贫穷，偌大的一个村子，只开了一家小小的杂货店，里面除了盐巴味精草纸煤油蜡烛之类的生活用品外，零食是十分少见的。在我的印象中，如果手上有一分钱去买几粒鱼眼珠大小的糖果，那是足以在伙伴们面前美美地炫耀一番的了。正是在这种物资十分匮乏的年代，一次小小的打牙祭活动，足以让人们兴奋和激动好一阵子。因此，当过完老年，我便开始期盼着清明的到来，因为在这个时候，当田间地头开始冒出了那嫩黄的花儿时，我知道，我一准又能吃上香嫩柔韧的清明粿了。

碓　子

依旧记得那是在一间简陋的瓦寮，碓子就这样静默地守候在那里，直到一年一度的清明。

瓦寮是从不上锁的，顶多用一根小木棍轻轻闩住。

此时雾霭未尽，炊烟初起。带着满畚箕嫩黄蕊芽的小白头翁，小时的我，总是三步并两步尾随母亲来到这里。

母亲照例是要把瓦寮打扫一遍的，然后用擦布细细地将碓子清洗干净，再把泡好的米（一般是糯米与粳米按 6 ∶ 4 的比例）与小白头翁一起倒进石臼。通常是母亲半蹲在石臼旁和粉，灵敏地在碓子头下落之前把粉团搓揉一遍，而我，唯一能做的，便是在哥哥姐姐的笑骂声中硬是挤在他们中间，在碓子笨重的木柱上胡乱踩上几脚。往往这时，身上已是大汗淋漓，脚肚子也十分酸痛，但心情却异常地好，特别是在此起彼伏的吱吱呀呀的木柱声和碓子头与石臼沉重的撞击声中想象着吃清明粿的情景，那真是一件异常开心的事情。

如今回忆起那个场景，仍然倍感温馨。瓦寮依小溪石壁而建，小溪绕着我的村庄潺潺地流过。在我外出求学和工作的十几年里，我无数次地梦想回家过个清明，却一次次地失之交臂。一年前，单位采风，正好临近我的村庄，又赶巧遇上清明时节，母亲就张罗着要为我做清明粿。我满心期待着与母亲一起去那个儿时难忘的瓦寮，满以为又可以一睹碓子的神采了，可事情

时辰就像坠落的叶片

228

却出乎我的意料，母亲却不去瓦寮，而是将小白头翁倒进滚烫的开水中煮一会儿，再稍稍撒上一点碱粉，便捞了起来，接着便把早已辗好的米粉一起倒进大脸盆中，反复搓揉。用不了多长时间，粉团就被搓得十分均匀，绿绿的，十分油滑柔韧，与当年用碓子锤打出的粉团一模一样。看着这么轻松就做出来的粉团，我感到了稍许的失落。事后我寻思着，当年在瓦寮和粉的乐趣自然缘于心中对清明粿热切的期盼，但也是离不开碓子古拙的形象的，离不开那碓子头与石臼富有节奏的撞击声的！童年对于清明粿的喜爱，是简单的，而于今天的我，却多了许多模棱两可的梦境，这些梦境在机械化越来越发达的今天，已经变成渺不可及的一个向往，心中的失落大概便由此而生罢！

我不是一位恋旧的人，可对于已消逝的碓子，却许久不能释怀。过后，我也曾满怀期待地去找过许多当年熟悉的瓦寮，可那古老的碓子却早已消逝得了无踪迹。

祠　堂

祠堂是一个神秘的所在。

大约是在十三四岁时，我第一次战战兢兢地踏进了这个让我感到无比敬畏的地方。

它就这样静静地矗立在村庄的中央，就像一个人的心窝窝，稍有风雨，便使乡邻们十分警醒。

古老的青砖已经泛白，厚实的屏风灰迹斑斑，粗糙的立柱犹如一位历尽沧桑的老人，虽掩饰不住骨子里的老态龙钟，却傲然挺立，气韵犹存。

这是一个灵魂聚集之所。先祖们日出而作，日落而息，疲惫的身影在旷野的夕阳中愈显孤单与寂寞。陆续地，在亲人的叹息与悲伤中，他们来到了这里，就像是为了赶赴亘古不变的约定，那是一种对于脱离尘世苦难的从容。在这里，他们找到了属于自己的灵魂栖息之所，精美的木牌上记载着他们的名讳、生卒年月、曾经的重要事迹与荣誉，就这样与先期而来的先人们一起耐心地等待一年一度清明的到来。

烦琐的仪式庄严而肃穆，这一天，他们又可以与亲人相会了，在排列有序的拜祭队伍中，他们一眼就能辨认出族里的长幼尊卑。仪式开始了，他们听到了亲人的呼唤，喝上了香醇的米酒，尝到了鲜美的肉食、水果、米饭、清明粿等，还拿到了亲人为他们准备的纸钱。等烟花散尽，亲人离去，他们也默默地回到自己的位置。这一天，人间欢宴，亲人相会，皆因他们而存在。

笔架山就在面前，与祠堂面对面。这是传说中的神仙相会之处。山中古木参天，雾霭重重，终年香火不断。与拜祭先祖一样，我一年一度也会独自来到这座山上献一束香火，祈求神灵的佑护，只是不在清明。可神灵鬼魅果然存在吗？我无数次问过自己，又一次次地自我否定。发生在祠堂里的传说，先灵们会伸出长长的舌头舔食祭物，黑夜中喃喃的低语和白色的影子，是否是乡亲们的一种幻觉呢？古老的故事就这样口耳相传，深深印在了每一个人的心中，令人毛骨悚然，以至于今天，当

时辰就像坠落的叶片

四周不见一个人影，我也不敢单独路过祠堂——哪怕投去匆匆的一瞥。

（原载《福建文学》2006 年）

钟红英，1974 年生，福建上杭人。毕业于中央民族大学中文系。现供职于福建省文联。福建省作家协会会员。主要从事散文、评论、报告文学创作，著有《宋省予图传》。

历史的细节刻绘着城市的面貌

◎ 余岱宗

南帆先生在《辛亥年的枪声》中言及他与历史人物的邂逅："即使是结识历史人物，也是需要缘分。我长期居住在福州，几度搬家，每一处新居距离林觉民纪念馆都没有超过一公里。尽管如此，我对于这个人物从未产生兴趣。""可是，在我四十八岁的时候，那个仅仅活了二十四年的人突然闪出了历史著作站到跟前。林觉民这个名字鬼魅般地撞开了我的意识大门，种种情节呼啸着在脑子里横冲直撞，令人神经亢奋，夜不能寐。"一种缘分，让南帆先生走进林觉民的历史时空，《辛亥年的枪声》发现侠气、才气与柔情的编码组合让林觉民这位福州乡亲的侠骨柔肠至今散发着无边的人格魅力。

然而，对于历史的解读宛如考古学对堆积单位之间的层位关系的分类、清理与辨识。以历史为题材的散文创作，需要穿透历史的迷雾，辨析历史事件的时空位置，梳理历史人物间错综关系，为历史人物的动机、性情和言行寻找合理的解释。如此的考据过程，才可能让历史事件和细节不断地丰富起来，形成更具立体感的鲜活画面。这样的历史画面，叠印于现实时空，

时辰就像坠落的叶片

让历史的事件、细节与当下的城市景观符号交融互渗。

历史的叙事，从来不是空洞的自说自话，而是不断寻求与当下历史相互对话的各种可能。城市中的历史文化古迹，除了物质形态的存在，更需要可靠的"故事"对其人与物的"血统"之来龙去脉做出令人信服的解读与阐释。缺乏历史文化"血统"的旧址古迹是没有精气神的躯壳，相反，为种种可信的历史符号反复叠加的建筑、遗址、古迹、道路以及自然风物，则不断闪射出奇异的光芒。哪怕是表面上看上去平凡的处所空间，可靠的历史叙事和细节也将为其不断"加魅"，赋予其象征价值，唤起人们共同探究这座城市历史与文化的兴趣和热情，拓展人们面对城市延伸出的思考深度和广度。城市的美感，不仅仅是独特的景观建构，还在于为历史意义所环绕着的景观内涵。

南帆《辛亥年的枪声》结尾叙述作者凝视林觉民故居的感受："我站在马路对面的一座天桥上，隔着车水马龙遥看那一幢建筑物：朱门，曲线山墙，曲折起伏的灰瓦曾经遮盖那么多的情节。主角早已谢幕离开，舞台和道具依然如故。民国初期，这幢建筑物旁边的巷子辟为马路，如今是福州最为繁闹的地段。这幢建筑物仿佛注定要留下来似的，它顽强地踞守在两条马路交叉的拐角，矮矮地趴在一大片高楼群落之中。人来熙往，这里始终是一个安静得有些蹊跷的角落。周围的精品屋一茬又一茬，这一幢建筑物忠心耿耿地监护历史，一成不变。"同样，历史遭遇繁华喧嚣的现实景象在南帆的另一作品中亦有类似的体悟。南帆在《马江半小时》中叙述作家身处马尾造船厂中的自我感知："马尾造船厂内还完好地存有一个沈葆桢船政时期的造船车间。驱车到达的时候已经接近中午，青石红砖建造的车间梦幻一般地矗立在阳光里。这一幢法国式建筑始建于1867年，三千多平方米，墙体厚近一米，墙上一排敞亮的落地窗。车间内支撑房架的圆柱和上方的行车轨道一律用生铁铸造，屋顶横梁取材于泰国、缅甸运来的'麻栗木'，坚硬无比。当年这个车间生产轮船的轮机，相当于轮船的心脏部分。如今人去楼空，寂静的车间空荡荡的。可是，恍然之间，似乎还会有一个顶戴花翎的清朝官员从一根圆柱后面踱出来，或许是魏瀚，或许就是沈葆桢。"《马江半小时》的后记将此种历史与现实"落差"之感慨概括得更具"梦幻感"："从林则徐到严复，从沈葆桢到林觉民，从陈宝琛到林旭，这些人物气吞万里，天下何人不识？曾几何时，风流云散，阳光下的日子逐渐恢复了平静，种种传说仅仅若有若无地浮动于几个深宅大院之间。穿过某一条幽深的巷子或者伫立于一堵斑驳的风火墙之下，或许会突然嗅到了昔日的气息，一个令人心悸的时刻仿佛正在临近。"

　　承载着种种历史符号的空间的确是以一种"梦幻一般"的方式嵌入现实之中。记忆、传说，同样会通过历史叙事穿行于幽深的巷子与高大的风火墙之间。

　　这种历史梦幻感，正是历史文物的展示空间所要追求的氛围效果。种种具有沧桑意味的历史物件的细节集合体作为一种想象中介，引导着人们去参访城市的历史，去回味城市之中某一段历史的种种滋味。如此，造船车间不只是当年制造轮机的实用性生产场所，虽然车间内的所有老物件都指向其曾经的实用功能，甚至都还在模拟着历史中的生产场景，但是，这种模拟已经是一种创造"梦幻感"的中介化过程。这种"梦幻感"中介化便是通过物件与氛围的还原，将人们的感受与思绪牵引到当年的历史情境之中，通过空间的模拟消解时间的隔阂，通过空间的"拟真感"强调历史符号的当下在场，从而让当下的模拟化的车间情境蜕变为一种阐释中国近代历史的象征符号。同样，林觉民故居依然具有居住功能，但这种实用功能已经退化了，林觉民与陈意映所居住的一厅一房和那狭小的天井不再是用作日常起居的家宅，而是让这一既有家居留存住英雄对妻子"意映卿卿如晤"之深情私语，同时，承载着英雄荡气回肠的凛然大义："吾充吾爱汝之心，助天下人爱其所爱，所以敢先汝而死，不顾汝也。"

如果你的思绪已经"配置"了南帆先生的《马江半小时》《辛亥年的枪声》的历史叙事与阐释，那么，当你再次遥望福州马尾罗星塔附近的青洲大桥、华能福州电厂三座冲天烟囱以及马江宽阔水域之时，136 年前中法马江海战所发出的种种深沉的历史追问不能不传导到当代中国人的意识深处。同样，当你再次走进林觉民故居之时，这位生活在 109 年前的福州英雄乡亲的血性、情感与理想所散发出的个性特质将让这座普通民居的空间不断流溢出非凡的精神颗粒。一个人对城市的空间感知，不仅仅是地理意义上的感知，更有文化维度上的感知。一篇有分量的历史散文的叙事与阐释，是让城市中的一处故居、一处文化遗址、一处古迹生成出更具历史质感的思想与情感面貌。与历史相关的空间与叙事，其映射出的符号，将同时编织入城市的现实时空之中，与当代人一同走向更远的未来。

从5000年前远古时代的昙石山遗址，到近代福州的马尾船政学堂，福州这座城市的种种空间中星罗棋布着数量可观的文化遗产。走过福州城市街道的某个拐角，都可能与某一段历史相逢。搜寻、考察、整理、诠释福州"隐藏"于大街小巷的种种历史典故，梳理其历史文化脉络，这样的工作需要足够的耐心、兴趣和智慧。

近期，阅读孟丰敏的《流翠烟台山》《乡愁里的福州》，同样对我了解福州历史颇有助益。《流翠烟台山》叙述路线，由解放大桥开始，到中洲岛、梅坞路、乐群路、麦园路、马厂街、对湖路，一路南行到上三路，再向东到复园路、公园路，最后北归到塔亭路、观井路、观海路，直到仓前路、泛船浦。名人、建筑、逸事穿插其间，整部书散点透视，繁花似锦。令我印象最深刻的，不是文中所提及的名人如林森、陈绍宽的叙事，而是马高爱医院与许金訇传奇。文中言："20世纪90年代初，马高爱医院还没有拆除时，与福建师大校部大楼隔街相望。那时候已看不出它是一座医院，只是一座沉默的老建筑。"这唤醒了我对于这座"沉默的老建筑"的模糊印象。那座陈旧破损的老建筑物于何时消失，对此我无法从记忆中打捞出任何细节。阅读了《流翠烟台山》，方明白原来这是一座建立于1912年的妇女儿童医院，当时颇有名气，以三位主治医生的姓氏组合

时辰就像坠落的叶片

命名医院，曾在医院就职的许金訇博士经历不凡，留学归国后成为 20 世纪初福州著名的女医生。关于马高爱医院的叙述唤醒了我的记忆，或者说，这段叙述让我不仅仅在记忆中重构建筑物，还知道了这座建筑物的起源、功用和历史价值。再如，《乡愁里的福州》提到的曹学佺于明末构建的石仓园，如今只能推断石仓园之南池的遗址大致位于今天福建农林大学的观音湖。这座连遗址方位都无法准确定位的福州古代园林，大概只能"寄存"于文献之中。文中作者叙述："2017 年深秋时节，站在福建农林大学观音湖前回想 400 年前曹公邀友人泛舟于此吟诗唱曲赏景，不禁唏嘘不已。"然而，哪怕仅仅经由文字保留了相关古迹遗址的叙述，依然有可能为某种文化符号的"复活"保留了潜在的可能性。至少，作为一种符号氛围的表述，已经通过阅读影响着人们对于城市的体验。比如，对我而言，当我再次穿行于福州上三路与对湖路的交接处，或再次散步于观音湖之时，我的感知中便添加了马高爱医院或石仓园南池的"背景提示"。

　　昭忠祠、中国船政文化博物馆以及林觉民故居是我多次参观的历史文化空间，驻足于这些熟悉的场所，往往凝神静思，回味已经有所了解的人物故事。《流翠烟台山》则不同，作者提及的马厂街一带的可园、以园、梦园、忠庐、亦庐、永安里，我只知道林徽因曾在可园短暂居住过，其他的故事则知之甚少。究竟有多少故事深藏于园中庐内？这就需要有心人对于各种园、庐的历史脉络与人物故事详加考辨，才可能让这些不可移

历史的细节刻绘着城市的面貌

动之文物空间于喧闹的现代城市中恢复其鲜活的历史感知。再有，梅坞路上的独立厅，独立厅背后的汇丰银行，麦园路的快活林西餐厅，乐群路上法国诗人克洛代尔的故居，槐荫里5号的演员胡蝶旧居，爱国路2号的美国领事馆，等等，号称万国建筑的烟台山建筑群落不仅仅是有形的建筑，伴随着国族命运的宏观变迁，有形的空间内外交错着近现代中国各色人等的种种传奇，演绎着性质迥异的人间故事。这同样需要可信的历史叙事为这些建筑物的文物、文化价值提供感知支撑与氛围环绕。

《乡愁里的福州》主要考证福州与琉球的交往历史，文中频繁提及的柔远驿位于福州市台江区琯后街40号，柔远驿作为驿站，在福州与琉球交往历史中充当何种角色，文中自有详述。我感兴趣的是作为驿馆的柔远驿中为琉球学生所提供的教材内容以及人员往来的具体感受的文字记载。这些历史资料的珍贵性不亚于经济数据与航海路线图。法国年鉴学派史家埃马纽埃尔·勒华拉杜里的名著《蒙塔尤》便是利用有限的史料，以历史学家的敏感和精细，透过感性的、微观的谈话记录，以现代史学、人类学和社会学方法再现了600多年前法国南部小山村居民的生活、思想、习俗的全貌。记录福州的历史，除了有形的历史文化旧址、建筑格外用心的保护和修缮，还同时需要整理出可信服的福州历史叙事，提供各种层面各个维度的细节群落和叙事脉络。

有形化的物质形态的历史空间建筑、旧址、遗址储存着城市的记忆，与现代建筑共同塑造着城市的面貌，同样，历史叙

时辰就像坠落的叶片

事的种种符号，也参与着对城市文化的刻绘与阐释。后者的慎重性、生动性、审美性与趣味性同样是不可忽视的，甚至在某些时候会起到更重要的作用。

余岱宗，男，福建福清人，1967 年出生，文学博士，教授，博士生导师。福建师范大学文学院教授，福州市作协主席。中国作家协会会员。出版专著《被规训的激情》《小说文本审美差异性研究》《现代小说的文本解读》。在《文艺理论研究》《文艺研究》《当代作家评论》《俄罗斯文艺》等报刊上发表学术论文 60 多篇。其中《中间人物的美学特点及其人物类型》一文为《新华文摘》全文转载。

历史的细节刻绘着城市的面貌

得失寸心知

——长篇小说《轮机工》创作感言

◎ 周　琦

一段福州百姓的峥嵘岁月，一幅闽江两岸的历史图卷，一曲榕城山川的沧桑变迁。

这是一部有关福州的长篇小说，希望这部作品能令"老福州"感到亲切，让外地人觉得新鲜，使文史专家执笔品评，使青少年读了它心生好奇而去探寻。

1959年，上海天马电影制片厂拍摄了一部电影《地下航线》，讲述的是1947年福州地下党员林森官等船工同敌特进行智斗，把武器、电台运往游击根据地，开辟地下航线的故事。这部影片取材于真实的史实，反映了中华人民共和国成立前夕福州闽江轮船公司地下党成员与敌特斗智斗勇的故事。然而影片时长仅104分钟，受时间及电影艺术手法的限制，所反映的故事与真实的史实相比较，只能窥见一面。看完了这部描述福州历史的老电影，给我的感觉就是意犹未尽，我想，那段难忘的往事，恐怕不像电影这般简略。

那么，能不能对这段历史进行深入的挖掘、追忆呢？

我们台江区作协会员倪建平同志曾任轮船公司工会主席、

时辰就像坠落的叶片

党委书记，今已年届七旬。在他的引领、介绍下，我与文友们专程来到位于中平路的省轮船公司，这就是当年闽江轮船公司的旧址。我们参观了旧址大楼，阅览了大批历史资料。面对这浩瀚的文档，当时我就对那段史实产生了浓厚的兴趣，以此为开端悉心收集有关资料。

去图书馆查、去档案馆查；去故纸堆中查、去当事者家中查。

在倪建平老师的介绍下，我结识了当年地下航线的参与者、年过90的李水官老人。李老虽年事已高，但记忆力良好且思路清晰，他深情地回忆起当年的烽火岁月，详述了自己从一个乡下的青年，走进福州城，成为轮船公司轮机工的故事，细致地讲解了自己的革命历程，同时解答了我们提出的许多问题。我与文友先后三次拜访李老，听他讲述峥嵘岁月的艰难道路，同时在我的脑海，也渐渐地形成了一条脉络。

2015年，我参加台江区作家协会的采风活动，先后走访上下杭的一些老民居、老商铺、老寺庙。说来这也是近年来台江作协的优良传统：几年来，台江作协依托区域优势，大力挖掘区内文物古迹、历史遗存及文化财富，先后编辑出版了《潮涌台江》《诗意台江》《品读台江》及《台江红色记忆》《台江寻古》等专著，挖掘整理了一批与台江有关的历史故事、人文风情，同时也培养了一批文学创作骨干力量。

在采风活动中，先后参观走访台江区内的红色景点，如位于下杭路108号欧阳天定旧居的福州市中华民族先锋队旧址、位于后洲街道菜园墩42号的双虹小学革命史迹、位于太平山

得失寸心知

241

山仔里的福建省委联络总站等。当然，也少不了轮江轮船公司的地下航线党支部。"必有事实，乃有是文。"对于这些老故事、老建筑，我就像一亩焦渴的谷穗，大旱逢甘霖，尽情地吸吮着清甜的甘泉，并在内心细腻地构思着尊尊丰满的人物形象、渐渐成型的情节细节。

酝酿的过程是艰难的，锻造的过程是艰辛的，炮制的过程是艰巨的，"看似寻常最奇崛，成如容易却艰辛"。

在进行深入思考、构建达到了一定深度之后，那些个曾经听到的故事、见到的景致、想到的人物便一一展现在眼前。那些人物仿佛是多年未曾谋面的老友一般，在梦境中、在虚幻中、在冥想中与我凝视、交流、倾心长谈……

于是，按捺不住一支秃笔，在夜深人静、虫鸟啼鸣之际，伏案奋笔。我记得很清楚，那是 2018 年 11 月 10 日——那个"一片西风作楚声，卧闻落叶打窗鸣"的孟冬时节，我端坐在电脑前，抬手打出一行字："昨天晚上，我又梦见回到了故乡……"

一行行字迹展现，一段段文字抒情，从那个秋风清冷的冬夜，我开始了文学创作中新的尝试。

算起来年过五旬，在文学的道路上攀登了 30 年，虽说堆积了些许片言只语，但总体来说成就不大，教训不少，经验不足，败绩不少。但我一直在路上，在洒满阳光的路上，在春满花开的路上，不停地跋涉、不停地攀缘、不停地探索。就像是一位执着的老农夫，在自己的那一方田畴上，耕耘着、播种着、希冀着。

在福州大街小巷，随处可以见到榕树身影，巨大的华盖遮护着一片绿荫，让我觉得最为惊奇的是这巨大的榕树所结出的果实，居然是那么小巧的一粒。从榕树的身上，我终于体会到了古人所言："文章千古事，得失寸心知。"

除了上班与吃饭、睡觉之外，只要遇有空闲，我就坐在电脑桌前，让思绪随情缘飞舞，让词汇随意动流泻，洋洋洒洒恣意散发。写了改，改了再写，有时删除一整段，有时把所有新的文档毫无保留地全部更新。

有时写累了，头脑中断片了，干脆放下笔骑上车，来到上下杭，行走在石板小径中，徜徉在林立商贾中，徘徊在古街坊巷中。三通桥、尚书庙、真君殿、商务总会、台江书院……一个个古迹静静地伫立，无声地叙说着它曾经的辉煌、昔日的荣光。

从这些文物古迹中寻找灵感、搜索素材，于是一个个新的人物、新的情节、新的形象油然而生，二话不说立即赶回家中，趴在桌前继续敲字。

在这流逝的时光中，元旦走了，春节来了，元宵过了，清明远去了，整整 4 个月，一部皇皇 25 万字的"大部头"在手中诞生。好文章是改出来的，在经过一周的休整、喘息之后，立即投入第一次全面修改，一字字抠、一句句读、一段段诵……修改、推翻，再修改、再推翻，几番较量，几多揣摩，两个月时间在惶惶中完成了第二稿。

在此期间，把这部并不成形的文稿发给几位知心挚友，请他们提意见。最难忘市盲人协会主席、文友陈君恩老师，不仅一字字听了，还不断提出修改意见，有时是一个字，有时是一个词，有时是一句福州俗语，"念故人，千里至此共明月"。

按照文友们的意见建议，歇息半个月之后，紧接着又进行第三稿的修改。这次较为顺利，也不再卡壳，还是两个月，终成文稿。

经过与出版社的洽谈，这部长篇小说终于面世。写得究竟如何，还得众人评说："但写真情与实关境，任他埋没与流传。"

在此要感谢林朝晖老师的再三鞭策，感谢陈君恩老师提出宝贵意见，同时要感谢海峡文艺出版社何莉主任、莫茜编辑的用心，更要感谢福州文艺事业发展专项基金的扶持。

"读书患不多，思人患不明。患足已不学，既学患不行。"这部小说的出版，为我的这次创作画上了一个圆满的句号，今后仍当继续努力，不断攀登。

周琦，中共党员，在铁路部门工作，为福建省作家协会会员、福州市作家协会理事、福州市台江区作协副主席兼秘书长。上世纪八十年代初开始文学创作，至今已在各级报刊上发表各类作品千余篇，50余万字，并屡有获奖，曾出版散文集《岁月如歌》。

松风堂前忆李纲

◎ 卢美松

　　松风堂在仓前山顶古天宁（安）寺近旁，因为曾有两宋之交的名宦李纲居住过而闻名于世。

　　南宋淳熙九年（1182）编修的《三山志》，对此亦有记载。《三山志》卷33"寺观类"载："松风堂，李丞相纲寓居，于方丈东得数楹，与山颠齐，青松千盖，日影不到。榜为松风。"堂在"方丈东"，说明它与天宁万寿禅寺相近。禅寺创建于北宋崇宁二年（1103），政和二年（1112）敕改天宁万寿禅寺，南宋绍兴七年（1137）改为报恩广孝寺，十三年（1143）改"广"为"光"。民国《闽侯县志》称：该寺"危庭百级，波光入户，真江南之胜也"。

　　乾隆《福建通志》卷62"古迹一"载："松风堂，在府南天宋寺内。宋李纲寓居寺之方丈东，得数楹，青松千盖，与山颠齐，日影不到，榜曰松风。"万历《福州府志》卷4"舆地志"四载："城南之山……自横山而南，渡三桥，为天宁山，有台曰天宁台（俗名盐仓山，又名桂榜山），省会之第一案也。"乾隆《福州府志》卷5"山川一"载："天宁山在时升里，俗名盐仓山,又名挂榜山。有天宁台在光孝寺内(今名双江台)。"民国《闽侯县志》卷12载:"(宋)松风堂,在天宁山。李丞相谪居时,寓之。有海月、来薰二亭,又有明极堂。"又载寺内"旧有《瓯粤铭》,李丞相纲撰","有自题诗"。可知李纲居松风堂,常到亭、台眺望、观赏,因此写下许多感怀诗篇。民国郑拔驾称:"天安寺建于唐代,为仓前山惟一古刹。"又载"寺内有松风堂,为宋丞相李纲读书处,所书松风堂三字,墨迹犹存"。

万历《闽都记》卷14"郡南闽县胜迹"光孝寺条载:"李纲谪居,尝寓寺之松堂。"其"天宁台"条引李纲所作诗两首,一是《题天宁明极堂》:

> 久客若飞蓬,年年气味同。
> 犹欣容榻地,更得化人宫。
> 郁勃炎蒸极,巍峨栋宇雄。
> 疏林碎摇月,虚馆回含风。
> 万户轩楹外,三山指顾中。
> 灵潮自朝夕,大舶各西东。
> 怅望关河远,苍茫云海空。
> 余生寄闲旷,任运学庞翁。

诗人赞美山堂中所观福州江山风光之秀丽与堂构建筑之雄伟,联想自身遭遇贬斥,闲旷寓居,空怀报国之志,十分无奈。

另一首长诗《松风堂》曰：

旅泊不求安，小憩南台宫。
轩楹尽北向，盛暑坠甑中。
开垣追微凉，山顶罗千松。
烦襟忽破散，濯此万里风。
群山递环绕，云物增奇峰。
江潮信有期，来去初不穷。
啸吟得所托，幽禽亦玲珑。
青霞蔽落日，皎月生海东。
清光入疏林，照我鬈发松。
壮年几何时，倏忽成衰翁。
愿餐日月华，为驻冰雪容。
二子皆静者，悠然此相从。
灵丹论秘诀，妙理探真空。
兵戈满寰瀛，此禾岂易适。
犹恨迩城希，时来车马踪。
逝将选幽僻，诛茅寄蒙宠。
灌溉荔枝园，可敌万户封。
屋前修竹合，屋后溪流通。
风月应更好，清欢永相同。
稚川晚闻道，尚冀刀圭功。

李纲在这首诗中尽情抒发自己在松风堂所见、所感、所思，表达自己在暮年希望寻幽选胜、躲避尘嚣，养生以求清欢的心情。这从另一角度表现他对报国无门的现实政治的无奈。

　　爱国忧民名相李纲受到历代人的崇敬、景仰和赞颂，因此他所留下的遗迹倍受人们珍视，许多名士都写下游观之后的感怀诗篇。特别是晚清至近代，由于朝廷腐败无能，屡受列强欺凌，爱国志士无不忧心忡忡，以守末的时势与朝政作譬，发出许多忧国伤时的感慨，形于笔墨，质诸歌诗。其中肄业于鳌峰书院的著名爱国诗人张际亮（1799–1843），字亨甫，号称"少负气节，有狂名"，故其诗尤多。著称者如《松风堂怀李忠定公》：

天津桥上鹃啼哀，白雁朱鸟哀西台。

江山两宋久销歇，偃月半闲安在哉！

闽中留得此堂古，昼夜长松吼风雨。

可怜白发老臣心，摩挲龙鳞手种树。

当年辛苦谏和议，书生独任专城寄。

敌骑未饮辽左泉，誓书已割河间地。

但言主战罪李纲，谁知劲寇终披猖。

金缯有尽祸无尽，绍兴事势如靖康。

凄凉二圣沦五国，天颜万里归不得。

老臣迁谪犹故乡，泣望宫车日无色。

乌呼，当时天下原可为，四将材将如熊黑。

宗泽张浚皆伟奇，公之谋略是总师。

乘舆早西据关陇，襄樊置帅相维持。

一军淮南一江上，犄角战守随势宜。

尺城寸地弗与贼，岁币以励将士疲。

徽钦必返国必复，岂至半壁安偏隅。

光尧昏庸无足道，权奸窃柄太阿倒。

亦知冰霜塞北寒，可奈湖山浙西好。

中原父老望中兴，岳王谗死韩王老。

如公先弃沧海滨，恢复空陈十疏草。

英雄于世竟无用，东彻涕泪为谁恸。

钱塘宗社尚百年，自是人心未亡宋。

飓风他日倾崖山，龙种不驾鼍梁还。

此堂门亦临江滩，公魂应哭投蛟鼋。

旧诗凄清宛可诵，来薰海月亭交环（堂在今南台天宁寺，旧有来薰、海月二亭，公皆有诗）。

即今老松摧折久，六陵冬青亦无有。

君臣遗恨各千秋，废圮何劳怨倭丑（堂明季为倭寇所毁）。

闽山高高闽海清，桑梓万载留公名。

我亦生为昭武人，访古未涉梁溪濒。

归寻五曲祠堂水（郡武公祠在城内五曲水旁），一洗热肠荐香芷。

招公毅魄向天南（公葬侯官县十九都大嘉山，今名李公山），萧森古柏长风起（邵武公祠古柏一株，极盘郁可爱）。

（《思伯子堂诗集》卷2）

这首 62 句长诗，咏史抒怀，表达作者强烈的爱国情怀，写出李纲忠国爱民的一生，特别是面对强敌，无所畏惧，以书生而独任专城之寄，国主战而获罪受谴，英雄无用，毅魄徒雄。张际亮作为爱国志士，同情李纲，抨击昏君，诛讨权奸。

　　张际亮对李纲尤其敬佩与怀念，借古人事迹抒发自己的感情，以消解胸中块垒。即如《谒李忠定公松风堂》：

坐见螺江水乱流，汴梁鼓角通南州。
可怜穷海孤臣在，回首中原二圣休。
谡谡松风荒寺古，萧萧花石古宫秋。
暮年窜迹英雄泪，尽在沧波落日头。

　　作者借景抒情，所咏乃是宋朝亡国的历史教训，将同情与敬佩之情投向英雄李纲。

　　张际亮在另一首长诗《李忠定公名印歌》中，忆述靖康之祸，更表达了对李纲的崇敬与思念：

忆昔靖康始构祸，山东大小名城堕。
慷慨登陴誓六师，万骑天骄卷甲坐。
如何北狩终青衣，十四殿玺不可归。
罪公当日独主战，金缯犹是朝廷非。
中兴恢复劳十疏，骏马老赠韩王去。
　　……

时辰就像坠落的叶片

张际亮在诗中表达的仍是对李纲不畏强敌、登陴誓师的歌颂，更赞美他忠于王事，为实现中兴大业而连上十疏的爱国赤诚，对其晚年被谪放福州表示强烈的不满与同情，对李纲的勇略与永垂大名表达钦佩之情。

　　长乐著名学者陈庚焕（1757-1820），年纪长于张际亮，他对李纲同样怀有景仰与同情之心，也作有闻钟声而感世事的诗。其《闻天宁寺钟声，感李忠定公遗事》诗曰：

> 僧房休处觅松风，绿野虚无想像中。
> 独有钟声似当日，一声声远动秋空。
> 丞相当年春睡美，道人将晓小鸣钟。
> 只今静向风前听，犹足销人磊块胸。
> 建真遗事恨何穷，千古英雄感慨同。
> 静把晓钟支枕听，声声如诉陇西公。
> 每诵公书豁心胸，废书不解弟何从。
> 精诚千载遥相感，爱听秋江云外钟。

（《惕园诗稿》卷 2）

　　陈庚焕从秋夜闻天宁寺钟声怀想松风堂内当年李纲的处境，感慨并同情李纲英雄末路的遭遇，表达心中的不平。

　　清闽县进士林苍（1870-1924），也有《松风堂怀李忠定》长诗，曰：

松风堂前忆李纲

望北台前林木古，南渡江山无片土。人民城廓几沧桑，剩有昔贤读书所。书生出与人家国，高论唐虞自期许。好家撞坏恨纤儿，回首新亭泪如雨。勤王一诏议恢复，慷慨誓师开莫府。无端朋党满朝中，末路忧谗心益苦。忠言逆耳难为用，十世中兴直虚语。小朝王业误偏安，坐遣中原长乏主。仓皇带罪落官职，窜逐频年作穷旅。家山好车不得归，遗址流传委荒屿。夕阳如梦今何世，余子纷纷宁足数。草堂一个闲无人，江水自流松自舞。我来倚槛一临眺，无数人烟飞洲渚。渔歌声衰感兴亡，九原不作空延伫。沧江日莫悲风起，一道松涛送归舻。何当携酒踏春郊，更向西湖拜祠宇。

（《天遗诗集》卷11）

此诗也是从作者拜谒松风堂，见眼前景物而发思古之幽情，回顾李纲从誓师开府、抗敌上疏，到落职窜逐、流落荒屿草堂，其忠言谠论、远志丰功终受后人崇敬景仰，故到松风堂前瞻拜者，多有感慨，赋诗而颂焉。

李纲在任相职70天后，因力主抗金被斥，谪居福州天宁寺。入居松风堂后，即作《松风堂长篇》诗20韵。诗前有序称："季夏之初，自安国迁南台天宁寺，依南山而北，暑气尤甚。暇望山顶松林郁然，意必有异，因穴垣凿磴，以造其上，形势坦平，风日清爽，四顾山峦环舍，江潮往来，景物不可模状。月出林表，清光更多，夜久瞑寂，殆非尘世。作古诗二十韵，以纪其事，奉呈巽达、元仲。"叙述他入住天宁寺以后，观察到的周边景物以及感受到的气候环境。诗曰："旅泊不求安，少憩南台宫。"

上述古代名贤达人瞻拜松风堂，由松风堂而忆颂李纲的忠国忧时、渴望中兴、誓抗顽敌精神，表达了人们对名相的敬佩与怀念之情。因此，我们认为，如能在仓前山上松风堂旧址恢复堂构，供祀展示李纲的神像或抗敌事迹，无疑是有意义的。林则徐曾在西湖修复桂斋，建李纲祠，并题联曰："进退一身关社稷，英灵自古镇湖山。"重建松风堂，对后人的激励、教育作用将会很大。

卢美松，曾任福建省地方志编纂委员会副主任、编审，福建省文史研究馆馆长，长期从事福建地方志编修、地方历史文化研究。著有《中华卢氏源流》《中华姓氏谱·卢姓卷》《福建北大人》《福建历代状元》《闽台先民文化探源》（合作）《福州名园史影》《朱紫名坊》《坊巷名居》《闽中稽古》《芸窗谈故》《松轩话史》《薇圃掬露》《芸编留简》。另主编有《中国地域文化通览·福建卷》《八闽文化综览》《现代福州八音字典》《福建官箴》《福州通史简编》《越王山志》《严复翰墨》《福州双杭志》《沈葆桢研究》《榕台关系初探》《冶山史话》《福州内河史话》《福州鳌峰史话》等。

朱紫坊前留古巷

◎ 危砖黄

作为一个历史文化街区的朱紫坊，其范围北至津泰路，南抵圣庙路，西临八一七路，东至法海路，朱紫坊支弄、文昌弄、花园巷、花园弄、芙蓉弄、府学里、府学弄、学院前、学院后、福涧街等穿插其间。

朱紫坊形成于唐，得名于宋。朱紫坊形成之初，具有河坊一体的特点。

唐末，王审知修建罗城之时，在罗城南面开凿了护城河，后名安泰河，朱紫坊紧依安泰河而成，因河上建有三座桥——宛转桥（或即广河桥）、福枝桥（今仍名福枝桥）、新桥（即安泰桥），故初名"三桥巷"，又有"新河""达善境"之称。

宋时的"三桥巷"，有元宵"转三桥"的习俗。那时候的安泰河，宽可行舟，甚至可见龙舟竞渡。从三桥巷码头（俗称"道头"）下河登舟，东出水部门，经台江内河道可抵闽江，往西而北，可至西湖。由于水路便利，商贸发达，这里早已呈现一片市井繁华。清蒋垣《榕城景物考》载："罗城南关，人烟绣错，舟楫云排，两岸酒市歌楼，箫管从柳阴榕叶中出。"元宵之夜，三桥巷张灯结彩，这是妇女们最欢喜的时节，因为，无论贵贱，皆可出门赏灯游玩。妇女们梳妆打扮之后，往往会先焚香拜神，观表演赏灯火，然后或乘轿或步行，三三两两，来到安泰河畔，从河上三桥通过，盼着借此避邪消灾、祛病安顺。妇女们盛装出行，自然吸引众多男子的目光。诗云："灯火风摇沽酒帘，月中人数买花钱。少年心事如飞絮，争逐遗香拾坠钿。"（宋方孝能《福唐元夕三首》）"邀来女伴转三桥，歌舞丛中落翠翘。归去春闺愁不寐，更无肠断似今宵。"（明邓原岳《闽中元夕曲》）写的就是"转三桥"的盛况和男女风情。

福州历来海产丰富，旧时水部门外不远的蛤埕是专营贝壳类海产的码头和批发市场，新鲜的海产每天凌晨即开始交易，然后运进安泰河三桥（尤其是安泰桥）码头，分散上市，穿巷入户，一到天亮就撤摊收市，所以福州人以前称海鲜鱼货市场为"半暝摊"。宋人鲍祇有诗曰："两信潮生海涨天，鱼虾入市不论钱。户无酒禁人争醉，地少霜威花正燃。"后来，"半暝摊"渐渐移到台江和中亭街，安泰桥一带的南街（前街）演变成日用百货、食杂和文化用品的商业街。

那么，"三桥巷"是怎么改名"朱紫坊"的呢？据记载，在宋代，坊内朱敏功兄弟四人皆登仕版，一门通显，"朱紫盈门，乡人因以为名"。宋朝的官袍，以颜色区分官阶，朱紫为高级官阶的服色，一至三品为紫色，四至六品为朱红。随着城池的扩展，安泰河渐渐由护城河变成城市内河，朱紫坊也由临河坊扩展到法海路、花园巷、花园弄、花园路、学院前、文庙一带，

朱紫坊前留古巷

255

成为一片街区。朱紫坊街区集文教重地、贤达聚居、市井繁华于一身，坊内小桥流水，榕荫匝地，庭院深深，环境宜人。这里不仅有文庙，还曾建有府学、学署、试院，是历代推行儒学教化的中枢之地；这里曾经住下诸多士人硕儒和归隐官员，是他们修学养志、聚会优游之地；这里曾是水运码头，商贸集中，三教九流，雅俗交融，可媲美南京的夫子庙、秦淮河。

苍烟巷陌青榕老，白露园林紫蔗甜。

百货随潮船入市，千家沽酒户垂帘。

宋代诗人龙昌期的这首《三山即事》，写出了朱紫坊、安泰河一带的商贸繁荣和社会生活图景。

红纱笼烛过斜桥，复观翚飞入斗杓。

人在画船犹未睡，满堤明月一溪潮。

曾巩的这首《夜过利涉门》，写的则是安泰河的夜间风情。

朱紫坊街区人烟密集，屋宇连片，历来多有贤达之士来此居住，留下不少知名建筑和园林院落，其中最著名的要算"芙蓉园"。芙蓉园初为南宋参知政事陈韦华所创"芙蓉别馆"，明代诗人傅汝舟、谢肇淛曾居此，内阁首辅叶向高又居此修建别业，清代布政使龚易图居此重修园林，辟"芙蓉别岛"，民国时期，"芙蓉园"部分成为海军宿将陈兆锵花园。

不仅陈兆锵，近代以来，多名海军将领曾居住于朱紫坊，所以此地又有"海军一条街"之称。坊内有海军耆宿萨镇冰、"中山"舰舰长萨师俊所居的萨家大院，有北洋水师"济远"舰管带方伯谦故居，还有民国海军运输舰队司令张日章宅院等。据统计，在朱紫坊内生活过的海军人物约有40人，其中出自船政学校的有20多人。萨家和方家是海军世家，其他如杜锡珪、陈兆锵、张日章等，亦属海军人物，或有海军经历。

2006年，"三坊七巷和朱紫坊建筑群"作为一个整体，列入全国重点文物保护单位名录，"芙蓉园"和"萨氏民居"是朱紫坊建筑群的两个重要组成点。"福州文庙"则是单独的全国重点文物保护单位。朱紫坊街区还有省级文物保护单位1处：方伯谦故居；市级挂牌保护名人故居5处：张日章故居、何公敢故居、陈深故居、郑大谟故居、陈兆锵故居。

文庙及学署之逸事

位于圣庙路的福州文庙，始建于宋太平兴国年间。唐大历年间，福建观察使李椅曾将州学移建于此，宋代建成文庙之后，历至明代，官方在文庙一带设置试院，成为乡试之地。文庙是供奉孔子和历代圣贤、硕儒的地方。如今的文庙，新建了"福州历代进士名录"碑廊，镌刻自唐贞元十年（635）至清光绪三十年（1904）福州所产生的4073名进士的姓名。其中，两宋进士就有2625名，足见福州的文化教育，在宋代达到一个高峰。

文庙后边，现在的延安中学位置，是古代福建学署（又称学院署、学使署、府学署）所在地，这一带的学院前、学院后、府学里、府学弄也因此而名。

乾隆二十七年（1762）九月至二十九年（1764）十月，纪昀（晓岚）在此担任了两年的福建提学使（又称学政）。学署有试院，纪昀为试院题名"镜烟堂"，曾刻有《镜烟丛书》10种，又为小阁题额"浮青阁"，并亲书一联："地迥不遮双眼阔，窗虚只许万峰窥。"对此，《阅微草堂笔记》卷6有记载。

乾隆四十四年（1779）八月，学者朱筠来到福州，督学福建。第二年，即1780年，福建的学子们想通过某种方式表达对朱筠的敬意，但朱筠谢绝俗礼，为了抵御炎暑，只允许岁、科两试通省前列的333位生员各献一石，镌姓名于其上，在学署内筑成一座假山，再在上面盖个亭子，名为三百三十有三士亭。为此，朱筠还作了一篇《三百三十有三士亭记》（陈衍《石遗室诗话》卷22转载）。

333名士子，一人"捐"一块石头，给一省之督学、岁考科考的主考官堆石建亭，还各自在石头上刻上名字！这样的事，算是天下奇闻了。这亭子的名字，也算得上是天下一绝了。

此后，三百三十有三士亭一直为士人所津津乐道，张际亮、梁章钜、王凯泰、陈衍等名士皆有诗文记述或提及，甚至，清道光二年（1822），有一本《三百三十有三士亭图诗钞》刊刻行世，其中收录的诗作作者有30多人。

三百三十有三士亭的那些题名石，后来在城市变迁中渐渐散失，有的被弄到乌石山修建假山，有的被用来修筑西湖公园旁旧动物园的猴山。2014年4月，福州西湖公园发现一块旧石刻，上面刻着《三百三十有三士亭记》全文。当时福州数家媒体均有报道，专家说是朱筠之后二三十年的石刻。

芙蓉园

芙蓉园又称芙蓉别岛，毗连武陵园（武陵别墅），位于朱紫坊花园巷19、21、23号（旧5至7号）。它东通法海寺前，北达朱紫坊河沿，又有小径通府学里。朱紫坊街区的花园巷、花园弄、芙蓉弄等，皆因此而名。

芙蓉园原为三座建筑毗连，有分有合，坐北朝南，穿斗式木构架，双坡屋顶，四周围墙。

其主座原系南宋参知政事陈韦华所创"芙蓉别馆"，因园内遍植芙蓉而名。专家称，"园内所植应是秋天开花的木芙蓉"（卢美松主编《朱紫名坊》）。明正德年间，丁戊山人傅汝舟"尝移居于此"，诗人郑善夫为之题门帖云："巷陌过颜，老去无心朱紫；园名自宋，秋来有意芙蓉。"谢汝韶（谢肇淛之父）也曾居此，并筑"泊台别馆"，其《泊台纪成》诗二首（原题《朱紫新宅纪成，呈朱时会博士二首》）云：

久遂邱园愿，于今始定居。

久遂邱园愿，于今始定居。

朱紫坊前留古巷

259

诓因朱紫贵，卜此白云墟。

门有看花侣，家余种树书。

清风与明月，不厌野人庐。

为爱幽栖好，何妨陌巷居。

虽云在城市，业已近郊墟。

剥啄无租吏，穷愁有著书。

芳邻朱博士，时或过吾庐。

　　东座为晚明内阁首辅叶向高别业。叶向高归乡的时候，大手笔经营园宅，选购太湖石筑砌假山。邻座为武陵园（武陵别墅）。清光绪年间布政使龚易图于宦归之际，斥巨资重修园林。龚易图购芙蓉园后，重加修葺，在主座辟"芙蓉别岛"，构"武陵园"于邻座。

　　朱紫坊自古与安泰河相依相伴，其坊内建筑往往引河水为池，因而，民居＋园林，使朱紫坊本身成为一座具有南方特色的园林街区。芙蓉园，可说是其中最有代表性的民居园林建筑杰作。

　　芙蓉园另一个独特、显著之处在于，它屡易其主，历经近800年沧桑。它受到历代硕儒名贤的青睐，迁客骚人多会于此，雅集吟咏，并留下大量诗文。这使它本身富有深厚的人文底蕴，承载着说不尽的城市乡愁。清人杨庆琛诗《朱紫坊》（又作《芙蓉园》）云：

画栏容易夕阳斜，燕子难寻王谢家。

朱紫坊前留古巷，芙蓉园里访秋花。

相公勋业归青史，诗客声名重碧纱。

几度津门楼上望，西风暮色噪寒鸦。

萨家大院

萨家大院即"萨氏民居"，位于朱紫坊 22 号，前临安泰河，后通府学弄。萨家大院原建筑始建于明末清初，清道光年间已归萨氏，并得到扩建。清同治壬申年（1872），入闽萨氏第一支长房十六世萨兰芬（字多荣，号子安）再次扩建右花园，并买园添建小筑。当年，萨子安曾为此作五律一首：

买园添小筑，涉趣息尘劳。

临水洗心静，看山投眼高。

石城罗万象，瀛岛冠发鳌。

指顾襟怀旷，中池养凤毛。

至清末，大院形成坐南朝北、四进一花厅的格局，第四进背面（南面），又背靠背（坐北朝南）筑有一进小院，所以，大院实际有五进之深，占地面积达 2080 平方米。整座院落前（北）宽后（南）窄，呈畚箕型。按民间说法，这样建构利于聚财。大院第一进西侧走廊有小门通往花厅，花厅可谓此宅之

"点睛之笔"。花厅后有10扇精致的楠木屏风，上刻108种图案，形态生动。花厅前有一座太湖石假山，亭阁点缀其中，东西两端各有一个高台，可放风筝，可观焰火。假山镶嵌的围墙檐下，塑造了许多彩色小泥人，多为《三国演义》《水浒传》《西游记》里的人物。假山中间有一株高大的梧桐树，假山脚下有一泓池水，可与院外的安泰河相通，是一池活水。早先，每当河水上涨时，会有鱼、虾或蟛蜞游入池中。

20世纪20年代至40年代间，萨镇冰曾先后三次应族侄之邀，入住萨家大院的花厅。1933年11月，"福建事变"发生，萨镇冰虽已告老还乡，但报国之心未泯，他在花厅参加十九路军政务会议，与陈铭枢、蔡廷锴、蒋光鼐等人共商国是。他还于11月20日在南校场（今五一广场）召开的中国人民临时代表大会上发表演讲。当福建人民革命政府撤离福州时，他又召集救火会、慈善会、救灾会等社团人士，在花厅商讨自保之策和应急措施。

住在萨家大院的日子，萨镇冰喜欢看孩子们玩耍，当他看到蟛蜞上钩时，常常会开怀大笑。他在这里读书看报，会客写字，娱乐休闲。晚年的萨镇冰，与花鸟为伴，以诗书怡情，生活简朴淡泊，吃点蛎饼、芥菜羹之类就很满足了。其《春朝偶作》（1948）云：

> 未交惊蛰雷先发，枕上连宵闻雨声。
>
> 市远菜羹供薄膳，家贫蛎饼是珍烹。

敲诗偶步时人韵，黼字聊资晚岁生。

早起飞花穿户入，枝头鸟语更怡情。

一生风云激荡的萨镇冰，在这里得到了安宁。

方伯谦故居

位于朱紫坊河沿东段 48 号的方伯谦故居，也称方氏民居，始建于清初，据说是在宋代朱敏功兄弟的宅址上营建的。此宅经数次重修，坐南朝北，四面围墙，一共三进。一进为门头房和大厅，大厅为前廊后堂，面阔五间，进深七柱，双坡屋面，鞍式山墙，穿斗式杠梁减柱木构架，系福州典型的"明三暗五杠梁厅"。二进结构与一进基本相同，正厅高悬张爱萍上将题写的"海军世家"横匾，东隔墙有小型通道（俗称"火墙弄"），通往三进大厅。进与进之间有墙相隔，庭院过道用覆龟亭雨盖连接。三进系双层楼房，楼上为藏书阁，楼下为子弟课读之所。东隔墙外原为花厅、小庭院、假山、花圃，后门通往法海路文昌弄。

据介绍，此宅旧屋是 1885 年方伯谦升任"济远"舰管带时，从木柴商人刘寿作手上买下的，当年方伯谦亲自主持重建，他回乡时多住在这里。自方伯谦始，方氏一门三代共 10 人有海军经历。

郑大谟故居

郑大谟故居位于朱紫坊 30 号（旧 25 号），现为市级挂牌保护名人故居。

话说林则徐自幼勤奋，胸怀大志，他 14 岁中秀才（1798 年），就读于鳌峰书院。这年春天，有一天上午，林则徐奉舅舅陈大煜之命，送一篇文章给鳌峰书院山长郑光策批点。经过朱紫坊的时候，突遇大雨，他没带雨具，只好就近于一大户人家檐下避雨。闲着无事，便翻开手上的文章来看。看着看着，看到精彩处不由得读出声来，不意惊动了屋里的主人郑大谟。

郑大谟是闽县盖山高湖村人，进士及第，曾任河南泌阳知县，如今卸任在家，被读书声惊动，走出门来一看究竟。郑大谟见是一个少年在读文章，便攀谈起来。言谈之间，无论是诗经、左传、对对子，还是四书五经道德经，林则徐皆应答如流。郑大谟暗暗称奇，心想，此子见识非凡，必非池中之物。他心里已经悄悄地打定了一个主意。

几天后，郑大谟便托陈大煜找林则徐的父亲林宾日说媒，要把女儿郑淑卿许配给林则徐。林家家贫，怕高攀不上，婉言谢绝。郑大谟却不图财礼，不嫌贫寒，甚至倒贴银两，执意要成此好事，唯一的条件就是林则徐须考上举人方能成亲。林家自是欢喜，再无二话。嘉庆九年（1804），林则徐参加乡试，中第 29 名举人。随后，他正式迎娶郑淑卿。这段佳话，不仅

时辰就像坠落的叶片

坊间流传，亦为史家采信。

罗山曾公祠的"狱神"崇拜

朱紫坊花园弄13号，至今仍存一座曾公祠，是全国罕见的祭祀监狱长官的小庙。此庙坐北朝南，正门上方有"罗山曾公祠"匾，罗山是"三山藏，三山现，三山看不见"的"三山藏"之一。

曾公祠始建于明万历年间，原位于福州南门于山北麓花园巷通往法海路巷口拐角处。此地原名"牢堆口"，是古代福州府属闽县关押犯人的监牢所在地的路口。中华人民共和国成立后，因城市建设需要，曾公祠迁至花园弄13号。祠内至今尚保存一个石香炉，上刻"闽邑牢堆口"字样。

曾公祠供奉的是明万历年间闽县典狱长曾公扬，祠内有"公扬曾公神位"牌。曾公姓名又被记作"曾扬立"，据记载，他是湖南安仁人，处事公正无私，又宽厚仁慈，深受百姓敬爱。据说他做出规定，每年农历十二月廿五日至次年正月初四，允许犯人回家与父母妻儿团聚。众囚徒因而感恩不尽，皆守约不误，多年来初四取册点名，均不少一人。

据说有一年，曾公将300名犯人释放回家。不料春节后几场暴雨，乌龙江浪潮汹涌，渡船无法过江。当时有一个尚干乡人名叫林玉，他是个孝子，只因一次上山砍柴，不慎柴刀脱手误伤人命而入狱。当他被放回家过年时，正逢老母病重，他四处求医寻药。到了正月初四按约定返狱，途经乌龙江渡口，却因渡船无法开航，误了返狱时限。这时，恰遇府衙官员前来查狱，曾公见林玉未返，自己无法交代，遂吞金自尽，时年三十有七。第二天，当林玉赶回监狱时，见曾公为他而殉职，抱尸痛哭，撞死在曾公尸旁。事后，乡民深为感动，乃立祠纪念。这样，曾公便成了乡民眼中的"监狱之神"。平日多有附近居民或远道而来的香客在曾公祠祈福、祭祀，香火甚旺。每年端午时节，曾公祠都会秘制"午时茶"，施予周边乡民，佑民健康。典狱长成为狱神，寄托着老百姓对公正仁慈的期许。

危砖黄，福州晚报编委、总编室主任。1999年至2000年，连续两年每期一篇为中学生刊物《作文天地》开辟"阿砖先生说文馆"专栏。中篇小说述评《五个苹果》获《福建文学》年度优秀作品奖。主持整理编辑福州晚报文史丛书《凤鸣三山》（第6、7、8辑）三册。

时辰就像坠落的叶片

上下杭间赏会馆

◎周 琦

　　众所周知，台江上下杭其实是指两条路：上杭路和下杭路，又称"双杭"，指的是从小桥头到大庙路之间两条平行的横街，这儿历史上曾是福州的商业中心和航运码头。据老人们说，那"杭"字其实是从"航"演化而来的。古时闽江多条支流穿行于台江，上下杭便是上下航的通津码头。这两条路之间好大一片区域曾经以商业的繁华而闻名，近年来一直是民俗专家和历史专家们研究福州商业发展历程的重要地方。

　　漫步上下杭，道路两边老旧的房舍毗邻而居，它们造型各异，有的简洁流畅，有的繁复庞杂，有的全盘西化，有的古朴典雅。当摄影爱好者聚焦于这些建筑格局的独特与细腻之际，我则将目光侧重于会馆建筑上。

　　会馆，乃是当年在台江从事商业经营的外地人，同乡们互相联系、集资修建的堂舍。这些会馆往往以地域命名，如古田会馆、浦城会馆、建宁会馆等。之所以建造会馆，其主要功能是互通商情，增进乡谊，手足互助，联络感情。这些会馆就如同一般民宅，其建筑宏伟壮丽，雕梁画栋，漆金彩丹，既有原

上下杭间赏会馆

籍地域的传统建筑特色，亦添加了福州地区建筑艺术风格。这些会馆的古老建筑都有二三百年的历史了，时至今日既是文物资源，也是旅游资源，值得保护与传承。

位于上杭街 30 号的南郡会馆，建于清代。与其他会馆不同的是，这座会馆为闽南籍漳、泉、永商帮集资所建，而不是仅仅一个县的建筑，因此建筑面积更大，房舍更多，要接待的来访者也多。建宁会馆位于上杭街 63 号，坐北朝南，面积约2000 平方米，始建于清朝嘉庆年间，顾名思义，是建宁县的商人们建造的。上杭街 83 号的浦城会馆，系闽北浦城县商帮集资于清末建造。

除了位于上下杭之间的会馆，在两条街附近周边街巷也有诸多会馆。如位于洋中街道横街巷 65 号的三山会馆，是由江苏、浙江两省的绸布业商人集资建造，是外省商帮最早在台江建造的会馆，始建于清道光十八年（1838）。位于台江区帮洲新闽街 71 号的梅城会馆，是有着"梅城"之美誉的闽清商人建筑的，坐东朝西，建于清同治六年（1867），占地约 1 亩。位于帮洲三保吴厝埕 5 号的古田会馆，则是由闽北古田籍商人们集资修建的，其时间有点晚，1915 年才建。

这些会馆建筑，由于地域特色、建造年代不同，呈现出丰富多彩的样式。

位于下杭路张真君祖殿斜对面的永德会馆，别看门面不大，仅仅是一扇小门，就如同邻近的民居一样，但其历史悠久，尤其是中西合璧的建筑风格，使其文化内涵丰富，极具文物保护

时辰就像坠落的叶片

价值。永德会馆始建于清雍正年间，光绪年曾重修，到了1931年，原建筑毁损严重，进行了重建。永德会馆的最大特色乃是中国传统建筑风格与西方建筑元素相融合，它坐南朝北，占地面积1224平方米，为9柱8间排，其中正厅两侧厢房，东厢1间、西厢4间。它的第一、二层高度各4.5米。在这里，西式建筑的元素俯拾皆是，重檐歇山顶层高5.5米，1931年重建时曾将清代福州会馆建筑中的厅堂部分依原样搬建于顶层，形成中国传统建筑与仿西洋建筑叠加的独特风格。大门门额嵌大理石刻镏金牌匾，榜书"永德会馆"。所谓永德会馆，其实就是闽中永春、德化两县商人聚资兴建的。长期以来，永德会馆被作为福州永德商帮堂会、商会、同乡会的活动场所。

位于下杭路92号的南郡会馆，是清末泉州、漳州、厦门等闽南籍商帮集资建造的。会馆坐北朝南，占地面积约2000平方米，四面红砖清水墙。中间大门以青石为门框，横匾刻"南郡会馆"四个大字。两边仪门为拱形门框，上面各有一块青石刻着"河清""海晏"，墙角有4块浮雕，典雅别致。进入大门依次有戏台、天井、大殿、厢房、鱼池等建筑。大殿为重檐歇山顶，穿斗式木构架，雕木贴金，富丽堂皇，殿中祀有天后妈祖。廊柱和柱础场用青石，雕刻十分精致，出自惠安名匠之手。现立于山白塔寺的青石圆雕龙柱，就是中华人民共和国成立初期由这里移过去的。

这些排列整齐、错落有致的会馆，成为台江古建筑一个重要组成部分，也成为台江商业历史的一个缩影。目前，上下杭正在进行改造，已粗具规模，向游人展示着独特的历史文化。有的会馆业已修复并对外开放。如果能将这些会馆予以妥善保存，并进行必要的修缮和维护，加以开发利用，对于展示台江曾经繁华的商业历史，彰显台江独特的商业文化，具有不可估量的作用。

周琦，中共党员，在铁路部门工作，为福建省作家协会会员、福州市作家协会理事、福州市台江区作协副主席兼秘书长。上世纪八十年代初开始文学创作，至今已在各级报刊上发表各类作品千余篇，50余万字，并屡有获奖，曾出版散文集《岁月如歌》。

时辰就像坠落的叶片

芙蓉老屋

◎唐 希

　　本芙蓉老屋并不是人们耳熟能详的福州名园芙蓉园，而是在花园弄芙蓉园大门正对过菱巷里的一座平凡古厝。我在这座芙蓉弄的老屋里居住了一个甲子又两年。

　　那是在 1952 年夏秋时节，我们一家从仓山校园小洋楼群中搬迁到城里朱紫坊街区的小巷古宅里。对于 5 岁的我来讲，这无异于是一场从类似欧美文化向着中国文化的大迁徙。我与外婆同乘的人力车绕过了圆圆的南门兜，进入了高大的黑土墙、灰瓦片、红木门组成的小巷。与开放而明朗的仓山小洋楼相比，这里完全是一个令我陌生的古老而陈旧的世界。

　　车在小巷口的石板路上停下时，小巷深凹处洞开的两扇大门里一片"金碧辉煌"，近 10 名身披金黄色袈裟的光头和尚，像交响乐队一样摆开弧形的阵势。从天井到厅堂，有巨大的红木鱼，有明晃晃的铜锣、铜钹，加上一排连着一排的巨型香烛。房东家的一场佛事，正在进行中。我紧抓着大人的手，穿过袈裟、法器和帷幔构筑的"丛林"，向后厅前进。难题出现了，前厅与后厅之间的门槛很高，我平生第一回过这中国式的高门槛。

靠着大人手的拉力，我涨红着脸，总算连滚带爬地过了槛。

第二天，大门紧闭，宅院安静异常。大人们给我布置了第一道记忆题：如果有人问你住哪里，要怎么回答？花园同芙蓉弄6号是当年的门牌。长大后，我才明白这个"同"字很有历史，估计是从京城传来的习惯命名，在闽地福州纯属另类。而"芙蓉"二字更是有历史，芙蓉弄与芙蓉园加起来才是宋代芙蓉园的一部分，可以追溯到宋代宰相级人物的私家园林史。

宋代时芙蓉园北靠朱紫坊，最南延伸到今天的协和医院外科大楼。而今日芙蓉弄则是宋园的南北中轴，两边留下的地名均与园林有关：竹树弄、寒（韩）厝弄、纸房里。历经元代的荒废与蚕食，芙蓉园已经大大缩水了，只余下其中最精华的山水园艺部分，因园中池水与朱紫坊河水相通才得以维系。到明代经叶向高重建，美化提升了不少。我们今天所说的芙蓉园，实际上是明朝宰相级人物叶向高重建的芙蓉园。

入住没几天，我便开始接受女房东依姆的调教：走路不能跑、过门槛不能跳不能踩，说话要轻声细语、花草不能采，水井前不能探头探脑。最重要的是，进出大门时要随手关门。那门一开一关，总是传来悠远的有教养的铃铛声……

关于房子的前世故事，是在我长期的居住时光中被浸透的了。与三坊七巷、朱紫坊街区的深宅大院相比，这座单进的小宅院，除了四周高大的土墙有唬人的外观之外，实在是一座平凡的住家。它将老芙蓉园的朱漆金粉全部收敛，掩盖在市井生活之中。唯有那小小的井圈被井绳拉磨的痕迹、被风雨风化的

时辰就像坠落的叶片

石质，告诉你比房子生命更古旧的岁月故事。

这房子的布局与众不同的地方，是有点"女眷致上"。它坐南朝北，将男人常用的公共空间放在背阴一面，却将女人生活的私密空间调到朝阳一侧，其风水更有益于人的健康。女房东称这房子是"平脚嫂涂粉"。平脚嫂是流行缠脚的封建时代对劳动妇女的称呼，给人的是一种实实在在的感觉。

就在这样平凡的小院里，正厅有一台巨大的棕红色翘头横案，案头上一左一右陈列着仿哥窑大花瓶和霁蓝釉双耳瓶，还有一方瓷板画插屏，白底墨绘着云中的巨龙，张口吐出瀑布般的泉水，构成士大夫家庭厅堂上的瓶与镜组合，寓意"平静"。厅的左右两排是木质的无漆座椅，虽然没有任何功名牌匾悬挂过的痕迹，黑底镏金的抱柱联与平板联，却是书写着齐家治国平天下的情怀。至今还记得："读圣贤书，行仁义事。"

前天井下，西北侧的土墩里种着一株不大的桂花树，土墩里每年都长着丝瓜和葫瓜。西侧则用巨大的灰砖搭起几排花架，种着兰花。天井的另外三个角落安置的三个大金鱼缸，算是古时的"消防器具"，平日里养些金鱼，还蓄些"天水"，供女人们洗衣服、洗头发、泡茶。天井与厅堂用落地竹帘隔开……内敛中透着清雅的古韵，想张扬都没门。

我笔下记载的这座古宅的文化氛围，消失在 1966 年 6 月的一个下午。那一天，天井下一片狼藉，烧过的灰烟与破碎的瓷片混合在一起，发出照片和油漆烧焦的刺鼻味。当晚，几个受冲击的老人守着一堆打砸后的破烂，不敢收拾也无法入睡。正巧我少年玩伴、同学张常胜穿着一身草绿色的旧军装来了。十几岁的他走到每户的门前，轻轻地说："收拾吧！去休息。有事就说是一个红卫兵来通知的。"善良的张常胜回到我花厅的房中，我紧张又兴奋地抓住了他的手，仿佛是一起经历了一次成长礼。

随后，不断有人搬入，人口密度剧增，住户和房客因各自不同的原因和目的，配合岁月风雨合力，终于把内敛中透着清雅的它"打造"成一座破烂的大杂院。人与房子是有亲和力的，更何况我在这里生活了几十年。心疼它的一脸沧桑，我开始探究，它从哪里来？谁是它最早的主人？

垫在兰花盆下的几块灰城砖，引起了我的注意，城砖长38厘米，宽16.5厘米，厚8.7厘米，可能是修建房时剩余的物资。细细翻动每一块砖，发现其中有块砖的侧面用直径为2厘米的隶书阴刻着"道光辛丑年城工"字样。那该是1841年的事了，鸦片战争刚刚开打，总督邓廷桢与巡抚为了巩固福州城防，倡议乡绅们出资重修了城墙。城砖出现在离南门城防不远的芙蓉弄古宅里，可能是那年代，建房者购买了修茸城墙时遗留下的砖块。在没有更多佐证情况下，假设这所房子在19世纪后半叶有过较大规模的复建。

2003年春节，福建省商业高等专科学校退休教师薛克柽迎来了他的90华诞。1913年农历正月，薛老师就诞生在这座老屋的坐东朝西的后房里。薛老先生的父亲薛维桢是清末民初福州城有名的才子。他从母系上承传了林则徐和沈葆桢的血缘。

时辰就像坠落的叶片

宣统年间，薛维桢考上了官费留洋的稀有名额，少年得志留着辫子离家出洋，赴日本学习化学专业。辛亥革命之后，他剪了辫子，脑子里装满了化学结构分子式和新的思维回家，成为当时中国少有、福州仅有的化学人才。作为典型的福州文化人，他谢绝了全国各地名牌学府的聘请，咱七溜八溜不离福州，宁可委屈一下留在福州的中学里任教。他住在陈姓表弟的芙蓉弄老屋里，因此这老屋也就成了他儿子薛克桎剪断脐带的地方。

军阀混战的年代，百姓害怕听到马蹄的嗒嗒声。童年的薛克桎却特别爱听马蹄的嗒嗒声，一听见小巷外传来马蹄踏石板道清脆的声音，便会冲出门去。大门口小巷凹处有个可以停轿拴马的地方，身材高大的叔父便会从高头大马上下来，轻轻地将他抱起，然后叔侄俩便乘着战马沿着花园同和朱紫坊遛它一圈。

大凡中国传统的士大夫家庭，都有老大从文、老二从武的遗训。辛亥革命之后，薛克桎学武的叔父成了儒雅的军警。在他挣到大钱之前，曾与姑家的陈氏表弟兼内弟同住这座芙蓉弄的老宅里。沿着大厅的中轴对称分开，各住东西两侧大屋，不大的花厅和前天井北面的倒朝，便成了两家人的公共空间。来了贵客往花厅里引，又高又厚的土墙很隔音，在花厅里大声吟唱，玩诗钟的文人游戏也不会干扰别人的安宁。北倒朝隔着天井面对大厅，居中搭一个小台，便是唱戏的"舞台"，台的两侧是乐队的乐池和演艺人员更衣化妆的地方。主人逢年过节邀些朋友热闹一场，算是那年头的时髦。

薛克柽在这里长大，并考上了厦门大学教育系，从教一生，担任过多所学校的校长。他出生的老屋，20 世纪 50 年代之后，住着留学日本国的孙先生，担任过福州一中前身的校长。而薛、陈两家人用以唱戏坐北朝南的倒朝，50 年代后住的也是留日学生，北洋时期驻日大使馆的周武官。60 年代后，西披舍后屋则居住着海军将领陈绍宽的侄女。薛家挣到大钱之后，在军门买了大房子搬走了，芙蓉弄里的老屋便由陈家使用。男主人去世之后，房子开始向外招租，我家与此房有缘，才有了本文开头和尚念经办佛事的那一幕。女房东王玉庄选择房客很挑剔，大多是老文化人，有利于保护房子的硬件设施，维持了老屋的文化品位。

话说这房东在津门路开过瓷器店，动乱岁月打砸的多是些明清古瓷，个别漏网的古瓷器被女房东送给了进城购买泔水的鼓山农妇依嫩，她将瓷器浸在泔水中挑过城市大街。幸运的瓷器如若逃出一劫得以保存，时至今日，无论落到何方也应该是中国瓷文化的大幸。天井下的那口小水井常年不涸，曾经是干旱岁月邻里们汲水的地方。70 年代，民间盛传，在动乱岁月住西厢房的王女士将一铁盒金银珠宝投入井中。于是，每当全院人午休时或是宁静的月夜，便有一位机修大哥坐在井台上，用绳索或竹竿系着大磁铁在井中求索，数年锲而不舍。我不知道他这辛劳是否有所回报，但清水被搅浑了之后，井便被人废弃了。

时代进步，生活变迁，没有下水道和卫生间的老屋再有文化韵味，也不适合现代人的居住。这座平凡的、无特色的、大路货的，仅仅是为了百年前人的生存方式而设计建造的老屋，同时又是在这里被它庇荫了几十年的人所魂牵梦系的老屋，似乎在等待着城市拆迁的重锤。

但是房子的命运与住在这里的房客的集体境遇有关，更与社会看待老厝的观念有关。进入21世纪，当福州城的连片古厝，从旧城改造的包袱转变为城市文化遗产的时候，幸存的芙蓉老屋被国家征收，等待它的不是拆迁的重锤，而是传统文明更大的回归。

经过古建筑的整修工程，将人为改变与损毁的尽量还原，同时保留百余年前原创时的微弱记忆，以及被大自然淘洗的痕迹，回放一个岁月的真实。老屋新生，再次打开大门的芙蓉老屋，被命名为"集贤宾"，与千秋词牌同名。稀世流传在南音古曲中的"集贤宾"，是创意者追求的唐韵古风。这是一个活化了的、与现当代文化接轨的艺术公共空间，集音乐、戏剧、曲艺、服饰、古树老茶等于一体，进行艺术共享、文化普及、学术交流、遗产传承。前人搭台做票友的天井下，砌一口简易的鱼池，搭一处简约的舞台，再续一段很专业的昆曲牡丹亭，还有海内外共识的音乐活化石——南音。在前辈人的老厨房里，放置一台老钢琴。琴声与古厝共鸣，吸引西班牙女郎亲临老屋，换上旗袍，轻启歌喉。古厝里，中西音乐对话成了芙蓉乐坊的首秀。听众可以散落在古厝的每一个角落，无差异地欣赏其绕梁的不带电声的音效。几乎所有的重要节气，爱好地方文化的老、中、青、少贤宾均雅集于此，与新老房客分享，不求豪华，舒适就好。

1966年动乱岁月中被切断的内敛中透着清雅的古厝文脉，时隔半个世纪又回来了，来得更加优雅雍容。新时期审美中的传统优雅文化正扑面而来。

唐希，1947年生，福建福州人。曾任《生活·创造》采编与设计人员，《榕树》编辑部主任，《家园》杂志副社长、副主编、执行主编，福州市作家协会副主席，福州市摄影家协会副主席。著有小说《告别知青路》《梦游》《一个女知青的四个本命年》等。

时辰就像坠落的叶片

书香坊巷

◎ 钟红英

一

最适合把三坊七巷想象成一幅雾霭氤氲的水墨画，粉墙黛瓦、庭院深深，只需用墨、用线，寥寥几笔勾画，轻轻落墨渲染；那参差不齐的石板路是可闻茉莉花淡淡的清香的，那虚掩的门扉游荡残漏的是孩童琅琅的读书声，那坊与巷马头墙上垂挂的藤萝丝蔓，有些忧伤，有点潦草，还有一些倔强傲然之气。

这是秋日的午后。阳光柔柔地照在三坊七巷。独步其中，榕荫、静水、亭台、书匾，无不流淌出一股怀旧的气息。这气息飘逸、缠绕，丝丝缕缕于心的，是满满的世间不了情，是说不尽的千古风雅事，是不知何时便"噼啪"打下的一股人间浩然气，交织差错，撞击飞扬。

这是怎样的坊，怎样的巷，轻而易举就把人渗透、融化？

人说，三坊七巷初成于唐，在宋渐臻完善。它是"非"字形格局，以南后街为中轴，从北向南，沿西，依次伸出衣锦坊、文儒坊、光禄坊，向东，渐次展开杨桥巷、郎官巷、塔巷、黄巷、安民巷、宫巷、吉庇巷。44 万平方米，不大，不小，却是中国现存的唯一一处坊巷街区。

人说，三坊七巷精致如一曲江南小调。白墙、瓦屋，曲线、山墙，构成三坊七巷清新典雅的气质，这气质与 290 座毗连成片的明清古建筑有关，高低错落，恰如一个个古典美人，朝夕相处，低吟浅唱。

人说，三坊七巷还是一个人杰地灵、出将入相之处。林则徐、沈葆桢、严复、陈宝琛、郑孝胥、林纾、林旭、林觉民……近百个历史风云人物，背影匆匆。在这里，他们一个喝令，一声叹息，搅动翻滚的便或许是一个家族的大悲大喜，抑或是中国历史上的一场疾风迅雨！

而这些，与笔有关，与墨有关。三坊七巷的笔情墨韵在时代的大风大浪中，是关乎福州男人一以贯之的柔情的，也是关乎福州男人倏然令人惊颤的刚烈之气的，让人惋之慨之惊之叹之！

二

该怎样来形容初次见到这封信时，在心头升起的万般滋味？

方形白棉素巾，泪渍浸染其间。"意映卿卿如晤：吾今以此书与汝永别矣！吾作此书时，尚是世中一人；汝看此书时，吾已成为阴间一鬼。吾作此书，泪珠和笔墨齐下，不能竟书而欲搁笔……"区区 29 行字，有 20 个字被轻重疾徐地涂抹勾填，有 52 个"汝"即"卿卿意映"被反复叮咛，还有字里行间的"以天下人为念"的革命誓节之志，让这短短的《与妻书》感人肺腑，催人泪下，而被称为"情义两全"的最美绝笔情书——这是住在三坊七巷之一杨桥巷的林觉民留给世人传阅最多的一帧笔墨。

这帧笔墨不算书法作品，给人的审美情感却毫不逊色于专业书作。它写于 1919 年。

4 月 24 日，樱花开得如痴如醉。这一天，本该在日本享受烂漫樱花的林觉民，瞒着身怀有孕的妻子陈意映，借口"樱花假"辗转到了香港。24 岁的他预感到不日参加同盟会广州起义的自己或许会遭遇不测，辗转不能寐。于是，在素有"传情"之喻的贴身手帕上，他万般柔情又悲情难抑地为妻子写下了这封绝笔书：字是典型的文人字，优雅、散淡，一股质朴之气迎面而来。然字间缓缓急急，行距有疏有密，实乃林觉民书写之时情感跌宕起伏的直接反映。"初婚三四个月，适冬之望日前后，窗外疏梅筛月影，依稀掩映；吾与（汝）并肩携手，低低切切，何事不语？何情不诉？及今思之，空余泪痕。"婉转流利，何其舒缓？至末几行，字体忽而变小，间距忽而紧缩，楷书与行草交替，"嗟夫！巾短情长，所未尽者，尚有万千……"情感饱满欲裂，疾疾落笔有声，真乃心乱如麻，情长纸短而心手两忘啊！

3 天后，果一语成谶。而他的慷慨节烈之气，令人震撼。就连时任两广总督的张鸣岐也不得不惊叹："惜哉，林觉民！

面貌如玉，肝肠如铁，心地光明如雪。"与柔情缠绵的"意映丈夫"何其有别！

与林觉民一样，三坊七巷还有一个人，也将葱茏生命永远定格在了24岁，他便是"戊戌六君子"之一的林旭，家住郎官巷。

缘何24岁就将生命如此挥洒？缘何临刑前菜市口仰天长啸的"君子死，正义尽"让世人为之惊颤？"六君子"中最年轻的四品卿衔充军处章军林旭，与林觉民一样，因舍生取义的革命者气度风范而名垂青史矣！

只是，对于他们的妻子而言，又何尝不是"谁给你选择的权利让你就这样的离去"？林觉民的妻子陈意映，在他去世不足一个月时早产下遗腹子，再两年，竟抛弃两个幼子郁郁而终。而林旭呢，他的妻子沈鹊应是船政大臣沈葆桢的孙女、贵州巡抚沈瑜庆的女儿，能词善诗，却在丈夫去世后亦只能满腹才情空对月，"我已无肠断，诗成寄与谁？"终也于一年后服毒自尽，走上殉夫的道路，令人肝肠寸断。

已很难想象沈瑜庆在秋意萧瑟之中是如何悲凄难掩地将林旭夫妇合葬于福州北门义井的，也很难想象他是如何颤抖着双手在墓旁题上碣语"千秋晚翠（林旭号）孤忠草，一卷崦楼（沈鹊应词集名）绝妙词"的。这一年，是1901年，他的父亲沈葆桢也已归西整整22年了。

关于沈葆桢，现在最常见的是他于1874年由法国人贝托摄于台湾的一张照片，官服翎帽，神情冷峻。关于他的历史功绩，最为人赞誉的是他署理福建船政大臣时创办船政学堂，开中国近代海军事业之先，以及他身为钦差大臣时的台湾近代化倡导之路。而关于他的处事之风，最多的评价是干练、精明、果敢、快刀斩乱麻……

典籍称沈葆桢"工书，间作小品山水，笔意苍劲，法度谨严，一如其人"。或许是"意在笔先""书为心声"的缘故？沈葆桢留下的奏议、政书、函牍和诗词楹联，除内容上多为抒发他经世致用、富国强兵的理想，表达他强烈的爱国主义精神外，在笔情墨韵上，虽多用楷体、行草，却皆见骨力，苍古雄劲，且自有一股清高倔拗之气。如其广为后人引用的"见小利则不成，去苟且自便之私，乃臻神妙；取诸人以为善，体宵勤求之意，敢惮艰难"，抒发了他为国家不急功近利，不因小失大，不自私自利，不苟且度日的坦荡胸怀。"诗书于我为曲蘖，嗜好与俗殊酸醎"，字虽通俗如话，不事雕琢，却对仗工整，实为他志趣高远、不与俗同的自我观照。

然而，这位被左宗棠称为"久负清望，为中外所仰"，被李鸿章赞为"筹略深远，成竹在胸，大都言人所不敢言，发人所未及发，钦服莫名"的沈葆桢，虽官运亨通，官拜两江总督，却似乎对官场并没有太多的眷恋，左宗棠请他接任福建船政大臣之职，他一次次推辞，直到"三顾茅庐"的故事再度上演才勉力出任。他向朝廷"数以病迄退"，却直到离世也还在两江总督位上。难道内心深处，他是实实在在地小心珍藏着只有福州男人才能真正体悟的那份柔情？

"一笑来"是沈葆桢回家丁忧时，在宫巷 11 号自家宅院开的一间裱褙字画店："对联兼装潢，价格四百枚；写团扇、折扇小楷，每柄四百枚；行书十百……"宫巷因为有了这家裱褙店而墨香盈盈。这段时间，沈葆桢正在江西巡抚任上，时年46岁。

而我分明感觉到了他人在朝廷、心在宫巷的尴尬与无奈。在最后的日子里，他哮喘兼腰背痛，"不如归去，不如归去"该是他心中一直的呢喃？然而慈禧太后下旨"温谕勉以共济时艰，毋萌退志"。弥留之际，他给子孙写下一纸遗言："我除住屋外无一亩一椽遗产，汝等须各自谋生。究竟笔墨是稳善生涯，勿嫌其淡。"

"历来只有文人嫌弃自己寒酸，罕见达官贵人阻止自己子嗣从政。"——果其然否？我知道，我看到了另一面的沈葆桢。

与林觉民、林旭相比，沈葆桢夫妇可谓有始有终，琴瑟和鸣。在一封家书中，他以"以妇职兼子职，使我无内顾之忧。自入蓬门，备尝艰苦，未尝何日有以图报，则又感甚愧甚"之言，评说自己的妻子，体惜相重之情，跃然纸上。她叫林普晴，是清史上赫赫有名、被后人敬仰的民族英雄林则徐的女儿。

林则徐无疑是中国近代史上的一代伟人。"苟利国家生死以，岂因祸福避趋之""海纳百川，有容乃大；壁立千仞，无欲则刚"，这格言一样的句子也只有如林则徐这样集学问、知识、志节、忠义于一身的人书写出来，才能有如此长久旺盛的生命力让代代国人为之信服。

说林则徐书法为"馆阁体"，乃他曾点取翰林，书艺自为

时辰就像坠落的叶片

高境之说；说他的书法端庄安详，刚劲秀逸，极见正直浩然之气，乃"书如其人"，为世所重之叹。今其传世墨宝，既见楷体，又见行体、草体、行草，除日记、书信、条幅外，对联最多。"远近争宝之""得者珍如拱璧"，此实为对他为人、为政、为书的最好评价！

可否将三坊七巷如林觉民、林旭者，归为"情义"之一魂？可否将三坊七巷如林则徐、沈葆桢者，归为"忠魂"之一例？那么三坊七巷还有一典型，他就是严复，家住郎官巷。

该怎样来述说严复的复杂和矛盾？著名作家林那北曾如此概括：

他曾积极倡导西学救国，翻译包括社会学、经济学、逻辑学等在内的 8 本西方科学著作，却告诉儿孙：中国不灭，旧法可损益，必不可叛。

他曾在报上痛陈鸦片害民，自己却无奈染上烟瘾，因此告诫儿孙：人要乐生，以身体健康为第一要义。

他曾大声疾呼废除八股，自己却参加四次科举，于是告诉儿孙：要知做人分量，不易圆满。

他就这样带着矛盾、困顿，从福州郊外的阳岐村，走进了福建马尾船政学堂，踏上了留学英国格林尼治海军学院的轮船，执掌了李鸿章在天津创办的北洋水师学堂校长一职，并因林旭的引荐，得光绪帝赏识，随后却死里逃生，与菜市口带血的屠刀擦肩而过，真是冷汗涔涔，万分侥幸啊！

然而哮喘病没有放过他。1920 年，早已在中国思想界、学术界取得令人信服的显赫地位的严复，再也迈不动沉重的脚步，他回来了。从 8 月起，郎官巷 20 号花厅楼上，被哮喘折磨得痛苦不堪的严复，面对自己"踉跄归福州，坐卧一小楼，足未尝出户也"的尴尬，真是百感交集，"投老还乡卧小楼，身随残梦两悠悠""园林昨夜西风紧，自向寒炉拨死灰"，何其落寞！

又一年过去，去世前数日，伴随阵阵沉重的喘息声，他颤颤巍巍留下遗嘱："中国必不灭，旧法可损益，而必不可叛；新知无尽，真理无穷，人生一世，宜励业益知；两害相权，已轻群重。"1921 年 10 月 27 日，他的生命永远地画上了句号。

但他的书法作品流传了下来，有对联、条幅、屏条、扇页、诗稿、临书、信札、手稿、眉批等，竟洋洋可观。其楷书，得益于少时习"馆阁体"，欧体基础扎实深厚；其行草取法二王及苏、严，深得其象而自有新意；他还颇有书研之见，如他临《兰亭序》后说："兰亭定武真本不可见矣，学者宁取诸、薛、冯承素及双钩填廓之佳者学之，必不可学赵，临学之将成终身之病，不可不慎也。"如他临苏东坡帖，说"学坡书当赏其偏侧之致"。实是他博采众长，不为成法所囿之现，诚为一代书家无愧！

或许是"一方水土养一方人"的缘故，三坊七巷竟还有一个人与严复一样，在清末风雨飘摇的岁月里，浓墨重彩地书写了自己一生的传奇。他是家住光禄坊的林纾：他不懂英文，却用文言文笔译了《茶花女》等近 200 种欧美小说；他是长辫子的中国人，在五四新文化运动中打开了一扇接受西风欧雨的窗口，却多次哭光绪遗冢，反对新文化运动；他脾气躁烈，骂人无数，却侠骨柔情，收养资助亲友孤儿十几人，赢得人们广泛的尊敬；他恪守传统道德，却同情风尘女子，竭力倡女权、兴女学；他财源滚滚，收入丰厚，被人戏称"造币厂"，却常常囊腹空空，无计奈他何……

就是这样的传奇人物，刻写了他矛盾的一生，以致很长一段时间被人扣上诸如遗老、守旧、顽固、反动等各式骂名，成为他挥之不去的标签。然而历史毕竟是公正的，这位集诗、文、画于一身的"怪人"，这位自认古文为最、诗次之、画次而又次、翻译为末的"狂生"，其"次而又次"的画如今却掀起一浪高过一浪的收藏热潮。

说他是书名带动画名吧？其实，早在 20 世纪 20 年代初的北京琉璃厂，他画作的润格就早已超过齐白石了。

说他无心插柳柳成荫吧？其实，他在 20 岁时便"一日未尝去书，亦未尝辍笔不画"。其山水，初师石颠山人陈文台，晚研宋"两米"、元高克恭、清"四王"，临而不滞，妙然自得，往往翠竹数丛，疏柳几株，远山白云，便是一片春光水色，令人神清气怡——此哪是出自一个内心郁积着太多情绪之人的手笔？它分明是来自只属于三坊七巷的不一般的清雅之士！

三

"谁知五柳孤松客，却住三坊七巷间。"此"五柳孤松客"

是清代硕学通儒陈衍？是清末帝师陈宝琛？是在戏剧中被百演不倦的甘宝国？是让身率十万大军的黄巢也毕恭毕敬的黄璞？抑或是离我们似乎还不甚遥远的林长民、冰心、林徽因、庐隐？

太多太多的人从这里匆忙行走，太多太多的声音从这里传出，回荡在历史的上空。

"我们现在正从尘嚣之中走进这宁静的历史岸边，观看一道神奇的历史风景线……每个历史阶段，每个历史事件，每个历史人物，每件历史器具都是一朵朵翻腾的滚动的流淌的浪花，我们可以看到历史的离乱、融谐、灾难、祥和；而这一切被历史的博大胸怀包容了。"这三坊七巷山墙之上写着的字句让我动心，我把它抄了下来，心中一直想着的还有那"最忆市桥灯火静，巷南巷北读书声"的句子。

是的，我似乎听到了历史的某种回声！

钟红英，1974年生，福建上杭人。毕业于中央民族大学中文系。现供职于福建省文联。福建省作家协会会员。主要从事散文、评论、报告文学创作，著有《宋省予图传》。

时辰就像坠落的叶片